KB054513

仙道 체험기

김태영 著

104

글앤북
Geul&Book

선도체험기 104권을 내보낸다. 아무래도 이 글을 쓰는 지금이 2012년 12월 19일의 대선이 석달밖에 남지 않은 시점이라 대통령 후보 세 사람에게 국민들의 이목이 온통 다 쏠려 있다. 그중에도 나처럼 세상을 좀 오래 살아본 사람들은 유달리 거시적인 안목으로 세상을 바라보게 된다. 그래서 그런지 내 생애에 6·25 다음으로 충격을 준 10년 동안의 친북 좌파 정권 시절의 일들을 되돌아보지 않을 수 없게 되어, 그와 연관된 글을 쓰게 되었다. 친북좌파, 종북좌파, 주사파, 이적단체 이야기가 자주 등장하게 된 것은 그 때문이다.

그 다음에는 독도와 종군 위안부 문제를 둘러싼 한일 관계에 대하여 생각해보았다. 2차 대전 말기 한반도에서 징발된 20만 명의 처녀 종군 위안부들의 참상을 잠시 되돌아보는 기회를 가졌다. 그녀들을 생각하면 일본은 과거사를 청산하는 데 있어서는 독일은 말할 것도 없고 러시아에도 훨씬 미치지 못하는, 인간이기를 거부한 후진 야만국임에 틀림없다. 어떻게 하면 일본이 우리의 좋은 이웃이 될 수 있을지 다각도로 고민해 보았다.

그 외에는 통상적인 선도수련에 관한 기사들로 채웠다. 독자 여러분들이 궁금해 하는 필자의 송사는 벌써 5년이라는 적지 않은 세월이 흘렀건만 아직도 예의 문서 공개 문제로 교착상태에 빠져 있음을 알려드리는 바이다.

아시다시피 선도체험기는 1990년 1월에 발간된 이래, 22년 만에, 103권부터 출판사가 유림에서 명보로 바뀌어 출판되었지만 여

5

기서도 사정이 여의치 않아 104권을 출판을 하지 못하다가 해를 넘겨 2013년 2월 22일 도서출판 문현(02-443-0211)으로 넘어가게 되었다.

이 책은 단기 4345(2012)년 1월 2일부터 단기 4345(2012)년 9월 30일 사이에 있었던 필자의 수련 과정과 필자와 수련생들 사이에 오고 간 수련과 인생에 대한 대화 그리고 필자와 독자 사이의 이메일 문답을 수록한 것이다.

이제 집필이 거의 끝나가는 선도체험기 105권이 곧 뒤따라 나갈 예정이다. 선도체험기가 평년에는 3 내지 5권씩 나가던 것이, 비록 출판사 사정이긴 하지만, 작년에는 겨우 103권 단 한 권밖에 나가지 못하게 되었다. 필자로서 독자 여러분에게 두고두고 미안하기 짝이 없다.

단기 4346(2013)년 2월 22일
서울 강남구 삼성동 우거에서
김 태 영 씀

이메일 : ch5437830@kornet.net

차 례

북의 남침 준비는 완벽하다는데

초등학교 동창회에 갔다 온 아내가 저녁 식사를 하면서 자못 심각한 얼굴로 말했다.

"여보, 동창회에 나온 친구가 그러는데 북한은 남침준비를 완벽하게 갖추어 놓고 언제든지 명령만 떨어지면 쳐들어오려고 호시탐탐 남쪽만 노려보고 있다는군요. 그게 정말이예요?"

"정말이잖구."

"그럼 큰일 아니예요."

"큰일이지. 그러나 새삼스레 너무 걱정할 건 없어요."

"왜 걱정이 안 될 수 있단 말예요? 북은 3, 4분 안에 서울을 박살낼 수 있다고 떠벌이고 있는데 당신은 어떻게 그렇게 무사태평할 수 있죠?"

"전쟁은 아무 때나 일어나는 것이 아니니까 그렇죠."

"전쟁은 아무 때나 일어나지 않는다면 그럼 어떤 때 일어나는데요?"

"한쪽의 힘이 상대에 비해서 현저하게 취약할 때 일어나는 것이지, 지금처럼 남북이 팽팽하게 맞서 있을 때는 전쟁은 결코 일어나지 않게 되어 있다는 것이 역사의 교훈이예요. 실례를 들어봅시다. 고려 때 거란입구契丹入寇와 몽란蒙亂이 그랬고, 이조 때의 임진왜란王辰倭亂, 병자호란丙子胡亂, 병인양요丙寅洋擾, 신미양요辛未洋擾가 그랬고 해방 후 북의 6·25 남침이 그랬어요. 이제 말한 일곱 개의 침략은 모두가 우리가 상대에 비해 엄청나게 열세였을 때 일어난 전란이었어요. 그런데 지금은 북이 전쟁을 도발하면 오히려 한미연합군에 의해 자기네가 패망할 확률이 높다는 것을 북한도 잘 알고 있어요. 그래서 저들은 엄포만 놓거나 국지도발은 할망정 막상 전면전쟁 도발은 엄두도 못 내고 있어요."

"그런데도 북은 3, 4분 안에 서울을 박살낸다고 떠벌이는 것은 무엇 때문이죠?"

"그건 김일성, 김정일을 거쳐 최근의 김정은으로의 3세 세습이 아직은 완전하지 못하여 대내 결속용으로 떠벌이는 것이지 별거 아니예요. 그 외에도 지난 4월 15일의 김일성 100주년 생일 축하차 4월 13일에 쏘아 올린 장거리 미사일 광명성 3호 발사 실패로 인한 대내 불만을 해소시키려는 것이지 진짜로 쳐들어오겠다는 것은 아니예요."

"그런데도 동창생들은 북한의 남침 위협을 걱정하는 것 같던데요."

"북한은 대내 안정을 확보하고 남한 국민들의 그러한 갈등과 불안감을 부추기자는 것이 목적이라구요. 그러니까 우리의 준비 태세만 물샐틈 없으면 걱정하지 않아도 됩니다."

"그런데도 어떤 사람은 우리가 북한보다 전쟁 준비가 약간 모자라야 북한을 안심시킬 수 있다고 하던데요."

"그따위 되지 못한 생각이야말로 나라 망치자는 것밖에는 안 됩니다. 오히려 전쟁을 막고 평화를 확보할 수 있는 지름길은 우리가 상대보다 힘의 우위를 확보하는 거예요."

"그렇게 되면 끊임없는 군비경쟁이 되는 거 아닌가요?"

"비록 그렇게 되는 한이 있어도 평화를 지키자면 우리가 상대를 힘으로 압도하는 길밖에 다른 선택의 여지가 없어요."

"군비 경쟁에서 이기려면 경제력이 뒤받침되어야 하겠죠."

"물론이요. 과거 미소 경쟁에서 소련이 공중분해된 것은 레이건 대통령이 끈질기게 추진한 미사일 방어망인 '별들의 전쟁'에서 소련은 경제력이 뒤를 대주지 못하여, 결국은 손을 들었기 때문이에요. 경제면에서는 우리가 북한보다 40배 이상 우세하니까 승산은 우리에게 있어요.

북한은 돈이 많이 드는 첨단 무기를 조달하기 어려우니까 주민들을 지난 20년 동안 내내 굶어죽이면서도 돈이 가장 적게 들면서도 효과가 큰 핵무기와 미사일 개발에 안간힘을 쓰는 겁니다.

북한은 앞으로 어떻게 될까?

"그럼 북한은 앞으로 어떻게 될까요?"

"두 가지 요인에 좌우될 공산이 큽니다."

"그게 뭔데요?"

"첫째 중동과 미얀마의 독재국가들을 해체해버린 민중들이 이용이 SNS (social networking service 즉 컴퓨터와 휴대전화를 말함)가 북한만은 피해가지 않게 되어 있어요. 사실 북한은 해방 후 지난 67년간 외부세계와의 거의 완벽한 차단으로 주민들을 감쪽같이 속여왔지만 이제는 북한 안에도 암암리에 컴퓨터와 휴대전화가 보급되어 외부 세계의 진실을 알아버린 주민들이 점점 늘어나고 있어서 그들의 쌓이고 쌓인 불만이 언제 터질지 모르는 시간문제일 뿐이라는 겁니다. 67년 동안 속아온 북한 주민들의 불평불만이 터지는 날, 북한의 세습독재정권도 무너지지 않고는 배겨내지 못할 겁니다."

"그럼 두 번째는 뭐죠?"

"지금 중국은 북한이 자기네 말을 듣지 않고 지난 4월 13일 장거리 미사일을 발사한 일에 대해(비록 실패했지만) 불쾌감을 표시하고 탈북자를 북송하지 않고 한국에 넘겨주고 있어요. 중국이 탈북자를 북송하지 않는다면 탈북자들은 기하급수적으로 늘어날 것입니다. 그렇게 되면 북한은 과거 동독에서처럼 미구에 인재난으로 망해버리고 말 것입니다.”

“그러나 한중 국경 사이에 북한과 같은 완충지대를 항상 원해 온 중국이 과연 북한이 망해버리도록 탈북자 북송을 지금처럼 중단하고 계속 한국으로 보낼까요?”

“그것이 변수입니다. 중국은 90년대 중반에 중국내 연변 등에서 갑자기 포화상태에 빠진 탈북자들을 수용할 의향이 있는가를 김대중 정부에 타진해 왔을 때 그러겠다고 대답하지 못한 것이 천추의 한입니다. 그때 만약 김대중 정부가 탈북자들을 무제한 받아들였다면 북한은 그때 이미 동독처럼 인재난으로 망해버렸을 겁니다.”

“그럼 그때 김대중 정부는 탈북자를 받아달라는 중국의 제의를 거부했나요?”

“중국의 제의에 아무런 응답을 주지 않았으니 거부한 것과 같았죠. 그러자 중국은 탈북자들을 모조리 북한으로 보내버렸으니까요.”

“김대중 정부는 무엇 때문에 중국의 제의를 거부했을까요?”

“당사자가 그에 대하여 아무 말도 않고 이미 타계해버렸으니 아무도 알 길이 없고 소문과 추측만 무성했습니다.”

“어떤 소문과 추측이 있었는데요.”

“우선 그 많은 탈북자들을 받아들이면 정부에 당장 부담이 되겠으니까 귀찮았을 것이고, 그분이 해외 망명 시절에 김일성으로부터 금전적인 도움을 받은 반례를 그런 식으로 했을 것이라는 겁니다. 어쨌든 간에 지금 생각해보면 중국의 제의를 거절한 것은 우리 민족의 역사상 천추의 한이 되는 크나큰 실책이라는 것입니다.”

“왜요?”

“그때 만약 김대중 대통령이 중국의 제의를 받아들였다면 김대중이라는 이름은 남북통일을 성취한 위대한 대통령으로 우리 민족의 청사에 길이길이 빛났을 것이기 때문입니다. 그의 이름 석자는 을지문덕, 양만춘, 광개토대왕, 세종대왕, 이순신, 박정희 못하지 않는 반열에 틀림없이 올랐을 것입니다. 한때의 판단 착오가 이런 엄청난 차이를 만들어 놓은 것입니다."

"29세의 젊은 나이에, 자다가 떡 챙기듯, 아무 공적도 없이, 단지 김정일의 아들이라는 이유 하나로 북한 정권을 인수받은 김정은은 어떻게 나올까요?"

"아버지 김정일 식으로 미사일과 핵실험으로 국제사회에 계속 맞서는 한편 외부 세계의 제재와 중압을 무산시키기 위해 대화 복귀를 제안하고 새로운 군사적 능력을 이용하여 자기네가 실질적인 핵보유 국가임을 인정받는 길로 한발한발 나아가려고 할 것입니다.

그의 아버지인 김정일은 오랜 경험으로 국제사회와의 대결을 어떻게 끌고 갈 것이며 언제는 후퇴를 해야 하고 다음 도발 시기는 언제 어떻게 해야 할지를 조정할 수 있는 인내력과 지구력을 구사할 줄 알았습니다. 그러나 김정은 그런 능력이 아버지만은 못할 것입니다. 그 대신 젊음의 혈기와 자신감 때문에 상황을 오판하고 성급하게 단추를 잘못 누를지도 모릅니다. 이때 그의 고모부 장성택을 위시한 보좌진이 얼마나 기민하게 대처할지는 미지수입니다."

"그럼 우리 정부는 이런 때 어떻게 대처해야 하죠?"

"18대 국회에서 여야 대립으로 끝내 무산된 군통수권 일원화 법안을 반드시 통과시키고 그동안 미국에 의해 300킬로미터로 묶여있던 미사일 사거리를 적어도 한반도 전체를 약간 넘게 커버할 수 있는 1000 킬로미터 정도는 연장시켜야 합니다. 미국은 1000킬로

미터로 사거리를 연장하면 주변국인 북한, 중국, 러시아의 과민 반응을 보일 것이라고 우려하는데 이것은 말이 안됩니다. 북한은 미사일 사거리를 제멋대로 늘여서 미국과 일본을 위협해도 아무렇지 않고, 우리는 겨우 1000킬로미터 연장하는데 북한, 중국, 러시아의 반응을 우려한다는 것은 형평의 원칙에도 맞지 않는 일입니다.

좌우간 2015년 한국군 전시작전권 완전 인수 전에 한국군만으로도 능히 북한군을 압도할 수 있는 군사력을 향상시키는 데 만전을 기해야 북한의 도발을 막을 수 있을 것입니다.”

“그럼 영속적인 평화와 통일은 누가 가져다 주죠?”

진정한 평화와 통일

"누가 가져다 준 평화와 통일은 도로 가져갈 수도 있고, 우리 자신이 쟁취한 평화와 통일도 우리가 약해지면 다시 빼앗길 수 있으므로 진정한 것은 아닙니다."

"그럼 뭐가 진정한 것이죠?"

"진정한 평화와 통일은 유위계의 현실이라는 꿈에서 깨어나, 오고 감이 없는 무위계의 것이라야 합니다."

"무슨 말인지 어려워서 못 알아듣겠어요."

"동서독이 통일되었어도 다른 문제들이 계속 기다리고 있었듯이 남북한이 통일이 되어도 후속 문제는 계속 밀려들게 될 것입니다. 사춘기가 지나고 나면 청년기의 더 어려운 문제들이 들이닥치듯이 말입니다. 그래서 결국은 현상계의 문제들을 다스릴 수 있는 힘은 현실의 꿈에서 깨어나 평상심과 부동심을 확보하는 것이 진정한 해결책입니다.

그렇게 되면 비록 지구가 폭발하는 대격변이 일어나도 겁내지 않게 될 것입니다. 무슨 역경이 닥쳐와도 의연하고 여여하게 대처해나갈 수 있게 될 것입니다."

"그럼 대통령도 각료들도 전부 다 도인이 되어야 한다는 말인가요?"

"다는 아니라도 적어도 일부는 그리되어야 하지 않을까 생각합니다."

이렇게 말을 끝내 놓고 보니 아내는 이미 어디론가 사라진 뒤였다.

죄책감에 시달리다가

특별히 독대할 것을 요청한 40대 중년 주부 수련생인 박미현 씨가 나와 단 둘이 대좌하자 입을 열었다.

"선생님, 저는 가톨릭 신자로서 선생님을 고해신부로 여기고 제 죄를 고백하고 마음의 평화를 얻으려고 찾아왔습니다. 고해신부님한테 가보았자 천편일률적인 요식행위나 김빠진 훈계나 나올 것 같아서 지금의 저에겐 아무 도움도 안될 것 같거든요."

"뜻밖의 사례입니다. 나는 고해신부 자격도 없는 일개 구도자로서 선도 수련생들을 지도하는 사람에 지나지 않는데요. 번지를 잘못 찾은 거 아닙니까?"

"그렇지 않습니다. 선도체험기를 102권까지 다 읽는 동안 고해신부보다는 선생님에게 더 믿음이 가는 것을 어떻게 합니까. 인생의 대선배로 또 선지식(善知識)과 스승님으로서 부디 물리치지 마시고 제 고해를 들어주시고 좋은 해결책을 제시해주셨으면 합니다."

"허 참, 처음 겪는 일이라 어리둥절합니다."

이렇게 나는 말했지만 그녀의 단호한 태도로 보아 호락호락 물러설 것 같지는 않았다. 게다가 소설가로서의 직업적인 호기심이 동하기도 하여

"그럼 우선 얘기부터 들어봅시다."

"최근에 대학 동기동창회에서 15년 만에 만난 옛 애인과 어울렸다가 술에 취해서 실수를 범했습니다. 아무것도 모르고 지금 함께 살고 있는 성실한 남편과 중학교에 다니는 순진한 두 아이에게 미안해서 얼굴을 못 들 지경입니다."

이렇게 말하면서도 그녀는 체념이라도 한 듯 당당하게 눈 똑바로 뜨고 내 눈을 응시하는 것이었다. 그러나 이러한 그녀의 태도 이면에는 그녀 혼자서는 도저히 감당하기 어려운 깊은 고민의 흔적이 보였다.

"그런 일이 있었군요. 그 얘길 들으니 무착無着 스님이 겪은 이야기가 떠오릅니다. 지금으로부터 4백 년 전 선조 때 일입니다. 무착 스님이 평양의 어느 암자에서 수행하고 있을 때였습니다. 권세가의 청상과부가 스님을 찾아왔습니다. 그녀는 약혼자가 갑자기 병사하자 혼례도 치루지 못한 채 청상과부가 되었습니다. 그래서 남녀의 음양상열지락陰陽相悅之樂이 어떤 것인지도 겪어보지 못한 터라 그것이 늘 궁금했지만 누구에게도 하소연할 데가 없었습니다.

생각 끝에 그녀는 비밀이 보장될 수 있는 대상으로 수행에 열중하기로 유명한 무착 스님을 선택했습니다. 그 과부는 절에서 기도한다는 핑계로 짐꾼을 시켜 쌀 세 가마니를 지우고, 무착 스님의 암자를 찾았습니다. 방을 하나 차지한 그녀는 날이 어두워지기를 기다려 무착 스님 방에 몰래 스며들어가 자기의 말 못할 통사정을 털어놓고 대담하게도 합방合房을 요구했습니다. 그러나 무착스님은 과부의 요청을 단호하게 거절했습니다.

그렇다고 쉽게 물러날 청상과부가 아니었죠. 옹근 사흘 밤낮을

애원하고 통사정을 했지만 무착 스님은 끝끝내 끄떡도 하지 않자, 그녀는 만약에 '내 소원을 들어주지 않으면 죽어버리고 말겠다'면서 암자 뒤에 있는 높고 험한 바위 위로 기어 올라가는 것이었습니다.

무착 스님은 심각한 고민에 빠졌습니다. '오계 중에 살계殺戒가 첫 번째, 도계盜戒가 두 번째, 음계婬戒가 세 번째인데 만약에 내가 음계를 피하려고 살계를 범한다면 이는 죄의 경중을 무시한 짓이다.'

생각이 여기에 미치자 스님은 곧바로 바위로 달려가 청상과부를 불러다가 그녀의 소원을 풀어주었습니다. 그러자 과부도 보통 배포는 아닌 듯 수집은 듯하면서도 환한 얼굴로 무착 스님에게 '평생소원을 풀어주어 고맙습니다. 이제는 수절을 할 만한 자신이 생겼습니다' 하고 깍듯이 인사하고 집으로 돌아갔습니다.

비록 청상과부의 평생소원을 들어주기는 했지만 무착 스님은 엄연히 음계婬戒를 범했기 때문에 엄청난 고민을 혼자 수습할 자신이 없어, 당시 이름난 율봉선사栗峯禪師에게 찾아가 그의 문밖에 거적을 펴놓고 석고참회席藁懺悔를 구했습니다. 율봉선사가 무착 스님에게 말했습니다.

"네가 참회를 하려 왔다니 내가 너를 위해 참회를 시켜주겠다. 단 네 죄상을 내 앞에 있는 소반 위에 꺼내 놓아보아라."

그러자 무착 스님이 주먹으로 땅을 세차게 내려치며

"죄상罪相이 본래 모습이 없거늘 무엇을 꺼내 보일 수 있겠습니까?"

그러자 율봉선사가 무착 스님의 두 손을 덥썩 잡으면서

'참회 잘했다. 이제 위로 올라오너라.'

하고 말했답니다. 아무리 큰 잘못을 저질렀다고 해도 박미현 씨가 한때의 실수로 저지른 그러한 잘못은 당사자 스스로 참회하고 차

후에 다시 되풀이하지 않으면 그것으로 끝나는 겁니다. 사람이 잘못을 저지르는 것이 나쁜 것이 아니라 잘못을 저지르고도 참회할 줄 모르는 것이 나쁘다고 공자님도 말씀하지 않았습니까.

선도체험기를 102권까지 읽으셨다면 그럴 만한 자신이 설 정도로 영격이 높아졌다고 봅니다. 따라서 죄책감 같은 것도 얼마든지 스스로 처리할 수 있는 자율성을 구사할 정도로 유유자적해야 할 것입니다."

"그렇지만, 선생님, 저는 아직 천상천하유아독존天上天下唯我獨尊 삼세개고오당안지三世皆苦吾當安之할 수 있는 구경각에는 도달하지 못했습니다."

"그런 말을 하시는 걸 보면 구경각 근처에는 이미 도달해 있는 것이 틀림없습니다. 부모미생전본래면목父母未生前本來面目이 시야에 들어와 있으니 마지막 스퍼트로 그것을 확 거머잡으세요. 박미현 씨를 관리할 주인공은 다른 누구도 아닌 바로 박미현 씨 자신의 자성自性입니다. 그 안에 우주가 통채로 다 들어있습니다. 부디 자신 감을 가지세요."

"네, 열심히 노력하겠습니다. 용기를 주시어 고맙습니다."

그녀는 들어올 때보다 한결 자신 있게 대답했다.

"그런데 선생님, 저는 수련이 어느 정도나 되어야 옛 애인의 유혹 따위에는 끄떡도 하지않을 수 있을까요?"

"자성自性을 보아야 합니다."

"자성을 본다는 것은 견성을 말씀하시는 건가요?"

"그렇습니다. 기왕에 선도 수련을 시작했으니 기공부의 단계 역시 착실히 밟아서 연정화기煉精化氣는 통과해야 합니다. 그래야 성욕을 자유자재로 조정할 수 있고, 요염한 황진이의 유혹을 물리친

서화담徐花潭 선생이나 당나라의 혜안慧安 선사와 같은 자제력이 생깁니다. 물론 연정화기 수련에 남녀의 차이가 있지 않느냐고 의문을 제기하는 사람이 있을 수 있지만 근본적인 차이는 없다고 봅니다. 지금 소주천은 통과하셨던 가요?"

"아직입니다. 지금 저는 하단전 축기 단계에 있습니다."

"계속 용맹정진하세요. 열 번 찍어 안 넘어가는 나무 없다고 하지만 연정화기만 되면 옛 애인이 백번, 천번, 만번을 찍어도 끄떡도 안 할 것이고, 그러한 상대를 어린애 가지고 놀 듯하면서 도리어 개과천선시킬 수 있게 될 것입니다."

"만약의 경우 제가 수련이 그 정도의 높은 경지에 도달했다고 해도 악당들에게 납치된다면 험한 꼴을 당할 수도 있지 않을까요?"

"수련이 연정화기 정도에 도달되면 보호령保護靈들이 기의 막을 형성하여 그런 일은 사전에 막아줄 것입니다. 하늘은 인재를 그렇게 함부로 내버려두는 일은 없습니다. 벌써부터 있지도 않는 미래의 일로 불길한 걱정부터 하는 것은 마음의 법칙에서 어긋나는 일입니다. 오직 현재를 충실히 살아야 합니다. 그럼으로써 어떻게 하든지 이번 일을 전화위복轉禍爲福의 계기로 삼아야 할 것입니다."

"명심하겠습니다. 선생님께서 실의에 빠진 저에게 다시 살아갈 의욕을 복돋우어 주셔서 정말 감사합니다. 안녕히 계세요."

"그렇다니 다행입니다. 안녕히 가십시오."

남이 가져다 줄 수 없는 행복이라면

수련 중에 유도희라는 30대 여자 수련생이 입을 열었다.

"선생님, 요즘 텔레비전 연속극을 보노라면 천편일률적으로 사랑하는 애인만이 참다운 행복을 가져다 주는 것처럼 묘사되고 있는데 과연 그럴 수 있다고 생각하십니까?

"진정한 행복은 자기 자신의 내부에서 싹트는 것이지 외부에서 누가 선물처럼 가져다주는 것은 아닙니다. 그러나 극작가는 그렇게 쓸 수 밖에 없지 않겠습니까?"

"그럴 수 밖에 없는 이유가 무엇인데요?"

"광고주의 요구와 시청자의 취향에 맞추어 시청률이 올라가도록 대본을 써야 제대로 대우를 받을 수 있으니 울며 겨자먹기로 억지로라도 그렇게 흥미 위주로 쓸 수 밖에 없을 것입니다. 만약에 작가가 행복은 애인이 가져다주는 것이 아니고 각자의 마음먹기에 달려있다고 솔직히 쓴다면 구도자들은 좋아하겠지만 광고주들은 결혼으로 인한 소비가 창출되지 않으므로 싫어하게 될 것입니다. 그리고 일반 시청자들도 젊은 남녀의 연애와 결혼을 빼면 재미가 없어서 보려고 하지 않을 것입니다."

"선생님 저는 그렇게 생각지 않습니다."

"그럼 어떻게 생각하십니까?"

"저는 문학이란 우리가 살아가는 인생의 실상을 있는 그대로 표현해야 인생의 진리에 육박할 수 있고 시청자들에게도 깊은 감동을 줄 수 있다고 봅니다. 실례를 들어 어떤 여자가 온갖 파란곡절 끝에 애인과의 결혼에 골인하여 한 남자의 아내가 되어 아들 딸 낳고 한평생 무난하게 잘 살다가 아이들 시집 장가 다 보내고 남편까지도 먼저 보내고 홀로 남게 되어 쓸쓸한 최후를 맞게 되었다면 그것이 무슨 행복이라고 할 수 있겠습니까?"

"그렇다면 유도희 씨의 행복에 대한 철학은 무엇입니까?"

"그럴 바에는 저라면 경제 능력이 있다면 처음부터 결혼 같은 것은 하지 말고 자기가 하고 싶은 수행에 집중하면서 일찍이 생로병사의 윤회의 고리에서 벗어나 이타행을 통하여 스스로 행복을 창조하면서 한평생 살다가 평안하게 눈을 감고 싶습니다."

"그래도 후회하지 않겠습니까? 결혼은 해도 후회하고 안 해도 후회한다고 했는데 평생 독신으로 살 자신이 있겠습니까?"

"그건 좀 더 생각해보아야 할 것 같습니다."

"아까 한 남자의 아내 되어 아들 딸 낳고 잘 살다가 아이들 시집 장가 다 보내고 남편 먼저 보내고 혼자 남아 쓸쓸한 최후를 맞는다는 말을 했는데, 그럴 거 없이 수행을 통해 자성을 찾아 생로병사의 윤회의 고리에서 벗어나 생사일여生死一如의 경지에 들어 이타행을 하면서 다음 생을 기대하면서 만족한 금생을 마칠 수도 있지 않겠습니까?"

"어느 쪽이 나을지는 역시 좀 더 생각하고 궁리하고 관찰해보아야 할 것 같습니다."

"그러나 자연의 순리를 따르는 것이 낫지 않을까요?"

"무엇이 자연의 순리를 따르는 것인데요."

"여자와 남자는 그 생리구조로 보아 결혼을 하여 아이 낳고 기르게 되어 있는 것이 자연의 순리라는 것입니다. 따라서 우리는 이 같은 자연의 순리를 따르는 것이 섭리에도 맞는다는 얘기입니다. 물론 비구나 비구니, 신부나 수녀가 되는 길도 있지만 그것은 사명을 받은 소수의 특이한 경우입니다.

만약에 남녀 인구의 대다수가 결혼을 하지 않고 구도자가 된다면 미구에 우주에서 인류는 멸종되고 민족도 국가도 사라지고 말것입니다. 이것은 자연의 섭리에 어긋나는 것입니다. 하늘의 뜻을 따르는 자는 흥하고 하늘을 거역하는 자는 망한다는 명심보감의 격언도 하늘의 소리임에 틀림없습니다. 그래서 나는 결혼생활을 평상대로 하면서도 진리를 깨달을 수 있는 구도자가 순천자順天者의 참 자세라고 봅니다."

"그 점도 저는 충분히 고려하여 제 장래의 방향을 결정하려고 합니다."

뼛속까지 한국인 호머 헐버트

우창석씨가 말했다.

"선생님, 오늘 아침 신문을 보고 알았는데 호머 헐버트(1863~1949)라는 미국인 선교사는 구한말과 일제 암흑기에 한국에 살면서 한국인보다 오히려 더 한국어와 한글을 사랑했다고 합니다. 선생님은 혹시 그분에 대해서 알고 계십니까?"

"암울한 일제 강점기에 한국의 미래를 예찬한 인도의 시인 타고르, 한국인보다 한국의 공예와 광화문을 더 사랑했던 일본인 야나기 무네요시(1889~1961)와 함께 한국을 사랑한 특이한 외국인으로 기억하고 있습니다."

"그럼 그 헐버트에 대해서 좀 아시는 대로 말씀해 주시겠습니까?"

"신문에서 얻은 지식이지만 필요하다면 말하죠."

"그래 주셨으면 고맙겠습니다."

"1886년 한국에 온 23세의 미국인 선교사 호머 헐버트는 한국인보다 한국어를 더 사랑했는데 그는 늘 말했습니다.

'한국어는 그 발음이 낭랑하고 말하기 편리한 언어입니다. 대중매체를 위한 언어로는 한국어가 영어보다 오히려 우수합니다.'

미국에서 신학대학에 다니다가 고종高宗이 세운 교육기관인 육영공원育英公院에서 영어를 가르치려 한국에 왔는데, 우리말을 단

한마디도 못했던 헐버트는 한글을 배운 지 나흘 만에 읽기를 터득했습니다.

3년 뒤에 헐버트는 그가 직접 한글로 쓴 '사민필지士民必知'라는 책을 발간할 정도로 한국에 대한 공부를 열심히 했습니다. 사민필지士民必知는 '선비와 백성이 다 함께 반드시 알아야 할 지식'이라는 뜻입니다. 세계 각국의 제도와 풍습을 소개한 사회, 지리 교과서였죠. 그는 한글을 멸시하고 한문을 무조건 숭상하는 이 나라 지식인 사회의 잘못된 풍토를 무척 안타깝게 생각했습니다.

'한글은 각 자모에 의해 정확하게 소리를 낼 수 있는 완벽한 문자체계인 반면에 한자는 글자가 단어의 발음과는 아무런 관계가 없다'고 헐버트는 한자가 한국인에게 얼마나 불합리한 문자인지 그 핵심을 찔렀습니다.

헐버트는 1906년 영국에서 발간된 '대한제국 멸망사(The passing of Korea)'라는 책에서 한국어와 영어를 다음과 같이 비교분석했습니다.

'I am going along the road, when suddenly-'라는 긴 영어 문장이 한국어로는 '내가 길을 가다가-'라는 단 세 마디면 충분하다고 말했습니다. 그는 한국어 동사는 어간(語幹)이 같아도 어미 하나만 바꾸면 전연 다른 뜻의 문장이 된다고 감탄해마지않았죠.

예를 들어 '나는 어디로 가다'를 '갈까'로 바꾸면 되는데, 영어로는 'I wonder whether I will go or not'라고 장황하게 써야 한다고 그는 지적했습니다.

헐버트의 한국어 사랑은 드디어 한국의 독립운동으로까지 번졌습니다. 1907년 고종의 특사로 미국에 가서 그는 을사늑약乙巳勒約의 부당함을 고발하는 기자회견을 가졌습니다. 그러나 미국 정부로부터는 별 신통한 반응을 얻지 못했습니다."

"그 이유가 뭐였을까요?"

"이미 2년 전인 1905년에 미국과 일본은 태프트 - 가즈라 비밀 협약으로 미국은 필리핀을, 일본은 한국을 사이좋게 나누어 먹기로 비밀리에 약속했거든요. 헐버트가 이것을 알 리가 없었기 때문입니다.

그로부터 두 달 뒤 일제가 이준 열사의 헤이그 사건을 구실삼아 고종을 퇴위시키자, 헤이그 밀사 파견에 관여했던 헐버트는 본국인 미국으로 추방당하지 않을 수 없게 되었습니다. 그는 늘 "웨스트민스터 사원보다 한국 땅에 묻히기를 소원한다"고 말하면서 미국에 있는 동안 내내 이승만의 독립운동을 꾸준히 도와주었습니다.

헐버트는 우리나라가 해방된 지 4년 후인 1948년 85세에 한국 땅을 다시 밟았지만, 이듬해 귀국길에 노쇠한 몸으로 한 달 동안이나 배를 타고 태평양을 건너가느라고 지쳐서인지 미국에 도착한 지 1주일 만에 세상을 떠나고 말았습니다. 그는 바라던 대로 한강변 양화진 외국인 묘지에 안장되었습니다.

서울시가 세종로 일대를 한글 문화 관광지로 가꾸기로 하고 한글을 그토록 사랑한 푸른 눈의 한국인 헐버트를 기리는 기념물을 세운다고 합니다. 그가 배재학당에서 가르친 제자이고 국어학자인 주시경 선생과 함께 모신다고 합니다.

126년 전에 영어를 가르치려 한국에 왔다가 최초의 한글 교과서를 집필하고. 서양 음계로 아리랑 악보를 처음 만든 헐버트야말로 뼛속까지 한국인이었습니다. 그를 우리 사회가 비록 뒤늦게나마 이 정도로 대접하게 되었다니 얼마나 다행한 일입니까."

"그런데 성생님 제가 보기에는 우리나라가 망해버린 일제 강점

기에 한갓 외국인으로서 특히 한국어와 한글의 우수성을 밝히고
선양한 것이 어쩐지 좀 특이하다는 생각이 드는데, 그 이유가 무엇
일까요?"

"그것을 하나의 예지叡智라고 할까 좌우간 그의 특이한 직관으로
그에게는 한국의 싹이라고 할까, 미래의 모습이 희미하게나마 떠
오르지 않았을까 하는 느낌이 듭니다. 그 당시는 영국의 영향력이
지구촌을 휩쓸고 있었습니다. 그러한 영국의 언어와 이를 표현하
는 알파벳을 무의식적으로 한국의 언어문자와 비교해보았을 때,
아무래도 한국어와 한글이 그에게는 더 탁월한 모습으로 부각되었
을 것입니다. 이것이 일종의 예지력으로 작용하지 않았나 생각됩
니다. 다시 말해서 한국어와 한글이 어느 때인가는 영어와 영어문
자를 대신하여 그것을 압도할 미래가, 그 자신도 모르게 어렴풋이
비쳤을 것이라는 느낌이 듭니다."

"결국 그는 타고르와 함께 한국의 미래를 내다본 예언자라는 말
씀이군요."

"그렇게 보아야 하지 않을까 생각됩니다."

종북좌파從北左派

우창석 씨가 물었다.

"선생님, 요즘 대중매체에 단골처럼 오르내리는 종북좌파從北左派란 도대체 무엇을 말합니까?"

"글자 그대로 북한의 노선을 북한 당국의 지령에 따라 그대로 따르는 주사파, 진보좌파 정치인들을 말합니다."

"그럼 선군 수령 독재 체제 유지를 위해 주민들을 3백만 명이나 굶어죽게 하면서도 핵과 미사일 개발에 집착하고 3대 세습을 강행하는 북한의 노선을 추종하는 우리나라 토착 공산주의자들을 말하는 건가요?"

"그렇습니다."

"우리나라 현행법이 그들의 존재를 용납합니까?"

"그렇습니다. 대한민국에는 사상의 자유가 있으니까요."

"그렇다면 정말 큰일입니다."

"뭐가요?"

"국회의원이 된 그들이 정부 관계부처에 얼마든지 자료 요청을 하여 국가 안보상의 극비 사항들을 제멋대로 우리의 주적主敵인 북한에 넘겨줄 것이 뻔하지 않겠습니까?"

"사실은 그것이 가장 큰 문제입니다. 그러나 일부 유권자들이 총선에서 그들을 13명이나 국회의원으로 선택했으니 어쩌겠습니까? 관계 기관들에서 무슨 대책들을 세우겠죠.”

“그건 그렇다 치고 또 하나 제가 알고 싶은 것은 19대 국회에서 통합진보당 비례대표로 국회의원이 된 이석기, 김재연 의원과 역시 민주통합당 비례대표로 국회의원이 된 임수경 의원 같은, 세상에 널리 알려진 종북좌파 정치인들이 국회에 진출함으로써 북한의 지령을 따르는 그들이, 국가 기밀을 북한에 넘겨주는 일 외에 또 무슨 짓을 할지 누가 압니까? 국민들은 바로 그것을 불안해하고 있습니다. 도대체 어떻게 하다가 우리나라가 이 지경이 되었습니까?”

“그건 한나라당 김영삼 전 대통령을 위시한 보수 정치인들의 무능과 부정부패에 염증을 느낀 유권자들이 1998년부터 2008년까지 만 10년 동안 친북좌파 정치인 김대중, 노무현의 정부를 출범케 했기 때문입니다. 이 기간에 종북좌파 정치인들이 대거 양성되었고 종북좌파는 말할 것도 없고, 심지어 간첩까지도 민주화투사로 둔갑되어 국가의 연금 혜택을 받는가 하면, 일부는 정부 기관에서 일하게 된 것 역시 종북좌파가 득세하게 된 원인이라고 할 수 있습니다.”

“그렇다면 친북좌파 정권 10년간의 폐해를 속속들이 지켜본 유권자들에 의해 무려 531만 표의 우세로 대통령에 당선된 한나라당의 이명박 대통령은 지금까지 집권 4년 동안 뭘 하느라고 종북좌파 세력이 계속 뻗어나가는 것을 그대로 방치해 두었습니까?”

“내가 보기에는 집권 초기에 종북좌파가 주도한 광우병 촛불 시위에 하도 혼이 빠져서 그들을 단속할 엄두도 못 내고 지난 4년 동안 그들을 방치해 둔 것입니다. KAL 858기 폭파범 김현희는 ‘김대중 노무현 정권은 종북주의를 배양했고 이명박 정권은 종북주의를 방치했다'고 말했습니다. 정곡을 찌른 말이 아닐 수 없습니다. 이명박 대통령은 좌파정치 10년에 식상한 유권자들이 531만의 표차로 그를 당선시켰건만 그는 순전히 자기 개인의 인기로 자기에게 그러한 몰표가 쏟아져 들어온 것으로 착각을 한 것입니다. 결과적으로 유권자들의 참뜻을 배신한 꼴이 되었습니다."

"그렇다면 금년 말에 실시될 대선에서 이명박 대통령의 배신에 식상한 나머지 또 김대중, 노무현과 같은 친북좌파 정치인이 대통령이 될 수도 있는 것이 아닐까요?"

"유권자들이 그렇게까지 무모하지는 않겠지요. 어련히 알아서 이번에야말로 다음 대통령을 제대로 선출하겠지요. 대한민국의 운명은 오로지 이 나라 유권자들의 한 표 한 표의 향방에 달려있으니까요. 종북좌파 정치인들이 행태를 보고도 그리고 친북좌파 정치인들이 10년 동안 어떻게 정치를 해 왔는가를 똑똑히 보고나서도 유권자들이 같은 당에서 나온 후보자를 다음 대통령으로 뽑아준다면 그것 또한 어쩔 수 없는 일이죠."

"종북좌파가 창궐하여 대한민국이 북한 공산선군독재세습 국가에 흡수 통합되어도 어쩔 수 없다는 얘기인가요?"

"부정부패를 혐오한 나머지 그 비능률성으로 인해 외국에서는 이미 용도폐기되어 쓰레기통에 들어간 지 오래된 공산주의를 좋아하는 우리 유권자들이, 우리보다 40배나 못사는 세계의 최빈국에 속하는 북한처럼 되기를 소원한다면 별 수 없는 일입니다. 그러니까 이번에야말로 유권자들이 정신 번쩍 차리고 나라를 제대로 이끌어나갈 올바르고 지혜롭고 유능한 대통을 뽑아야 할 것입니다."

남로당과 베트콩

"그건 그렇다 치고 종북좌파와 친북좌파는 어떻게 다릅니까? 혹시 초록은 동색이라고 거의 같은 것이 아닐까요?"

"종북좌파와 친북좌파는 비슷하기는 하지만 똑같지는 않습니다. 종북좌파가 북한의 지령대로 움직이는, 총만 들지 않았을 뿐인 적화통일의 선봉대라면 친북좌파는 10년 동안 김대중, 노무현 정부가 한 것처럼 비록 북한에 퍼주기를 하고 비전향 장기수 간첩들을 복송하고 국내의 종북좌파들을 도와주기는 했을망정 대한민국이라는 틀만은 그대로 유지하려는 정치인들이라는 것을 알 수 있습니다. 그러나 종북좌파는 6 25 전에 남한에 있었던 남로당이나 월남의 베트콩과 같다고 볼 수 있습니다."

"박헌영이가 이끌었던 남로당은 김일성에 의해 한때 잘 이용되다가 휴전 뒤에 이용가치가 없어지자 가차 없이 숙청당한 것으로 알고 있습니다. 그러나 베트콩에 대해서는 잘 모르겠는데 설명 좀 해 주시겠습니까?"

"베트콩이란 원래 월남 공산주의자라는 뜻으로서 월남 인민해방전선의 속칭입니다. 1960년 12월 남부 월남에서 결성된 통일전선으로, 1968년 6월 월남 임시 혁명정부를 수립하여 반미 반정부 무력 투쟁을 벌여 월맹의 지원 아래 1975년 4월 월남공화국을 무너

뜨리는데 성공했습니다. 그러나 월맹에 의해 공산 통일이 된 후에는 이용가치가 없어지자 모조리 숙청당하여 일부는 간신히 도망쳐서 보트 피풀 즉 선상난민船上難民이 되었습니다."

"월맹이란 지금의 베트남 정부를 말하는데, 베트콩이 월남공화국을 멸망시키는 데 공로를 세웠다면 큰 상은 주지 못할망정 모조리 숙청을 당하다니 그게 말이 됩니까?"

"공산국가에서는 그게 말이 됩니다. 남로당이나 베트콩이나 자유세계에서 자유의 맛을 본 토착 공산주의자 단체로서 아무리 북한과 월맹을 도와 대한민국과 사이공 정부를 상대로 싸웠다고 해도 자유의 공기에 전연 오염되지 않은 북한 주민이나 월맹 주민과는 섞여서 살게 할 수 없으므로, 이용가치가 없어지는 순간 무자비하게 숙청당하는 것이 관례로 되어 있습니다. 남한 종북좌파들도 그들이 제아무리 대만민국을 상대로 싸우는 데 심혈을 바쳤다고 해도 남로당이나 베트콩처럼 이용가치가 없어지면 결국은 무자비하게 숙청을 당하지 않을 수 없게 되어 있습니다. 그런것도 모르고 이석기 같은 종북좌파는 애국가는 국가가 아니라는 등 무식한 소리를 하면서 제멋대로 기가 나서 반국가 활동을 위해 날뛰는 것을 보면 정말 내일을 모르는 하루살이 같은 한심하기 짝이 없는 가련한 인생입니다."

"이석기 씨가 애국가에 대하여 그렇게 무식한 소리를 한 것이 사실입니까?"

"사실입니다. 2010년에 제정된 국민의례 규정은 정식으로 지금의 애국가를 국가로 규정해 놓았는데 이 사실을 알지 못한것 같습니다. 대중매체를 통하여 대국민 발언을 할 때는 제발 공부를 하여 무식한 소리는 하지 말아야 할 것입니다."

북한 인권법이 내정 간섭일까

우청석 씨가 말했다.

"최근 북한 인권법을 국회에 상정해야한다고 보느냐는 질문을 받은 민주통합당의 이해찬 의원은 '정치적으로 말한다면 다른 나라의 국내 정치 문제에 깊이 주장하거나 개입하는 건 외교적 결례입니다. 북한에 인권 문제가 있는 건 사실이지만 북한 스스로 알아서 해결할 문제지 서로 간에 개입할 일은 아니라고 봅니다'하고 말했습니다."

"선생님께서는 이 같은 발언에 대하여 어떻게 생각하십니까?"

"가령 우창석 씨의 이웃 집 주인이 술만 취하면 마누라를 몽둥이로 오뉴월 개패듯 하여 살인을 할 지경이 되고도 모자라 이것을 말리는 딸애까지도 구타하여 불구자로 만들었다면 남의 집 일이니 간섭할 필요가 없다고 보고 자기네 스스로 알아서 해결하라고 끝까지 모른 척하고 그냥 내버려둘 겁니까?"

"정도 문제지 살인을 할 정도라면 그냥 모른 척할 수는 없겠지요."

"그럼 어떻게 할 겁니까?"

"경찰이나 119 같은 데 신고라도 하여 죽어가는 사람부터 살려놓고 볼 껍니다."

"그것이 인지상정人之常情입니다. 아무리 부부와 자식 사이라도 사람이 죽어야 할 정도의 위기 상황이라면 이건 보통 문제가 아니고 인류 보편적인 준수 사항인 인권에 관한 문제입니다. 한 가정은 말할 것도 없고 국가 단위에서도 그 나라의 지도층이 자국 국민들이 굶어죽게 내버려둔 채, 핵무기와 미사일 개발에 집착하는가 하면, 굶어죽지 않고 살겠다고 국경을 넘어 도망치는 주민들을 경비병을 시켜 조준 사격으로 사살하고 독재자인 수령에게 불평을 했다고 하여 재판도 없이 기관원이 현장에서 사살해버리는 짓을 아무렇지도 않게 저지르고 있습니다. 이것을 이웃 나라들이 알고 내정 문제이니 간섭할 일이 아니라고 내버려 둘 수 없는 것이 국제 관행입니다. 인권 문제는 국경을 넘어 인류의 보편타당한 가치이기 때문입니다."

한 나라의 교육부 장관을 지냈고 국무총리까지 역임한 이해찬 의원이 이러한 인류 공동의 보편적 가치를 모르고 그러한 발언을 했다니 믿어지지 않습니다. 이러한 작태를 어떤 학자는 맹북盲北이라고 했습니다. 쥐뿔도 모르면서 덮어놓고 북측을 편들어 준다고 해서 그렇게 말했을 것입니다.

유엔 안전보장이사회가 특정 국가가 자행하는 집단학살, 전쟁 범죄, 인종 청소 등 인권침해가 극심할 경우 '시민 보호 의무'를 근거로 무력 개입도 불사하는 것은 이러한 인류의 보편적 가치를 옹호하기 위해서입니다.

2011년 3월 리비아 독재 정권에 의한 주민 학살에 북대서양조약기구인 나토가 개입한 것이 대표적 사례입니다. 미국과 일본을 비롯한 국제 사회가 과거 한국의 인권에 대한 관심과 개입을 통해 민주화 운동에 큰 힘 되었던 것은 누구나 다 아는 사실입니다. 그 실례로 김대중 전 대통령도 일본 망명 시절에 한국으로 납치 호송되는 것을 미국의 노골적인 간섭으로 목숨을 건지게 한일이 있습니다. 이해찬 의원의 논리대로라면 지금 아프리카, 중동의 민주화 운동을 온 세계가 적극 지원하는 것도 한갓 내정 간섭이 될 것입니다.

북한의 인권과 관련해서 미국은 2004년에 북한 인권법을 제정했고 2012년 3월에는 의회가 탈북자 청문회를 열 정도로 깊은 관심과 지원을 보내고 있습니다. 그뿐 아니라 유럽연방, 영국, 이탈리아, 캐나다 의회도 탈북자들을 초청하여 북한의 참혹한 인권 상황을 청취했습니다.

북한 주민은 우리와는 같은 동포이고 어느 모로 보든지 세계의 다른 어느 나라보다도 우리는 북한 인권 문제에 깊은 관심을 가져야 마땅한 일입니다. 그럼에도 불구하고 2005년에 처음 발의된 북한 인권 법안이 두 번이나 폐기된 것은 이해찬 의원과 같은 친북좌파 정치인들의 방해 때문이었다는 것은 세상이 다 아는 일입니다."

북한의 핵과 미사일은 미국과의 대결 때문인가

"친북좌파 정치인들은 북한이 주민들을 굶겨죽이면서도 핵과 미사일을 고집하는 것은 초강대국 미국과의 무력 대결에서 살아남기 위한 어쩔 수 없는 선택이라고 말합니다. 선생님께서는 이러한 주장에 대해서 어떻게 생각하십니까?"

"1950년 북한이 소련과 중공의 지원을 받아 남침 전쟁을 일으키기 직전에 남한에는 미군 전투요원은 단 한 사람도 없이 완전 철수한 상태였습니다. 그러한 미군을 남한 땅에 끌어들인 것은 북한군의 갑작스런 남침 때문이었습니다. 북한이 지금이라도 남침 의도를 버리고 남북이 평화적으로 살기를 진정으로 원하고 상비군을 10만 정도로 유지한다는 것이 객관적으로 입증되고 중국의 침략 위협도 사라진다면 미군은 6·25 직전처럼 남한 땅에서 아무런 미련 없이 완전 철수할 것입니다.

그러나 실제로 북한은 휴전 후에도 시종일관 적화 통일을 위해 군사력을 증강하여 왔습니다. 친북좌파 정치인들이 이러한 북한을 계속 지지하는 것은 북한의 남침을 부채질하는 것밖에는 안 되는 것입니다."

"친북좌파 정치인들은 북한을 그들의 입장에서 '내재적 관점으로 파악해야 된다'고 말하는 데 대해서는 어떻게 보십니까?"

"북한에는 민주국가에서와 같은 헌법은 없고 단지 형식적인 것이 있을 뿐입니다. 북한의 실질적인 헌법은 북한노동당 규약인데 여기에는 '남조선을 해방하여 통일을 완수해야 한다'고 규정해 놓고 있습니다. 북한을 그들이 생각하는 내재적 관점으로 파악하라는 것은 '남조선을 해방하여 공산 통일을 완수하겠다'는 그들의 목표를 인정해야 된다는 것을 말해줍니다.

북한과 친하게 지내자는 생각에서 나온 것이 김대중, 노무현 정부의 10년 간의 햇볕 정책과 무조건 퍼주기였지만 이것으로 우리가 얻은 것은 참수리호 및 천안함 침몰과 연평도 피격이었습니다. 북은 우리가 퍼주기한 105억 달러 상당의 금품으로 핵과 미사일 개발에 계속 박차를 가할 수 있었습니다. 따라서 북한 지도층의 관점으로 북한을 보라는 것은 대한민국을 멸망시키려는 북한의 목표에 동의하라는 것과 같은 얘기입니다."

"그러나 친북좌파정부 10년 동안에 비록 북한에 무조건 퍼주기를 하기는 했지만 대한민국의 틀만은 그대로 유지할 수 있었던 것은 무엇을 말하는 것일까요?"

"북한으로 하여금 대한민국을 통째로 흡수통일하도록 방치하지는 않았다는 것을 말해줍니다."

"그렇다면 친북좌파들은 이 시점에서 양자택일을 해야 하는 거 아닙니까?"

"어떻게 말입니까?"

"대북 정책 10년의 참담한 실패를 자인하고 북한에 대한 공부를 철저히 하여 새로운 정책 구상을 하든가 그럴 자신이 없으면 정치에서 아예 손을 떼든가 했어야 할 것입니다. 그런데 실제로는 그러한 반성은 추호도 없이 기존 대북 입장을 그대로 유지한 채 집권당의 실패만 파고 들어 재집권에만 집착하고 있습니다."

"그럴듯한 관찰입니다. 유권자들은 그러한 친북좌파들의 행동 거지를 유심히 관찰해 두었다가 연말 대선에서 표로 심판하려 할 것입니다."

"그럼 결론적으로 말해서 북한이 저토록 결사적으로 무력 증강을 하는 것은 초강대국 미국과의 대결에서 살아남기 위한 생존 전략에서가 아니라 남한을 적화통일하기 위한 것이라고 보아야겠죠?"

"그렇고 말고요."

유비무환有備無患

"그럼 우리는 어떻게 해야 할까요?"

"미국과의 동맹을 강화하여 북한의 핵과 미사일을 압도할 수 있는 최첨단 무기로 대북억지력을 계속 강화하여 저들이 감히 남침할 엄두도 못 내게 해야 합니다. 때마침 미국의 동아시아 중시 정책으로 한국에서의 한미합동사령부를 당분간 유지하고 대북 억지력을 확충하기로 한 것은 대단히 고무적인 변화입니다."

"그렇다고 해서 북한의 남침 야욕을 근본적으로 없애버릴 수는 없는 거 아닐까요?"

"물론입니다."

"그럼 어떻게 하면 북한 지도층이 남침 야욕을 버릴 수 있을까요?"

"그들이 정권 야욕을 버리기만 하면 됩니다."

"어떻게 해야 해방 후 지금까지 67년 동안 3대 세습을 통하여 누려온 정권 야욕을 저들이 버릴 수 있겠습니까?"

"정권 야욕을 불러온 이기심만 버리면 됩니다."

"그 이기심을 버리자면 김일성, 김정일, 김정은으로 이어져온 세습왕조 당사자뿐만 아니라 이를 떠받치고 있는 이익집단의 이기심까지도 포기해야 되는데 그런 일이 가능하겠습니까?"

"거의 불가능한 일일 것입니다. '조선민주주의인민공화국'이라는 이익집단이 일치단합하여 손털고 자발적으로 해산을 하지 않는 한 그들이 정권 야욕을 버린다는 것은 불가능한 일이 될 것입니다."

"그럼 어떻게 해야 될까요?"

"지금 당장 우리가 할 수 있는 일은 저들이 재침 전쟁을 감히 일으킬 수 없게 물샐틈 없는 대비 태세를 강화하는 겁니다. 평화통일을 그토록 강조하여 온 우리가 먼저 북침 전쟁을 일으킬 수는 없는 이상 그 길밖에 없습니다. 이런 상태로 시간이 흐르다가 보면 반드시 어떤 변화가 오게 되어 있습니다. 이 우주 안에 변하지 않는 것은 없으니까요."

"어떤 변화 말입니까?"

"남북을 둘러싼 열강들의 세력 판도에 뜻하지 않는 변화가 올수도 있고, 지금 지구 차원에서 진행되고 있는 기후 및 지각 변동으로 전연 생각지도 못했던 변화가 올 수도 있습니다. 그런가 하면 북한 지도층 내부나 북한 주민들 가운데서 예상치 못했던 변화가 일어날 수도 있습니다. 우리는 이러한 여러 가지 변화에 기민하고 지혜롭게 대처하면 됩니다."

"그 외에는 우리가 능동적으로 할 수 있는 일이 없습니까?"

"있습니다. 우선 외국에 체류하고 있는 탈북자들 중에서 한국에서 살기를 원하는 사람은 우리 정부가 솔선하여 따뜻하게 전원 다 받아들이는 겁니다. 요즘 언론에 보도되는 태국 대사관 여자 직원의 탈북자들에 대한 냉혹한 폭언은 도저히 있을 수 없는 일입니다. 이런 불상사는 무슨 일이 있든지 근절되어야 할 것입니다. 두 번째로 재중 동포인 조선족에 대하여 재미, 재일 교포와 동일한 대우를 해 주어야 한다는 것입니다. 그들이 조상의 나라에 와서 돈을 벌어

갈 수 있도록 적극적으로 정부 차원에서 도와주어야 합니다. 그렇
게 하는 것이 북한 동포들에게 대한민국을 그리워하게 만든다는
것을 잠시도 잊어서는 안될 것입니다."

탈북자와 앙숙인 주사파

우창석 씨가 말했다.

"선생님, 임수경 씨가 탈북 대학생과 시비 중에 탈북자에게 욕을 하고 북한 인권법을 제정하려는 하태경 의원을 보고 '변절자!'라고 막말을 했다고 하는데 도대체 그 이유가 무엇일까요?"

"대한민국에서 주사파의 최대의 적은 탈북자들입니다."

"그럴만한 이유라도 있습니까?"

"있고말고요."

"친북좌파 정부 10년 동안에 종북좌파들은 정부 지원까지 받아가면서 제 마음대로 세력을 뻗어갈 수 있었습니다. 남한 국민들은 주사파 또는 종북좌파들의 집요한 선전술에 대부분은 넘어가버리지만 탈북자들만은 철옹성같이 요지부동입니다. 임수경 씨 같은 주사파는 제아무리 한국 국법을 어기고 북한에 들어가 그들의 환영을 받았다고 하지만 북한 지도층이 보여주고 싶은 것만을 보았을 뿐 밑바닥 주민들의 참상은 접할 기회가 전연 없었습니다. 임수경 씨가 북한에 체류하는 동안 북한 요원들이 물샐틈 없는 감시를 받지 않을 수 없었으니까요.

그러나 탈북자들은 북한에서 굶어죽지 않고 살아남기 위해서 갖은 고생을 다하다가 압록강과 두만강을 넘어 구사일생으로 북한을 탈출한 생생한 체험을 가진 사람들입니다. 이러한 탈북자들이 임수경 씨와 같은 주사파들이 국민들에게 하는 말을 들어보면 전연 실제와는 맞지 않는 거짓말이요 감언이설이 아닐 수 없습니다. 수많은 죽음의 고비를 넘기고 한국 땅을 밟은 그들이 임수경 씨의 거짓말을 그대로 두고 볼 수 없었던 것입니다. 따라서 임수경 씨에게는 탈북자야말로 사사건건 찰거머리처럼 달라붙은 귀찮기 짝이 없는 존재였음에 틀림없습니다.

참다 못해 화가 머리끝까지 치받힌 임수경 씨는 문제의 탈북자 출신 대학생과 시비가 붙자 '근본도 개념도 없는 탈북자 ××들이 굴러와서 대한민국 국회의원에게 개겨? 너 하태경(새누리당 의원)하고 북한 인권인지 뭔지 하는 이상한 짓 하고 있다지. 그 변절자 ×× 내 손으로 죽여버릴꺼야' 하고 험한 막말을 내뱉었다고 합니다."

"아니 그럼 북한 인권법을 제정하려는 사람을 보고 변절자라고 하면 임수경 씨의 조국은 도대체 어디죠?"

"그야 국민소득이 우리보다 20분의 1 밖에 안되는 세계에서 가장 가난한 나라에 속하면서도 남한을 적화통일하려고 핵과 미사일에만 악착같이 매달리는 북한 땅에 집권하고 있는 '조선민주주의인민공화국'이겠죠."

"그럼, 아예 북한 땅에 가서 살라고 하면 안 될까요?"

"그런 소리 하면 내가 왜 북한에 가서 살아야 하느냐고 펄쩍 뛰면서 아주 큰일 날 것처럼 질색을 한다고 합니다."

"그렇다면 말과 실제 행동은 다르다는 얘기가 아닙니까?"

"정확합니다. 그것이 주사파들의 실상입니다. 그들은 미국을 그렇게도 반대하고 미워하면서도 자녀들은 꼭꼭 다 미국에 유학을

보냅니다. 이처럼 경우와 이치와 도리가 통하지 않는 이상야릇하
기 짝이 없는 사람들이 바로 주사파, 친북좌파, 종북좌파입니다."

암은 왜 발생합니까?

40대 후반의 요가 강사로 일하는 송근배 씨가 수련을 하다가 느닷없이 물었다.

"선생님, 암은 왜 발생합니까?"

"암의 원인은 아직 의학계에서도 확실한 원인을 모르고 있습니다. 그러나 그동안 환자들과 의사들이 꾸준히 관찰해온 결과에 따르면 암의 원인은 속에서 치미는 화, 분노 그리고 걱정근심, 각종 스트레스가 장시간 축적된 결과라고 합니다. 그리고 암은 언제나 신체의 차가운 부위에서 만 꼭 발생합니다. 그래서 심장이나 소장처럼 항상 고열이 있는 부위에는 절대로 암이 발생하지 않습니다."

"그럼 암에 걸리지 않으려면 어떻게 하면 되겠습니까?"

"우선 마음이 항상 편안하고 몸을 따뜻하게 하면 암이 침범할 빈틈을 주지 않게 됩니다."

"어떻게 하면 늘 마음이 편안할 수 있겠습니까?"

"그건 마음이 편하지 못한 상태, 방금 전에 말한 바와 같은 치미는 화, 분노, 그리고 걱정근심, 각종 스트레스와 같은 불편한 마음에 시달리지 않으면 됩니다."

"어떻게 하면 그렇게 될 수 있을까요?"

"마음이 불편한 원인은 언제나 대인관계에서 발생한다는 것을

알 수 있습니다. 따라서 대인관계를 늘 원만히 하도록 신경을 쓰면
될 것입니다.”

대인관계를 원만하게 하려면

"어떻게 하면 대인관계를 항상 원만하게 할 수 있을까요?"

"그건 아주 간단합니다."

"어떻게요?"

"대인관계에서 항상 나보다 상대의 입장을 먼저 생각해주는 습관을 붙이면 됩니다. 그런 사람은 마음이 항상 따뜻합니다. 마음이 따뜻한 사람은 한겨울에도 손발이 따뜻합니다. 손발이 따뜻하면 몸도 마음도 따뜻하게 됩니다."

"선도체험기에서 늘 선생님께서 말씀하신 역지사지易地思之를 일상생활화하라는 말씀이시군요."

"그렇습니다."

"그런데 역지사지는 아주 쉬운 것 같으면서도 그걸, 막상 실천해 보려고 하니까 보통 어려운 일이 아니던데요."

"역지사지가 어려우면 그보다 한 단계 낮은 거래형去來型 인간이 되도록 노력해 보십시오. 내가 왜 이런 말을 하는가하면 우리가 일상생활에서 다른 사람과의 관계에서 상대의 화를 돋게 하든가, 분노를 치밀게 하는 것은 주고받는 거래가 분명치 못했기 때문입니다. 나는 상대에게 선을 베풀었건만 상대는 나에게 악으로 보답했다고 사람들이 분노하는 일은 흔히 있는 일입니다.

내가 남에게 유익한 일은 할 수 없을지라도 최소한 손해는 끼치지 않겠다는 마음가짐으로 살아가면 됩니다. 그래서 남과의 거래에서는 항상 내가 조금 손해를 본다는 선에서 매듭을 지으면 상대를 늘 만족시킬 수 있을 것입니다. 어떤 사람은 그렇게 하면 나만 늘 손해를 보라는 말이냐고 항변할 수도 있습니다.

그러나 그것은 짧은 생각입니다. 상대는 그로 인한 기대 이상의 거래 결과에 만족할 것이고 그것을 본 나는 마음이 편안해질 것입니다. 피차 마음이 편안해지면 우호 관계가 성립되어 두 사람의 관계에서 신용과 신뢰가 싹트게 되어 상부상조 관계가 성립될 수 있습니다. 여기에 자신감을 얻은 두 사람은 이러한 상호신뢰를 다른 사람에게도 이용할 수 있게 됩니다. 이렇게 되면 자연스럽게 거래형 인간에서 한 단계 더 높은 역지사지형易地思之型으로 발전하게 됩니다."

"역지사지형 다음에는 어떤 형의 인간으로 발전할 수 있습니까?"

"애인여기형愛人如己型 인간으로 향상될 수 있을 것입니다. 이웃을 나 자신처럼 사랑하는 사람이 된다는 뜻입니다. 다시 말해서 마음이 따뜻한 인간이 되는 것을 말합니다. 마음이 항상 따뜻한 사람이 몸이 차가운 사람이 될 수는 없습니다. 암은 몸이 찬 사람에게 흔히 발생하는 질병입니다. 특히 선도 수련을 하면 단전이 항상 따뜻하고 임독과 기경팔맥과 12정경에 항상 운기가 되므로 저절로 수승화강水昇火降이 이루어져 단전은 늘 따뜻하고 머리는 시원하게 됩니다. 이러한 사람에게 암세포가 기생할 자리가 있을 리 없습니다."

갑자기 발병한 대장암 말기 환자

"선생님께서는 방금 암의 원인은 화, 분노, 걱정근심, 스트레스 등으로 몸이 차가워져서 발생하는 질병이라고 말씀하셨습니다. 이런 종류의 암은 보통 하루 이틀 사이에 갑자기 발생하는 일은 없고 적어도 수개월 또는 여러 해에 걸친 잠복기를 거친 뒤에 발병하는 것으로 알고 있습니다. 그런데 제가 담당하고 있는 요가 회원들 중에서 한 중년부인은 바로 최근까지도 아주 건강하고 명랑하고 아무 걱정근심도 없었는데 하루아침에 갑자기 심한 설사와 복통으로 입원을 했습니다. 초음파 스캔상에는 대장암 말기이고 암세포가 간 쪽으로 전이중이라는 진단이 나왔다고 합니다. 잠복기도 전연 거치지 않고 이렇게 갑작스럽게 말기암이 발생할 수도 있습니까?"

"담당 의사는 그 원인이 뭐라고 하던가요?"

"그 원인을 도무지 알 수 없다고 말했답니다."

"영병靈病에 걸리면 그럴 수도 있습니다."

"영병이라면 어떤 병을 말하는지요?"

"기 공부가 상당한 경지에 이르지 않는 사람은 영병이 무엇인지 알 수도 없습니다. 따라서 기 공부를 체계적으로 하지 않은 의사라면 그 원인을 알 리가 없을 것입니다."

"영병이 무엇인지 좀 자세히 말씀해 주실 수 없겠습니까?"

"구천九天을 떠돌던 영가靈駕가 전생의 인연으로 어떤 사람에게 빙의가 되면 그렇게 갑자기 중병 암환자가 되는 수가 있습니다. 그 영가가 인간으로서 육체를 쓰고 살아있을 때 앓던 병을 빙의된 사람이 그대로 앓게 됩니다."

"성생님, 그럴 때 그 환자는 어떻게 해야 합니까?"

"담당의사는 뭐라고 했습니까?"

"더 이상 암이 전이되기 전에 빨리 수술을 해야 된다고 말했답니다."

"현대 의술을 배운 의사로서는 당연히 그렇게 말할 수 밖에 없었을 것입니다."

"선생님께서는 이런 경우 어떻게 하는 것이 좋겠다고 보십니까?"

"우선 빙의령부터 천도해야 합니다. 빙의령이 일단 천도된 다음에 다시 친찰을 받아 보고 그때의 병세에 따라 치료를 하면 될 것입니다. 그 이상은 내가 의사가 아니니까 더 말할 자격이 없습니다."

"빙의가 되는 원인은 무엇입니까?"

"문제의 영가와 빙의당한 사람의 전생의 업보 때문입니다. 빙의당한 사람의 대인관계가 원만했더라면 결코 이런 일이 일어나지 않았을 것입니다. 상대가 유감이나 원한을 살 만한 일만 없었더라면 지금과 같은 불행한 일은 일어나지 않았을 것입니다."

"결국은 자업자득이군요."

"콩 심은 데 콩 나고, 팥 심은 데 팥 나지, 콩 심은 데 팥 나고, 팥 심은 데 콩 나는 일은 있을 수 없습니다."

"결국은 일종의 복수극이군요."

"옳게 보셨습니다. 복수는 복수를 낳고 끝없는 복수의 악순환을 불러 올 뿐입니다."

"만약 빙의당한 부인이 대장암으로 사망하게 될 경우, 그 부인이 마음을 비우고 복수를 중단한다면 어떻게 될까요?"

"까딱하면 무한정 되풀이 될 수도 있는 복수의 악순환의 고리를 끊어버리고 마침내 생로병사의 윤회에서도 벗어나 우주와 하나 되는 생사일여의 그날을 앞당길 수도 있게 될 것입니다. 그러나 그렇지 못하고 계속 복수의 악순환에 말려들면 어미의 원한을 물려받아 복수의 화신이 된 연산군처럼 불행한 생을 언제까지나 이어가게 될 것입니다."

정의구현正義具顯과 종북구현從北具顯

정지현 씨가 말했다.

"선생님, 요즘 언론 보도에 따르면 '가짜 김현희' 만들기에 깊숙이 관련되었던 천주교 인권위원회와 정의구현사제단의 애매모호한 태도를 놓고 말이 많습니다. 선생님께서는 이 문제를 어떻게 생각하십니까?"

"그 문제를 거론하자면 문제의 발생 경위부터 알아야 합니다."

"그럼 선생님께서 이왕에 말씀하시는 거 그것까지 함께 이야기해주시는 것이 어떻겠습니까?"

"그렇게 하도록 하죠. 문제의 발단은 노무현 정권 시절인 2003년 11월 3일에 시작되었습니다. 이날 천주교인권위원회와 정의구현사제단은 '1987년 KAL기 폭파사건은 조작된 것이고 정부가 폭파범이라고 발표한 김현희는 가짜'라는 선언문을 느닷없이 공개하면서 시작되었습니다.

이 선언문이 나오자 MBC를 선두로 하여 SBS, KBS까지 가담하여 '김현희 가짜 만들기' 프로를 앞 다투어 쏟아내기 시작했습니다. 이들 방송사들은 김현희 씨가 사는 아파트에 찾아가 문을 두드리는 화면을 아무렇지도 않게 내보냈습니다."

"그것이 그렇게 크게 문제가 되는가요?"

"문제가 되지 않고요. 김현희 씨의 아파트를 방송 화면에 노출시키는 것은 그렇지 않아도 살해 위협에 늘 쫓겨 온 그녀를 북한의 암살조에게 목숨을 내맡기는 것과 같이 위험천만한 일이 아닐 수 없습니다. 북한은 미얀마의 아웅산에서 전두환 대통령을 암살하려다 실패하고 그 대신 17명의 우리 정부 요인들을 폭살했고, 탈북한 김정일 전처의 조카 이한영을 추적하여 대한민국 서울 한복판에서 살해했습니다. KAL기 폭파는 2000년 김대중 대통령 방북 때 김정일도 시인한 사건입니다. 그뿐 아니라 북한 외무성 리근 미국국장도 2007년에 '우리는 KAL기 테러 이후에는 테러한 적이 한번도 없다'고 말함으로써 KAL기 사건이 북한의 소행임을 시인했습니다.

천주교인권위원회와 정의구현사제단은 이처럼 북한의 암살조에게 쫓기는 약자인 김현희 씨를 보호는 해주지 못할망정 방송사들과 함께 김현희 씨가 사는 아파트를 공개하는 단초를 제공했으니 그게 성직자들로서 할 짓입니까? 더구나 김현희 씨는 남한 땅에는 서발막대기 마음대로 휘들러보았자 거칠 것 없는, 친척붙이 하나 없는 외톨이 신세입니다. 당장 안전하게 숨을 곳조차 없는 그녀는 창황망조 중에 아이를 들쳐업고 이곳저곳을 기약 없이 떠도는 유랑생활을 5년 동안이나 해야 했습니다."

"그럼 그때 노무현 정부는 무슨 일을 했습니까?"

"김현희 씨는 그에 대하여 최근 TV 조선에 출연하여 '2003년 노무현 정부 시절 국가정보원 과거사 진실규명을 통한 발전위원회가 나를 해외로 이민 보내어 못 들어오게 한 뒤, 내가 가짜 범인이라서 도망갔다고 몰려고 했습니다. 그러나 내가 이민을 거절하니까 국정원 1급 보안사항인 나의 주거지를 방송에 노출했고 그래서 5

년 동안 피신 생활을 해야 했다'고 폭로했습니다.

그 후 2005년에 만들어진 '국정원 과거 진상규명위원회'는 물론이고 2007년에 조직된 '진실화해를 위한 과거사 위원회'도 천주교 인권위원회와 정의구현사제단의 김현희 가짜 주장은 근거 없는 것으로 결론을 냈습니다.

그렇지만 앞에 서서 '가짜 김현희설'에 불을 붙였던 천주교인권위원회와 정의구현사제단은 그로부터 장장 5년의 세월이 흐르도록 김현희 씨에게 사과 한마디 없이 시종일관 입을 꾹 다물고 있습니다. 당시 정의구현사제단 운영위원장이었던 한 신부는 'KAL기 폭파가 북한 소행이라는 정부 발표가 조작된 것으로 보느냐'는 한 기자의 질문에 '그런 질문은 제발 안 했으면 좋겠다'면서 더 이상 입을 열려고 하지 않았습니다.

신부들은 가짜 김현희설뿐 아니라 요즘은 한미 FTA 반대, 4대강 사업 반대, 제주도 해군 기지 반대 등 정치 선동 레퍼토리도 아주 다양합니다. 올해 초 수원교구의 한 신부는 '해적'이라는 문구가 들어간 제주 해군기지 반대 만화를 나누어주고 '연평도 포격은 북한이 한 일이 아니다'라고 주장했다가 이에 이의를 제기한 한 중학생 신도를 폭행한 혐의로 고소까지 당했습니다. 일부 신부들의 지나친 종북從北 주장 때문에 성당에 나가기 싫다는 천주교 신도들이 늘어나고 있습니다."

"그래도 이들 신부나 사제들은 신도들에게는 자기 죄를 회개하고 천주님의 용서를 받으라고 늘 강론을 할 것 아닙니까? 그러한 그들이 자신들은 김현희 씨를 죽음으로 내모는 말 못할 고통을 안겨주는 큰 죄를 짓고도 5년이 지나도록 사과 한마디 없다는 것은 종교인들은 말할 것도 없고 일반 국민들도 도저히 수긍할 수 없는 일이 아닐까요?"

"옳은 지적입니다. 개인이나 단체, 국가도 잘못이나 죄를 지을 수 있습니다. 인간은 애초부터 불완전한 존재니까요. 그러므로 잘 못을 저지르는 것이 나쁜 것이 아니라 잘못을 저지르고도 뉘우칠 줄도, 고칠 줄도 모르는 것이 나쁜 것입니다.

더구나 이 문제를 주도한 천주교인권위원회와 정의구현사제단 자신들은 잘못을 뉘우칠 줄 모르면서도 신도들에게는 잘못을 뉘우 치고 천주님의 용서를 받으라고 설교를 하는 것은 어불성설語不成說 입니다. 고해성사를 하려오는 신도들 앞에 부끄럽지 않은 사제들 이 되어야 할 것입니다. 자기 잘못을 사죄할 줄 모르는 천주교인권 위원회와 정의구현사제단 소속 사제들은 신도들의 고해성사를 받 을 자격이 있는지 묻고 싶습니다.

속 다르고 겉 다른 이중인격자가 되고 싶지 않으면, 살인자였던 사울이 눈물로 회개하고 사도 바울로 변신했듯이, 그들도 지금 당 장 김현희 씨 앞에 꿇고 엎드려 충심으로 뼈저린 회개를 해야 합니 다. 그래야만이 천주교 일반신도들과 국민들은 살인자 사울에서 성도聖徒로 탈바꿈된 사도 바울을 받들어주듯, 그들을 진정한 성직 자로 존경하게 될 것입니다.

그렇게 하지 않으면 우리 사회의 그 누구도 그들을 진정한 천주 교 사제로 인정하려 하지 않을 것입니다. 사죄 여부에 따라 그들의 사명이 정의구현正義具顯인지 아니면 종북구현從北具顯인지가 의문 의 여지없이 명백하게 밝혀질 것입니다.

그리고 천주교인권위원회와 정의구현사제단의 뒤를 이어 그들 과 함께 '가짜 김현희 조작극'에 적극 가담했던 MBC, SBS, KBS 방송사들과 노무현 정부 국정원 관계자들도 김현희 씨 앞에 무릎

꿇고 충심으로 사죄해야 합니다. 끝으로 집권 4년이 되도록 이 일을 계속 방치하여 온 이명박 정부 관계자들도 당연히 반성하고 김현희 씨에게 적절한 법적 보상 조치를 당연히 강구해주어야 할 것입니다."

풀리지 않는 의문

"전적으로 동감입니다. 그런데 선생님, 한 가지 풀리지 않는 의문이 있습니다."

"그게 뭐죠?"

"김현희 씨는 최근 TV 조선에 출연하여 '2003년 노무현 정부 시절 국가정보원이 나를 해외로 이민 보내어 못 들어오게 한 뒤, 내가 가짜 범인이라서 도망갔다고 몰려고 했습니다. 그러나 내가 이민을 거절하니까 국정원 1급 보안사항인 나의 주거지를 방송에 노출했고 그래서 5년 동안 피신 생활을 해야 했다'고 폭로했습니다.

그 후 2005년에 만들어진 '국정원 과거진상규명위원회'는 물론이고 2007년에 조직된 '진실화해를 위한 과거사 위원회'도 천주교 인권위원회와 정의구현사제단의 김현희 가짜 주장은 근거 없는 것으로 결론을 내렸다고 했습니다.

제가 알기로는 국정원 과거진상규명위원회는 노무현 정부 때의 국정원 기관인데, 김현희 씨의 주장대로라면 그녀를 해외에 이민을 보내어 못 돌아오게 한 뒤, 그녀가 가짜 범인이어서 도망쳤다고 몰려고 했다고 주장한 것과 달리 김현희의 가짜 주장은 근거가 없다는 결론을 내린 이유가 무엇일까요?"

"그건 노무현 정부의 상층부와 국정원 실무자들 사이에 의견이 맞지 않았기 때문입니다."

"어떻게 그런 일이 있을 수 있습니까?"

"정지현 씨는 권불십년權不十年이 아니라, 권불오년權不五年이라는 말 들어보지도 못했습니까?"

"권불오년이라뇨. 처음 듣는 말인데요."

"이승만 정권 12년, 박정희 정권 18년, 전두환 정권 8년은 모두가 5년 이상 지속된 장기 정권이었습니다. 이러한 장기 정권 밑에서는 하층 실무 공무원들도 살기 위해서 법과 원칙을 무시한 상부의 부당한 요구에 응하지 않을 수 없었습니다. 그러나 노태우 정권부터는 그 기간이 5년으로 축소되었습니다. 이렇게 짧은 기간에는 상부의 부당한 요구에 응했다가 정권이 바뀌면 상부의 비호를 받지도 못하고 여지없이 깨어져나가게 됩니다. 여기에서 살아남기 위해서 권불오년 시대에는 일선 실무 공무원들도 생존을 위해서 상부의 부당한 명령을 듣지 않고 법과 원칙대로 일을 처리하게 됩니다. 선진국들에서는 이미 오래전부터 정착된 정부의 기반 시스템이 자동적으로 작동되는 것을 말합니다.

바로 이 때문에 노무현 정부 시절에 서독에 살던 북한 노동당 비밀 정치국원인 송두율 씨가 한국 제주도에 뿌리를 내리려고 귀국했다가 국정원 실무자들이 그가 북한 노동당 비밀 정치국원임을 지속적으로 폭로함으로써 끝내 고국에 정착하지 못하고 독일로 되돌아가지 않을 수 없게 만들었습니다."

"그럼 북한 노동당 정치국은 도대체 무엇 하는 곳입니까?"

"을유문화사에 발간된 '김정일 시대의 북한 정치 경제'라는 책 77쪽에 보면 '당의 모든 사업을 조직, 지도하는 정치국은 노동당의 모든 정책을 수립하는 절대 권력 기관이다... 정치국은 상무위원

김정일을 중심으로 위원에 이종옥, 김영남...후보위원에 연형묵,
이선실 등이 있다'로 되어 있습니다. 결국 북한을 통치하는 핵심
권력 기관입니다. 결국 그는 북한 공산당의 핵심적인 최고 간부급
투사입니다. 귀순한 북한 노동당 전 비서 황장엽씨도 송두율 씨가
북한 노동당 정치국원이라고 말했다가 송두율 씨로부터 명예훼손
으로 고소까지 당한 일이 있었지만 결국 진실은 언젠가는 밝혀지
게 되어 있습니다. 사필귀정事必歸正이니까요.

결국 권불오년밖에 안 되는 정권 상부의 부당한 지시는 실무 공
무원들에게는 먹혀들지 않게 되었던 것입니다. 김대중, 노무현 전
대통령들이 비록 사상적으로는 송두율의 제자였다고 해도 우리나
라 국가 기관 실무 공무원들의 법과 원칙 지키기 소신에는 손을 들
지 않을 수 없었던 것입니다.

역대 대통령 친인척들의 비리가 법대로 처리되고, 요즘 이명박
대통령의 친형인 이상득 씨가 검찰 조사를 받아 처벌을 면할 수 없
게 된 것도 같은 맥락에서 보아야 할 것입니다.“

“그러고 보니 권불오년이 우리나라를 그야말로 국가의 기본 시
스템이 자동적으로 작동되는 선진국으로 만든 것 같아서 참으로
다행입니다. 저는 우리나라에 친북좌파 정권이 10년 동안이나 지
속되는 동안 저렇게 퍼주기만 하다가 아예 나라가 거덜나 버리고
적화통일되는 것은 아닌가 하는 의문과 공포로 밤잠을 지샌 일이
한두 번이 아니었습니다.

그런데 이제 지내놓고 보니 바로 그 친북좌파 정권 10년 동안에
도 우리나라가 적화 통일되지 않는 것은 바로 이 나라 경찰, 검찰,
국정원, 군부와 같은 국가 기관 실무자들이 상부의 부당한 지시에
따르지 않고 국법과 원칙에 충실했기 때문이라는 것을 알게 되었

습니다.

그리고 우리나라 주요 언론 매체들이 이들의 법과 원칙 지키기를 격려하고 응원하여 왔다는 것을 알았습니다. 그러니까 대한민국은 미국이나 일본처럼 국가의 기본 시스템의 작동으로, 대통령이나 수상까지도 비리를 저지를 경우, 용서 없이 권좌에서 끌어내리는 전례를 따라가는 것 같은 느낌이 들어 마음이 든든합니다.

그러나 북한은 어떻습니까? 우리나라의 경찰, 검찰, 국정원, 군부에 해당되는 북한의 국가 기관들은 수령의 말 한 마디에 무조건 절대복종하는 충실한 노예에 지나지 않습니다. ˮ

ˮ남북 어느 쪽이 더 내구성이 있고 경쟁력이 탁월한지는 역사가 증명할 것입니다. ˮ

기맹氣盲에서 벗어나는 길

우창석씨가 말했다.

"선생님 요즘 수행자를 가장한 어떤 사람이 삼공재에 잠입하여 수행자들이 좌정하고 수련에 들어가기 전에 선생님에게 절하는 것을 마치 선생님께서 절을 강요라도 하는 듯이 비꼬는 듯하는 글을 인터넷에 올렸다고 합니다. 선생님께서 처음 찾아오는 수행자에게 절을 강요하시지는 않으셨겠지만 혹시 절하는 것을 은근히 권유하거나 방치하신 일은 없으셨습니까?"

"천만에요. 내가 할 일이 없어서 그런 짓을 하겠습니까. 은근히 절을 권유하기는커녕, 절에 익숙치 않은 처음 찾아오는 수행자가 절하는 것을 나는 적극 만류하고 있습니다. 나는 삼공재에 처음 찾아오는 수련자들에게서 절 받기를 적극 사양합니다. 그들은 책을 읽거나 소문을 듣고 수련에 대한 호기심으로 나를 찾아왔을 뿐이지 나와는 사제지간師弟之間이 아니기 때문입니다.

아직 사제기간도 아닌데 사제지간에나 주고받는 절을 주고 받는 것은 나로서는 거북하기도 하고 이치에 맞지도 않는 일입니다. 그리고 나는 진정으로 내 제자가 된 사람이 아닌 사람이 절하는 것을 절대로 원하지 않습니다.

내가 이 세상에서 제일 싫어하는 것이 무엇인지 아십니까? 주는 것이 없이 공짜로 받는 겁니다. 이유도 없이 남의 절을 받은 것은 남에게 주는 것도 없이 공짜로 물건을 받는 것과 같은 짓입니다. 내가 제일 싫어하는 일을 내가 좋아할 리가 있겠습니까?"

"그럼 선생님께서는 삼공재에 찾아오는 사람들이 진짜 제자인지 아닌지 한눈에 금방 알아보실 수 있습니까?"

"물론입니다."

"그걸 어떻게 알아낼 수 있습니까?"

"삼공재에는 원래 기문氣門이 열리지 않은 사람은 찾아오지도 않습니다. 일단 기문이 확실히 열린 사람이 이곳에 오면 강한 기운을 받거나 막혔던 경혈이 열리어 운기조식이 활발해지게 되어 있습니다.

그 순간에 그는 자기도 모르는 사이에 무엇인가를 깨닫고 자발적으로 내 제자가 되어버리고 맙니다. 이런 사람들은 기운 받은 것이 하도 고마워서 내가 절을 하지 말라고 기를 쓰고 말려도 끝끝내 절을 하고야 맙니다. 간혹 가다가 나한테서 기운 받은 그 순간의 감격에 겨워서 눈물을 흘리는 사람도 있습니다. 마치 미아가 잃었던 젖어미를 되찾은 듯이.

이처럼 제자와 스승 사이에서 이루어지는 자연스러운 인정의 흐름인 인사법을 억지로 막는 것은 이치에도 맞지 않는다고 봅니다. 그런데 개중에는 수행자를 가장하여 몰래 숨어들어오는 경우가 가끔 있는데 이런 사람들은 남들이 절을 하니까 마지못해 절을 한 것이 아까울 수밖에 없습니다.

나는 그런 사람들에게는 어떻게 하든지 절을 하지 못하게 만류합니다. 그런데 그날 삼공재에 잠입한 사람을, 나는 다른 일에 신경을 쓰다가, 미처 알아보지 못하고 끝까지 절을 하지 못하게 막지 못한 것은 분명 나의 큰 불찰이었습니다.

"만약에 그 잠입했던 사람이 기문氣門이 열렸어도 그런 글을 인터넷에 올렸을까요?"

"그렇지 않을 것입니다. 그는 틀림없이 기문이 열리지 않았을 것입니다."

"기문이 열린다는 것은 무엇을 말합니까?"

"기문이 열린다는 것은 기를 느끼는 것을 말합니다. 기를 느낌으로써 구도자는 처음으로 선도의 첫 문턱을 넘어서게 됩니다."

"그렇다면 그 잠입자는 기맹氣盲이 아닐까요?"

"그럴지도 모르죠."

"기맹이 아니면 인터넷에 그런 글을 쓰지도 않았을 겁니다. 이 기회에 기맹이 무엇인지 설명 좀 해 주시겠습니까?"

"눈 뜬 사람만 사는 나라에 시각 장애인들이 갑자기 뛰어들어 갔을 때 벌어지는 위화감을 상상해 보세요. 얼마나 불편하겠습니까?

글을 모르는 것을 문맹文盲, 색깔을 가릴 줄 모르는 것을 색맹色盲, 컴퓨터를 모르는 것을 컴맹이라고 하듯이, 기맹氣盲은 기를 모르는 사람을 일컫는 말입니다. 기맹자氣盲者는 기를 느끼지 못합니다. 그러니까 기 공부 현장에서 제자와 스승 사이에 주고 받는 말이 무슨 뜻인지를 알아차릴 리가 없습니다.

그때 기맹자가 보기에는 스승이라는 자가 제자들에게 아무것도 해 주는 것 없이 절만 넙죽넙죽 받는 파렴치한이나 사이비 종교 교주 정도로 밖에는 보이지 않았을 것입니다."

"과연 그럴 수 있겠는데요. 그렇지 않다면 인터넷에 그런 글을 올렸을 리도 없었을 것입니다. 그렇다면 기맹자가 기맹에서 벗어나는 방법이 있으면 이 기회에 좀 알려주시겠습니까?"

"그건 아주 간단합니다."

"그래도 좀 말씀해 주셨으면 합니다."

"문맹자가 문맹에서 벗어나려면 어떻게 하면 되겠습니까?"

"그야 글 공부를 하면 되지 않겠습니까?"

"바로 그와 똑같이 기맹자가 기맹에서 벗어나는 지름길은 기 공부를 열심히 하여 기를 느끼는 길 밖에 더 있겠습니까?"

조급증에서 벗어나야 구도자다

정지현 씨가 말했다.

"선생님, 저 혼자 아무리 풀어보려고 해도 풀리지 않는 의문이 하나 있습니다."

"어디 말해 보세요."

"삼공재가 지난 연말에 논현동에서 삼성동으로 이사하기 전에 있었던 일인데요. 그때 다른 수련단체에서 20년 이상 선도 수련을 하여 지금 대주천 경지에 도달해 있다는 65세쯤 되는 남자 수련생 한 분이 있었습니다. 그분이 말씀하시기를 자기는 앞으로 살날도 얼마 남지 않았으니 될 수 있으면 선생님으로부터 대주천 수련을 확인하시고 인가를 받는 것이 소원이라고 말하는 것을 들었습니다.

그때 선생님께서는 그분이 대주천 수련 상태에 들어가 있는 것은 인정하지만 그 전에 그때까지 나온 선도체험기를 102권까지 꼭 다 읽어야한다는 조건을 내놓으셨습니다. 그때 그분은 선도체험기를 20권 정도 밖에는 못 읽었다고 말했습니다.

그분은 자기도 선도체험기를 102권까지 다 읽으려고 하지만 지금 자기가 하고 있는 생업인 빌딩 수위 일이 하도 바빠서 책을 읽을 시간이 없으니 특별히 좀 고려해 줄 수 없겠느냐고 통 사정을 했습니다.

그때 선생님께서는 그 조건을 이행하지 않으면 해줄 수 없다고 일언지하에 거절하셨습니다. 선생님께서 하도 단호하게 말씀하시니까 그분은 더 이상 간청하지도 못하고 좌우간 될 수 있는대로 나머지 못 읽은 선도체험기 102권을 가능한 한 읽어보겠다고 말씀하셨습니다.

3주쯤 후에 그분은 선생님에게 찾아와서 그동안에 선도체험기를 겨우 한 권밖에 못 읽었다면서 102권까지 다 읽으려면 앞으로 몇 해가 걸릴지 모르니 죽기 전에 선생님한테서 제발 좀 벽사문을 달아보는 것이 소원이라고 애원하다시피 했습니다. 그래도 선생님께서는 요지부동이셨습니다.

그 후에도 그분은 서너번 더 찾아와서 생식을 사가면서 선생님에게서 벽사문 달기가 소원이라고 거듭 간청했습니다. 그래도 선생님께서는 조금도 흔들리시지 않으시고 선도체험기를 102권까지 다 읽으라고 말씀하셨습니다.

그런데 삼공재가 삼성동으로 이사한 뒤로 벌써 7개월이 지났는데도 그 분은 아직 한 번도 나타나지 않습니다. 그분은 혹시 삼공재 수련을 단념하신 것은 아닐까요?"

"그럴지도 모릅니다. 벽사문을 끝내 달아주지 않으면 삼공재 수련을 그만둘지도 모른다고 말했으니까요."

"그분은 나이도 65세나 되었고 그분 말대로 죽기 전에 선생님한테서 대주천 수련을 확인받고 벽사문 달기를 그렇게도 소원했건만 선생님께서는 그때까지 나온 선도체험기를 102권까지 꼭 읽으라고 하신 이유는 무엇입니까?"

"수련은 조급증에 휘둘려서는 안됩니다. 80세의 스승 앞에서 이제 겨우 65세밖에 안된 주제에 죽기 전에 나한테서 벽사문 달기가 소원이라는 말을 하는 것을 보면 그 사람은 아직 대주천 수련에 들어갈 마음의 준비가 한참 덜되어 있다고 보았기 때문입니다. 수련이란 죽을 날이 멀지 않았다고 해서 서둘러 끝내야 할 성질의 것이 아닙니다.

금생에 대주천 수련을 통과하지 못했으면 내생에 하면 된다는 느긋한 자세가 구도자에게는 중요합니다. 내가 그 사람에게 선도체험기를 102권까지 끝까지 읽으라고 한 것은 그것을 읽는 동안 부동심과 평상심에 조금이라도 더 접근하기를 바랐기 때문입니다. 그러나 그럴 의사가 전연 없는 것 같습니다.

그런 사람에게 벽사문을 달아주어봤자 무슨 소용이 있겠습니까. 나는 나대로 그 사람이 선도체험기를 읽는 동안에 그의 입에서 더 이상 벽사문 달아달라는 간청이 쑥 들어가고 선도체험기를 읽으면서 부동심과 평상심이 자리 잡기를 은근히 기대했습니다. 그러나 그런 징후는 전연 보이지 않았습니다. 더구나 7개월 동안이나 아예 발길을 끊었으니 수련을 일단 단념한 것 같습니다."

"그분은 3주 동안에 겨우 선도체험기를 한 권밖에 못 읽었을 정도로 시간이 없었을까요?"

"시간이 없어서 책을 못 읽는다는 사람은 시간이 있어도 책을 읽지 않습니다. 시간이 없었던 것이 아니라 읽을 마음이 없었던 것입니다."

어떻게 살아야 합니까?

정지현 씨가 물었다.

"선생님, 우리 국민들은 어떻게 살아가야 합니까?"

"어떻게 살아야 하느냐고요?"

"네, 요즘 우리 사회에는 하도 괴상망측한 소리를 하는 사람들이 있어서 하는 말입니다. 그것도 보통 사람이 아닌 국민이 낸 세금으로 막대한 세비를 챙기는 국회의원들 말입니다."

"그야 괴상망측한 소리를 하는 국회의원들이 많을수록 보통 사람들은 바르게 살아가야한 것이 아니겠습니까?"

"바르게 살려면 어떻게 해야 하는데요."

"바르게 살자면 두말할 것도 없이 우리 눈에 보이는 몸을 움직이는 보이지 않는 주인인 마음부터 바르게 먹어야 하지 않겠습니까?"

"어떻게 하는 것이 마음을 바르게 먹는 것입니까?"

"그건 아주 간단합니다. 실례를 들면 바르게 사는 것은 길을 걸어갈 때 몸을 바르게 세우고 중심을 잡고 걸어가는 것과 같습니다. 그렇게 걸어가는 사람은 몸을 삐딱하게 한쪽으로 기울이고 걸어가는 사람보다 안정감이 있어서 남이 보기에도 위태롭지 않고 보기도 좋습니다. 그러나 삐딱한 자세로 걸어가는 사람은 지나가던 개

가 툭 부딪치기만 해도 언제 쓰러질지 몰라서 누가 보아도 위태위
태하여 심히 불안합니다. 그런 사람은 바람이 조금만 세게 불어도
길바닥에 쓰러져 자신은 물론 다른 사람에게도 손상을 입히게 됩
니다.

요즘 우리나라에서 오나가나 문제가 되는 것이 종북좌파從北左派
정치인들입니다. 이석기라는 국회의원은 우리나라의 상징인 태극
기를 부정하고 애국가는 국가가 아니고, 종북從北보다는 종미從美
가 더 문제고, 북한이 공격해도 맞불을 놓으면 안 된다고 노골적으
로 북한을 편들고 있습니다. 그런가 하면 임수경이라는 주사파 국
회의원은 탈북자를 변절자라고 욕함으로써 그녀의 국적이 대한민
국이 아니라 북한임을 만천하에 공표하고 있습니다. 대한민국의
국회의원으로서 엄연히 세비를 받아 챙기면서도 북한을 위해 봉사
하다니 이거 말이나 되는 일입니까.

북한이 한국보다 개인소득이 20배나 많아서 우리보다 훨씬 더
잘살고 이웃 동족 국가와 사이좋게 사는 정상적인 국가라면 그런
소리를 했다고 해도 아무도 분노하거나 이상하게 생각하지 않고
오히려 바른 소리했다고 칭찬들을 했을 것입니다.

그러나 북한은 6·25 남침 전쟁을 일으켰고 휴전 후에도 청와대
를 기습하다 실패했고, 아웅산테러와 KAL기를 폭파하고 참수리
호와 천안함을 격침하고 연평도를 포격했으며 이미 1995년도 전
후하여 3백만의 주민들이 굶어죽었고 지금도 굶어죽지 않으려고
탈북자들이 계속 두만강과 압록강을 넘다가 북한군에게 조준 사격
을 당하여 무참하게 죽어가고 있습니다.

더구나 요즘 북한 남자의 평균 키는 제대로 먹지를 못해서 한국
남자보다 15센티나 작은 희한한 난장이족으로 변해가고 있고 평균

수명은 15년이나 짧습니다. 북한의 연간 국가예산은 인천광역시 정도밖에 안되는데, 한국의 국방비가 총예산의 1.5프로인데 비해, 국가예산의 60프로 이상을 적화통일을 위한 무력 증강에 쏟아부어 핵과 미사일 개발에 광분하고 있습니다. 만민평등의 공산주의를 한다면서 3대 세습을 강행하고 있습니다."

"그러한 북한을 대한민국의 국회의원이라는 이석기, 김재연, 임수경 같은 중북좌파 정치인들이 공공연히 옹호하는 발언을 하는 것도 문제지만 그러한 종북좌파從北左派를 국회의원으로 뽑은 유권자들도 제 정신을 가진 사람들인지 의심하지 않을 수 없습니다."

"그렇습니다. 뽑힌 사람들이나 뽑아준 사람들이나 그 정신 상태가 정상이 아니고 심하게 한쪽으로 기울어져 삐딱하고 위태위태하게 길을 걸어가는 사람을 보는 느낌입니다."

"이석기, 김재연, 임수경 같은 종북좌파 국회의원은 유권자들이 직접 뽑아준 것이 아니고 모두가 비례대표제로 선출된 사람들이 아닙니까?"

"그렇다고 해도 그들을 비례대표로 국회의원이 되게 한 13명의 종북좌파 국회의원들은 유권자들이 직접 선출했을 거 아닙니까?"

"그건 그렇군요."

"외국에도 자기 나라를 파멸시키려는 적을 공공연히 옹호하는 이런 상식에 어긋나는 짓을 하는 국회의원들이 있습니까?"

"국가를 위해 봉사해야 할 국회의원으로서 주적主敵을 옹호하는 그런 발언을 하는 실례가 있다는 얘기를 나는 아직 들어보지 못했습니다. 비근한 예로 미국에는 지구평탄협회(地球平坦協會, The Earth Flat Society)라는 단체가 있다고 합니다.

유럽에서는 지구가 둥글다는 것이 중세 이래 이미 상식화되어 있지만 소수의 사람들은 아직도 지구는 평탄하다고 믿고 있고 자신들의 주장을 널리 알리기 위해서 잡지까지 발행하고 있다고 합니다."

"그러나 그들은 국회의원도 아니고 적을 옹호하는 주장을 하여 국가 안보를 위태롭게 하는 짓을 한 일은 없지 않습니까?"

"물론입니다. 그들은 단지 지구가 둥글지 않고 평탄하다는 것을 주장할 뿐이므로 그것이 국가의 안보에 위해를 끼치는 일은 전연 없습니다."

"그렇군요."

"그런데 한국의 종북좌파 국회의원들은 한국을 적화통일하려고 지금도 호시탐탐 노리고 있는 우리의 주적主敵을 편들어 국가 안보에 결정적 타격을 주고 있다는 것이 지구평탄협회원들과는 근본적으로 다른 점입니다. 왜냐하면 그들은 성조기와 애국가를 부정하지도 않았고 더구나 의회에까지 진출도 하지 않았지만 한국의 경우는 그들이 국회에까지 진출하여 국가 파괴행위를 아무렇지도 않게 자행하고 있기 때문입니다."

"아무리 생각해도 종북좌파 정치인들을 국회의원으로 뽑아준 유권자들은 이들을 다음 선거 때에 또 당선시키는 일이 없도록 해야 하지 않을까요. 그렇게 함으로써 그들 종북좌파 정치인들도 정상인으로 되돌아와 바른 삶을 살아갈 수 있도록 잘 이끌어주어야 할 것입니다. 그래야 국민이 이 나라의 주인임을 보여줄 수 있는 것이 아닐까 합니다."

"태극기와 애국가를 부정하는 것도 문제지만 북한이 공격해와도 맞불을 놓으면 안 된다는 것은 북한이 제2의 남침 전쟁을 일으켜도 대항하지 말고 고스란히 손 들고 항복이나 하라는 말이 아닙니

까? 어떻게 한 나라의 국회의원으로서 국가로부터 세비를 받아먹
으면서 이런 말을 겁도 없이 함부로 쏟아낼 수 있는지 이해를 할
수 없습니다."

"이석기, 임수경 같은 사람들이 하는 말을 들어보면 그들이 대한
민국의 국토 안에서 유년, 소년, 청년 시절에 정상적인 교육을 받
으면서 자라난 사람이 아니라 처음부터 아예 북한 고위층 자녀로
태어나서 북한에서 교육받은 사람같은 느낌이 듭니다. 처음부터
우리와는 전연 다른 환경 속에서 이질적인 삶을 살아온 사람 같지
않습니까?"

"동감입니다. 그들이 그렇게까지 삐뚜러진 데는 다 그럴 만한 이
유가 있을 것입니다. 그 원인을 낱낱이 밝혀내어 근본적인 해결책
을 찾아내는 것이 이 시대를 살아가는 국민들에게 맡겨진 사명일
것입니다."

"그들이 그렇게 한쪽으로 비뚤어진 것은 재독 동포이고 북한 노
동당 비밀정치국원인 송두율이라는 사람의 이른바 내재적 접근법
를 따랐기 때문이라고 합니다."

"내재적 접근법이 무엇인데요."

"쉽게 말해서 김일성, 김정일, 김정은의 사고방식대로 살아야
한다는 겁니다. 다시 말해서 적과 화해하기 위해서는 적의 사고 방
식대로 살아야 한다는 말입니다."

"그렇다면 강도와 화해하기 위해서는 강도의 두목의 생각대로
살아가야 된다는 말입니까?"

"정확합니다."

"이제야 북한이 공격해도 맞서지 말라는 이석기 씨의 주장을 이
해할 수 있을 것 같습니다. 북한과 화해하기 위해서는 그들에게 항

복하라는 얘기죠. 종북좌파들의 사고 방식을 어느 정도 이해할 수 있을 것 같습니다."

"종북좌파들뿐만 아니라 햇볕정책 창안자인 김대중 전 대통령도 내재적 접근법을 상당부분 이용했다고 합니다."

"어찌 되었든지 간에, 국민여론을 들어보면 그들을 모두 북한으로 보내는 것을 원하는 것 같은데 선생님께서는 어떻게 생각하십니까?"

백해무익한 존재

"그것은 그들을 남로당이나 베트콩처럼 죽음으로 몰아넣는 극단적인 방법이고 실현성도 없는 일입니다."

"그들이 남로당이나 베트콩과 무슨 관련이 있습니까?"

"이석기, 김재연, 임수경 같은 사람들은 6·25 때 북한에 들어갔던 남로당원들과 월남공화국 타도에 앞장서서 큰 공을 세운 베트콩들이 전쟁이 끝난 뒤에 다같이 북한과 월맹에 의해 무자비한 숙청을 당한 전철을 밟지 말아야 할 것입니다."

"남로당은 북한에 의해, 그리고 베트콩은 월맹에 의해, 공로상은 받지 못할망정 무엇 때문에 그렇게 숙청까지 당했습니까?"

"전쟁이 끝나자 더 이상 이용 가치가 없을 뿐만 아니라 데리고 있어보았자 백해무익한 존재들이었기 때문입니다."

"그 이유가 무엇이죠?"

"북한과 월맹은 남로당원들과 베트콩들이 제아무리 공산주의를 위해 싸웠지만 자유세계에서 자라난 그들이 결국은 자신들에게 또 반기를 드는 귀찮은 존재가 될 것을 알고 그것을 예방하려고 무자비하게 그들의 숙청을 단행한 것입니다."

"그럼 이 사람들을 어떻게 처리한 것이 정답일까요?"

"유권자들이 단합하여 다음 선거 때 다시는 종북좌파들을 국회의원으로 뽑아주지 않으면 됩니다. 일전에 시청 앞 광장에서 한중 FTA 반대 시위를 하던 농민들이 이들을 격려하려 나온 이석기 의원의 옷깃을 잡고 모욕을 주면서 북한으로 가라고 했는가 하면 빨갱이00라고 욕을 하는 텔레비전 화면을 보았는데, 그래보았자 무슨 소용이 있겠습니까? 다음 선거 때 그들을 다시는 찍어주지 말아야죠. 그렇게 함으로써 국민들이 그들을 어떻게 생각하는지를 실제 행동으로 똑똑히 보여주어야 합니다.

유권자들이 단합하여 그들을 교육하여 자기 잘못을 뉘우치고 비뚤어진 마음을 바로 잡는 계기를 만들어 주어야 합니다. 제아무리 극악한 악인도 반성하고 뉘우치면 얼마든지 훌륭한 사람으로 다시 태어날 수 있기 때문입니다. 잘못을 저지르는 것이 나쁜 것이 아니라 잘못을 저지르고도 뉘우치고 개과천선改過遷善할 줄 모르는 것이 진정 나쁘다는 것을 알려주어야 할 것입니다."

5천만 원 사기친 30년 친구

60대 초반의 성오식이라는 수련생이 말했다.

"선생님, 저는 최근에 30년을 사귀어 온 무역업을 하는 절친한 친구가 하도 간청을 하기에 퇴직금 5천 만원을 믿고 투자했다가 연락이 안 되기에 알아보니 이미 잠적한 뒤였습니다. 철석같이 믿었던 친구에게 그런 일을 당하고 보니 돈 5천 만원보다도 30년 친구의 배신에 울화가 치밀어 어떤 때는 정신을 잃을 정도입니다. 지금의 상태로는 도저히 남은 인생을 편안히 살아갈 것 같지 않습니다. 이런 때 무슨 좋은 방법이 없겠습니까?"

"울화가 치밀 때마다 두 손을 합장을 해 보세요."

이렇게 말하면서 나는 실제로 내가 합장한 모습을 보여주었다. 그러자 그는 나를 따라 합장을 하고 눈을 감고 숨을 고르고 있었다. 그와 나는 이렇게 합장을 한 채 10분쯤 앉아있었다. 성오식 씨의 치미는 울화가 다소 가라않고 마음의 평정을 어느 정도 회복한 듯 하자 내가 말했다.

"어떻습니까? 지금도 울화가 치밀어오릅니까?"

"아까보다는 많이 가라앉았습니다."

하고 그가 말했다.

"그럼 이제부터 내 얘기를 잘 들어주세요. 지금 성오식 씨에게 제일 중요한 것은 마음을 안정시키는 것입니다. 마음이 안정되지 않으면 지금 벌어지고 있는 사태를 정확하게 관찰할 수 없고 그렇게 되면 옳은 해법이 나오지 않습니다.

마음을 안정시키는 데 가장 잘 듣는 방법은 이렇게 합장을 하는 겁니다. 어떤 사람은 이렇게 합장을 하는 것은 불교에서 들어온 것이 아니냐고 묻습니다만 그렇지 않습니다. 합장은 우리 고유의 풍습으로서 불교가 들어오기 훨씬 이전부터 있어왔습니다. 불교 자체가 원래 선교仙敎에서 갈라져 나갔다는 것을 알아야 합니다.

울화가 치밀고 화가 날때 합장 이상 가는 진정제는 없습니다. 제 아무리 울화가 치밀어도 술, 담배, 도박, 엽색, 오락 따위에 의존하지 말아야 합니다. 그런 것들은 일종의 마약과 같아서 몸과 마음만 상하게 할 뿐입니다. 그러나 합장은 흐트러진 마음을 음양의 조화로 안정시키면서 신비한 힘을 발휘합니다.

다음에 성오식 씨가 지금의 위기를 잘 수습하는 키 포인트는 마음을 어떻게 먹느냐에 달렸다는 것을 깨닫는 겁니다."

"마음을 어떻게 먹어야 하는데요?"

"대인관계에서 벌어지는 모든 일은 인과응보에서 한치도 벗어나는 일이 없다는 것을 알아야 합니다."

"저는 그 친구에게서 돈을 빌어 쓴 일도 신세진 일도 없었거든요. 더구나 그에게 이익을 주었으면 주었지 손해를 끼친 일은 단한번도 없었습니다."

"그건 금생에 그랬다는 것이지 전생에도 그랬다고 어떻게 말할 수 있겠습니까?"

"아니 그렇다면 전생에 제가 그 친구의 돈을 사기쳤다는 말씀인가요?"

"그렇습니다."

"그럴 수가?"

"지금은 성오식 씨가 아직 수련 정도가 낮아서 그 이치를 느낌으로 알아채지 못하고 있지만 이제 수련이 계속 진전되면 자연히 그 이치를 확연히 깨닫게 될 때가 오게 되어 있습니다. 인과응보의 이치만 완전히 깨달아도 이미 도인의 경지에 들어섰다고 보아야 할 것입니다. 366조로 된 참전계경의 일관된 주제는 바로 인과응보의 이치를 해설한 것이라고 볼 수 있습니다.

바로 이 인과응보의 이치만 완전히 깨달으면 이 세상에서 나 자신에게 닥쳐오는 모든 불행의 원인은 다른 누구도 아닌 바로 나 자신의 잘못에서 기인한다는 것을 알게 됩니다.

참전계경 366조는 삼일신고 중에 나오는 선복악화善福惡禍, 청수탁요淸壽濁夭, 후귀박천厚貴薄賤 즉 착한 사람에게는 복이 오고 악한 사람에겐 화가 오며, 기운이 맑으면 오래 살고, 기운이 탁하면 요절하고, 후덕한 사람은 귀해지고, 박절한 사람은 천박해진다는 이치를 해설한 각론이라고 할 수 있습니다.

결국 모든 역경과 불행의 원인은 다른 누구의 잘못도 아닌 바로 나 자신의 잘못에서 기인한다는 것을 깨닫는 것입니다. 그래야 남을 원망하지 않게 됩니다. 불행은 남을 원망하는 데서 시작됩니다.

성오식 씨는 지금 사기친 친구를 원망하고 있습니다. 남을 원망하는 사람은 예외 없이 자기 자신을 상하게 합니다. 남을 원망하지 않아야만 자기를 상하지 않습니다. 그리고 남도 원망하지 않고 하늘도 자연도 자기 자신 이외에 그 무엇도 원망하지 말아야 진리를 볼 수 있습니다.

"그러면 결국 이번 사기 사건을 제 탓으로 돌리라는 말씀인가요?"

"그렇습니다. 그것이 정답입니다."

"왜 그래야 합니까?"

"성오식 씨가 구도자로 살아남기 위해서입니다. 남을 원망하고 하늘과 부모와 사회와 제도를 원망하면 그 원망하는 마음이 성오식 씨 자신의 심신을 해치고 황폐하게 하여 끊임없는 복수의 악순환 속으로 몰고 갈 것이기 때문입니다.

이것은 우리가 지향하는 구도의 길과는 정반대의 길입니다. 그러나 모든 것을 내 탓으로 돌릴 때는 소우주인 우리 개개인은 대우주와 연결이 됩니다. 내 개인의 일보다는 남의 일을 먼저 생각하는 사람만이 모든 것을 내 탓으로 돌릴 수 있습니다.

다시 말해서 소우주인 내가 대우주와 연결되는 것을 말합니다. 이때 비로소 우리는 대우주의 기운을 무한정 받을 수 있습니다. 그 순간 우리는 대우주의 마음을 갖게 됩니다. 대우주의 마음이 되었을 때 우리는 전지전능한 눈으로 사물을 객관적으로 정확하게 파악할 수 있게 됩니다. 그때 5천만 원을 사기친 30년 친구는 흉악한 사기꾼이 아니고 성오식 씨의 마음을 눈을 뜨게 한 은인으로 둔갑하게 됨으로써 전화위복轉禍爲福이 될 수 있을 것입니다."

한일 정보보호협정의 문제점

정지현 씨가 말했다.

"선생님, 요즘 야당에서는 한일 정보보호협정을 둘러싼 정부의 실책을 문제삼아 김황식 국무총리 해임 건의안을 내야 한다고 기세를 올리고 있는가 하면 여당은 지나친 정치 공세라고 맞서다가 국회 표결에 회부되어 부결되기도 했습니다. 선생님께서는 이 문제에 대하여 어떻게 생각하십니까?"

"정부가 이 협정의 절차를 미국 쇠고기 문제 때처럼 매끄럽게 처리하지 못한 것은 인정합니다. 그러나 이 문제로 국무총리 해임건의안까지 내어야 할 정도라고는 생각지 않습니다. 독도 영유권 문제와 종군위안부 문제, 역사 왜곡 문제 등으로 일본이 우리의 신경을 건드리고 있기는 하지만 이것을 벗어나 좀 큰 틀에서 동아시아 전체의 차원에서 우리가 처한 국제 정세를 생각해 보면 우리가 지금 국무총리 해임안을 놓고 정쟁을 벌여야할 처지는 아니라고 봅니다.

첫째 중국이 성장하는 국력을 바탕으로 동북공정으로 통일 후에 있을 우리나라의 간도 영유권 주장을 사전에 봉쇄하는 것은 말할 것도 없고 더 나아가 우리 국토에 대한 영토적 야심까지 충족시키려고 부여, 고구려, 발해가 중국의 한 지방정부였다고 폄하하는 단계를 넘어서서 지금은 고구려, 발해가 쌓은 성채까지도 만리장성에 편입시켜 과거의 고구려 영토는 말할 것도 없고 한반도 전체를 자기네 영토라고 주장할 태세에 있습니다. 중국이 이러한 영토적 야심을 노골화하고 있는 이때에 앞으로 우리나라가 중국을 상대하여 살아나갈 길은 원교근공遠交近攻법을 이용하여 초강대국 미국과의 동맹 관계를 강화하는 길밖에는 없습니다.

100년 전에 우리나라는 중국, 러시아, 일본과 같은 한반도에 대한 영토적 야심을 가진 강대국들에 둘러싸여 있으면서도 미국과 같은 강대국을 동맹국으로 삼는 원교근공법을 구사하지 못했습니다. 그 때문에 우리의 동맹국이 되어야 할 미국이 도리어 일본과 야합하여 태프트-가즈라 비밀협정으로 일본 편을 들어주었습니다. 그 결과 미국은 필리핀을, 일본은 한국을 나누어 먹어치우고 말았습니다.

물론 그 전에 일본은 한반도를 둘러싸고 청나라 및 러시아와 각축전을 벌였습니다. 영국과 미국의 지원을 받은 일본은 청일전쟁과 노일전쟁에서 차례로 승리하여 청국과 러시아를 제치고 한반도 지배의 기초를 다졌습니다. 결국은 우리가 국력이 너무 미약하여 미국과의 원교근공책을 구사하지 못한 것이 망국의 한 원인이었습니다.

유럽에서 우리나라와 비슷한 처지에 있었던 나라가 바로 폴란드였습니다. 폴란드는 강대국 독일, 프러시아, 러시아에 둘러싸여 있었지만 미국과 같은 강대국과 원교근공책을 펴지 못하여 무려 200년 동안이나 독일, 프러시아, 러사아에 영토가 3분되어 가혹한 지배를 당하였습니다. 그러나 요즘 폴란드는 다시는 그런 고통을 당하지 않으려고 미국과의 동맹을 강화하고 있습니다. 그래서 미국에 의해 이라크 전이 발발했을 때도 폴란드는 영국 다음으로 많은 병력인 일개 여단병력을 즉각 파견했습니다.

비록 일본이 한때 35년 동안 한국을 강점했었지만 지금은 미국의 주요 동맹국입니다. 중국의 세력 팽창을 막기 위해서는 한·미·일 3국은 어차피 운명적으로 동맹관계를 유지하지 않으면 안될 처지입니다.

미국은 100년 전에 영국과 미국이 일본을 앞세워 청국과 러시아의 남하를 막았듯이 지금 일본을 앞세워 중국의 세력 팽창을 견제하기를 원하고 있습니다. 그래서 일본이 핵무기를 가지는 것과 함께 군사 대국화하여 동맹국이 피침을 받을 경우 자국 영토를 침략당한 것으로 간주하는 집단 방어권을 묵인하고 있습니다.

일본이 비록 독도 영유권을 주장하고 있기는 하지만 우리와 함께 미국의 동맹국이고 중국처럼 한반도를 자국의 영토로 하려는 노골적인 야심을 내비치지는 않고 있습니다. 그것은 동맹국 미국이 결코 용납하지 않을 것입니다. 어느 모로 보든지 한미일 동맹을 강화하는 것이야말로 우리가 살길입니다. 이러한 큰 틀에서 한일 정보보호협정을 다루어야 한다고 생각합니다.

대한민국이 고구려처럼 수당隋唐을 패퇴시키지는 못할망정 적어도 중국과 일대일로 맞설 만한 강대국으로 성장하기도 전에 한미일 동맹을 깨는 것은 100년 전 구한국의 과오를 되풀이하는 자살행위와 같습니다.

국제관계에서는 영원한 적도 영원한 우방도 있을 수 없고 있는 것이란 오직 국가 이익밖에는 없습니다. 야당의원들은 한치 앞 당리당략에만 사로 잡혀 있을 것이 아니라 무엇이 과연 국익에 합당하고 무엇이 국익을 저해하는 것인지 대국적인 견지에서 저울질을 할 줄 아는 지혜를 구사해야 할 것입니다.

미전략문제연구소 마이클 그린 일본실장은 일본과 한국이 협력해야 할 이유 다섯 가지를 다음과 같이 꼽았습니다.

첫째, 한반도에서 비상사태가 벌어질 경우 한일 간의 협력 부재는 양국 모두에게 위기를 초래할 수 있다. 북한의 미사일 공격을 가정해 보면 이는 분명해진다. 한국과 일본 간 정보교류가 없을 경우 북한이 양국을 향해 발사한 미사일에 공동대응하기 어렵다

둘째, 한일 간의 안보 협력이 강화될 경우 한국은 일본에서 한창인 안보 관련 논란에 영향을 미칠 수 있다. 최근 일본 정치가 우경화하면서 공동 방위 협력을 벗어나 독자적으로 움직이려 하고 있다. 이는 한국의 입장에서 우려할 일이다. 하지만 자세히 들여다보면 그런 논의 과정에서 대외 방위 협력을 보다 효과적으로 재편하려는 일본의 고민이 숨어있다. 이런 상황에서 한국이 일본과의 군사정보와 군수 협력에 적극 나설 경우 보다 큰 발언권을 가질 수 있다. 멀리 떨어져 의심의 눈초리를 보내는 것보다 뛰어들어 발언권을 행사하는 것이 훨씬 더 현실적이다.

셋째, 일본과의 협력을 강화함으로써 한국은 미국에 대한 발언권도 높일 수 있다. 부시 정부 시절 한미일 3국 대북정책조정감독그룹(TCOG) 회의에 참석했던 경험으로 말하자면, 한국이나 일본이 같은 목소리를 낼 경우 미국이 거부하기 힘들 정도였다. 두 나라는 아시아에서 미국의 중요 협력국이기 때문이다.

넷째, 한국의 선택지는 여러 가지다. 일본과 협력을 강화한다고 해서 한중일 자유무역협정을 하지 못한다거나, 중국과의 양국 협력을 해서는 안된다는 것은 아니다. 어떤 면에서 한국과 일본의 협

력 강화는 중국으로 하여금 한국과의 협력 강화를 서두르게 만들 수도 있다. 협력 강화가 기정 사실화될 경우 중국은 한국의 안보협력을 방해하는 노력을 포기하게 될 것이다. 한일 정보 군수 협력은 새로운 의무를 추가하는 내용이 아니라는 점을 분명히 인식할 필요가 있다.

다섯째, 한일간 협력은 북한에 대한 경고가 될 수 있다. 북한의 도발은 주변국들의 협력을 강화할 뿐이라는 점을 북한에 알려줄 수 있다. 최근 한일간 협력 중단은 북한의 핵 미사일 개발을 독촉하는 분위기만 조성했을 뿐이다. 갈수록 불안해지는 동북아 지역에서 우리가 지키려고 하는 것은 평화와 번영, 그리고 민주주의라는 것을 알아야 한다.

근본적인 해결책

"그것은 그렇다 쳐도 중국이 저처럼 고구려의 자국 영토화를 주장함으로써 한반도까지 잠식蠶食하려는 의도를 점차 노골화하는 것에 대해서는 어떠한 대응책을 세워야 할까요?"

"우선 중국의 고구려 자국 영토화 흉계에 반대하는 미국, 일본, 러시아를 비롯한 외국 사학자들과의 유대를 강화하여 그 불가함을 학문적으로 규명하는 국제적 활동을 강화하여야 할 것입니다.

그리고 두 번째로는 각급 학교에서 국사 교육을 강화하여 학생들에게 중국의 영토적 야심의 부당성을 일깨워주도록 하여야 할 것입니다.

세 번째로는 환단고기桓檀古記, 삼국사기三國史記, 삼국유사三國遺事, 고려사高麗史, 조선왕조실록朝鮮王朝實錄, 세종실록지리지世宗實錄地理志, 동국여지승람東國輿地勝覽, 중국의 이십오사二十五史 동이전東夷傳 및 조선전朝鮮傳) 등 각종 기본 사료들을 근거로 우리나라가 중원대륙의 중서부와 동부 및 동남부에 걸쳐 한반도의 10배 내지 15배의 지역을 환국桓國, 배달국倍達國, 단군조선檀君朝鮮, 고구려高句麗, 백제百濟, 신라新羅, 발해渤海, 고려高麗, 이조李朝 말에 이르기까지 무려 9100년 동안이나 중단 없이 지배하여 왔다는 사실을 전세계에 공표해야 할 것입니다.

　　이렇게 하자면 일제가 한국인을 식민지 노예로 길들이기 위하여 조작한 반도 만주 식민사관에서 먼저 벗어나야 합니다. 이것이야 말로 동북공정에 대한 효율적이고 막강한 대응책이 될 수 있을 것입니다. 왜냐하면 그러한 역사의 진실은 중국의 기본 사료인 이십오사二十五史도 입증하고 있기 때문입니다.”

　　“이러한 방법들 이외에 또 다른 방법은 없을까요?”

　　“왜 없겠습니까? 있습니다. 사실 이상 내가 말한 대책들은 중국의 동북공정에 대한 일종의 얻어맞고 때리는 식 대응책에 지나지 않습니다. 이보다 양측에 다 같이 이익이 되는 윈윈 대책이 있습니다.”

　　“그게 무엇이죠?”

　　“지금 한중 무역 실무자들 사이에 진행되고 있는 한・중 FTA 협상을 가속화시켜 한국과 중국 사이에 경제와 무역 장벽을 EU처럼 완전히 없애버리는 것입니다. 한국과 중국 사이에 FTA가 발효되면 일본과도 현재 진행중인 FTA 실무 작업 역시 가속도가 붙어 멀지 않은 장래에 한・중・일 사이에는 무역 장벽이 완전히 사라지게 될 것입니다. 그렇게 되면 한・중・일에 뒤이어 몽골, 대만, 홍콩, 베트남, 인도네시아, 캄보디아, 라오스, 태국, 미얀마, 동부 시베리아 등으로 확대되어 마침내 동아시아 연방이 형성될 토대가 구축될 것입니다. EU와 같은 것으로서 East Asia Union, 즉 EAU가 미구에 등장하게 될 것입니다.

　　한국과 중국 사이의 간도 문제, 한국과 일본 사이의 독도 문제, 일본과 중국 사이의 센카쿠(중국명 댜오위다오) 문제처럼 두고두고 세 나라 사이에 속을 썩이던 영토 문제도 유럽연방의 등장으로 프랑스와 독일 사이에서 수백년 동안 골치꺼리였던 알사스 로렌스

문제처럼 일거에 해결될 수 있을 것입니다. 왜냐하면 유럽 25개
국의 자유무역 협정 발효가 정치 통합으로까지 확대되었기 때문입
니다.

노무현 시대 5년의 후유증

정지현 씨가 말했다.

"선생님, 요즘 대선 후보들이 여야에서 출사표를 내고 있습니다. 여론 조사에 따르면 새누리당에서는 박근혜 후보가 단연 큰 차이로 선두를 달리고 있고, 민주통합당에서는 여러 후보들이 출마를 했지만 박근혜 후보와는 상대가 되지 않습니다. 더구나 작년 10월 서울 시장 선거 때 갑자기 나타났지만 아직 대통령 후보로 정식 출마하지 않는 안철수 교수의 인기도는 아직 미지수입니다. 도대체 무엇 때문에 우리나라 제1 야당인 민주통합당의 후보들이 이처럼 인기가 저조한지 생각해 보신 일이 있습니까?"

"있습니다."

"도대체 그 이유가 무엇입니까?"

"친북좌파 정권으로 요약되는 1998년부터 2008년 사이의 10년 동안은 내가 보기에는 민주당, 진보당, 한청련, 범민련 같은 좌파들에게는 천국이었을지 모르지만 일반 국민들에게는 대한민국 역사상 6·25 다음으로 최악의 고난의 시기였습니다. 이들 집권자들은 1948년 정부 수립 이후 50년 동안 보수파 정부 밑에서 바로 그들이 표방하는 친공 이념 때문에 내내 핍박을 받아왔습니다. 50년 만에 처음으로 정권 교체에 성공한 그들은 국가의 이익을 위해서 실리적으로 나라를 이끈 것이 아니고 순전히 자기네 이념을 실험하는 데 전력을 기울였습니다.

국민들이 첫 번째로 요구하는 것은 그때나 지금이나 경제를 살리고 일자리를 만들어 민생 경제를 안정시키는 것이었지만 그들은 이러한 국민 여론 따위에는 아랑곳 하지 않고 자기네 평등 분배 이념을 구현하는 데만 온 힘을 기울였습니다. 이 평등 이념 구현에는 김대중 정부보다는 노무현 정부가 단연 한 수 위였습니다."

"그 평등 이념이라는 게 결국은 공산주의와 사회주의 사상을 말하는 것이 아닙니까?"

"정확합니다."

"그렇다면 그 이념은 소련에서 74년 동안 폭력과 공권력으로 실험해보았지만 이미 실패했고, 동유럽, 중국, 베트남, 쿠바 같은 나라들에서도 현실에 맞지 않아서 이미 용도폐기처분해버린 것 아닙니까?"

"그렇습니다. 오직 북한을 빼고 말입니다."

"전세계가 용도폐기해버린 이념을 오직 대한민국 야당과 종북단체들만은 아직도 버리지 않고 집착하고 있다는 얘기인가요?"

"그렇습니다."

"노무현 정부는 경제를 살리고 일자리를 만들어 서민경제를 안정시키라는 국민의 한결 같은 여망을 깡그리 무시하고 도대체 무슨 일을 했습니까?"

"첫째로 수도권 인구를 분산시킨다고 하여 수도 이전 작업을 밀어붙였습니다. 원래 노무현 대통령 후보가 충청표를 의식하고 내건 공약인데 그가 말한대로 '재미 좀 본' 공약입니다. 국민들의 여론을 무시하고 강행된 수도 이전 때문에 수많은 파란을 몰고 왔습니다.

두 번째로는 국민을 하나로 똘똘 뭉쳐도 난국을 돌파해 나가기가 벅찬 판인데도 네편과 내편 즉 진보와 보수로 갈라놓고 싸움을 붙인 것입니다. 이 때문에 한때는 해방 정국의 좌우 충돌을 방불케 하는 긴장 상태를 야기했습니다.

세 번째로는 평등 분배를 한다고 법석을 피웠습니다. 국민이 요구하는 것은 잡은 물고기를 나누어주는 것이 아니라 물고기 잡은 기술을 가르쳐서 경제자립을 해 달라는 것입니다. 다시 말해서 일자리를 만들고, 경제자립을 하게 해 달라는 것이지 정부 비축미를 풀어 취로사업就勞事業을 하여 쌀배급을 해 달라는 일시적 호도책을 원한 것이 아니었습니다.

네 번째는 코드 맞추기였습니다. 평등과 분배 이념의 코드와 맞지 않는 사람은 상대를 하려고 하지 않았습니다. 따라서 청와대는 코드의 장막으로 물샐틈 없이 막혀 있어서 일반 국민들과는 소통의 길이 완전히 막혀 버렸습니다.

다섯 번째로는 코드에 맞지 않는다고 하여, 노무현 정부는 김대중 정부의 조중동 때리기를 이어 받아, 각종 제한과 난관을 조성하여 괴롭혔습니다.

여섯 번째로 과거사를 청산한다고 하여 부관참시剖棺斬屍와 정적 때리기에 열중했습니다.

일곱 번째로 반미, 친북, 친중국 쪽으로 선회하여 국가안보를 위태롭게 만들었습니다.

여덟 번째 남북관계만 잘되면 다른 것은 다 깽판쳐도 좋다고 하여 반미와 대북 퍼주기에 열중하여 안보를 위태롭게 만들었습니다.

아홉 번째 국가보안법을 폐지하여 종북 활동을 합법화하고, 사립학교법을 개정하여 전교조로 하여금 친북 교육을 마음 놓고 시키려고 갖은 노력을 다 기울였습니다.

이처럼 노무현 정부는 경제를 일으켜 일자리를 창출하여 서민경제를 안정시키라는 국민의 요구 사항은 끝까지 외면하고 운동권의 소망인 용도폐기된 사회주의 이념 추구에만 전심전력을 기울였습니다.

그 결과 노무현 대통령의 인기는 역대 어느 대통령보다도 최하위로 떨어져 마침내 한 자리 숫자인 9.9%까지 곤두박질쳤고 국내외의 산업 투자가 위축되어 투자자들은 경쟁적으로 해외로 빠져나갔습니다. 따라서 국가 경제의 성장 잠재력이 고갈되고 국가경쟁력은 그동안 15위 아래로 뒤떨어졌습니다. 경제성장에 있어서 아시아의 선두 주자였던 우리나라는 제일 꼴찌로 뒤쳐졌습니다. 국민의 불만은 대선 결과로 나타났습니다. 열린 우리당의 정동영 후보보다 한나라당의 이명박 후보가 무려 531만표의 압도적인 표차로 압승을 거두게 했습니다."

"선생님 말씀을 듣고 보니 무엇 때문에 이번 대선에서도 민주통합당 후보들이 작년 10월 서울시장 재선 때 갑자기 어둔 밤에 홍두깨모양 튀어나온 안철수 교수보다도 인기가 훨씬 못한지 그 이유를 알 것 같습니다."

"그럼 어디 그 후유증을 간단히 말해보세요."

"노무현 대통령이 실리보다는 이념에만 치우쳐 국민의 기대와는 180도 다른 길, 즉 외국에서는 이미 20년 전에 용도폐기해버린 낡은 평등 분배 이념에 집착했기 때문에 역대 어느 대통령보다도 낮은 인기를 기록했건만 지금 통합민주당 후보들 중 그 누구도 노무현 대통령의 잘못을 시정하고 실사구시實事求是 정신으로 거듭나겠다는 사람이 단 한 사람도 없다는 것입니다. 반성을 하기는커녕 후보자들은 앞 다투어 노무현 전 대통령 묘소에 찾아가 그의 이념을 따를 것을 다짐하는 것 같은 인상을 줍니다. 그러니 그들이 인기가 떨어질 수 밖에 더 있겠습니까? 노무현 대통령은 아예 대한민국의 체제 교체를 단행하려고 했던 것 아닙니까?"

"그럴 가능성이 있었다고 말할 수 있습니다. 그것은 다수 국민의 반대 여론을 무시하고 지도세력 교체와 기득권층 해체를 위하여 천도遷都를 단행하고 국가보안법 폐지, 사립학교법, 언론법, 과거사법의 4대 악법을 강행하려 했던 것만 보아도 알 수 있지 않습니까? 2007년 대선 때 이명박 후보가 531만표의 큰 차이로 대승한 것은 국민들이 이러한 낌새를 알아차렸기 때문입니다. 4대 악법의 의도를 극복하지 못하는 한 민주통합당 후보들은 아무 조직도 없는 정치 신인 안철수 교수의 인기를 결코 누를 수 없을 것입니다."

대한민국 화이팅!

강남구청역에서 새벽 6시 50분 7호선 첫차를 타고 도봉산역으로 향하는 중이었다. 간밤엔 하도 더워서 자다가 깨어나면 러닝이 땀으로 흠뻑 젖어있었다. 이렇게 깨어나기를 서너 번 되풀이하는 동안 밤잠을 설치고 말았다. 에어컨이라도 켰으면 했지만 아내가 질색을 하는 통에 엄두도 낼 수 없었다.

나는 설친 잠을 보충하려고 잠시라도 눈을 붙여보려고 눈을 감고 차의 진동에 몸을 맡기고 있었다. 차 안은 승객이 적어 빈자리가 많았다. 일부 승객들은 스마트폰으로 런던 올림픽 축구 중계에 일희일비하고 있었다. 그러건 말건 나는 계속 쪽잠을 청하고 있었다.

드디어 여기저기서 왁자지껄 함성이 일었다.

"와! 이범영이 드디어 해냈다."

"그럼, 우리가 영국을 꺾고 4강에 진출한거 아냐?"

"물론이지."

이때였다. 한쪽 구석 노인석에 혼자 아직도 꾸벅꾸벅 졸고 있는 나에게로 60대의 기능공 차림의 사나이가 다가왔다. 전연 모르는 얼굴이었다. 혹시 나를 아는 사람으로 잘못 안 것은 아닐까 생각하고 있는데 그는 잡담 제하고 만면에 환한 웃음을 띠우고 무조건 내

손을 그 솥뚜껑 같은 우악스런 두 손으로 덥썩 움켜잡으면서

"드디어 우리팀이 영국을 꺾고 4강에 들어갔어요. 이범영이 영국 선수들의 승부차기를 막아냈어요."

그제야 나는 정신을 차리고

"아아 그래요. 참 잘됐군요. 아주 신나는 소식입니다."

"진짜 대한민국 화이팅이죠."

"그렇고 말고요."

내 두 손을 힘차게 움켜쥔 그의 옹이 투성이의 손을 마주 잡고 나는 벌떡 자리에서 일어나 힘차게 마주 흔들어주었다.

다음 순간 나는 소위 식자識者 소리를 듣는 주제에 애국심에 있어서는 이 60대 기능공의 발뒤꿈치에도 훨씬 못 미친다는 것을 절감하지 않을 수 없었다. 나라 생각을 하는 데 있어서 그는 분명 대인이었고 나는 보잘 것 없는 소인이었다.

나를 감동시킨 것은 이것뿐이 아니었다. '정의가 패배하고 기회주의가 득세한 역사'요, '태어나선 안될 대한민국'이라고 일부 인사들이 주장하건 말건 이 나라는 이처럼 국민들의 가슴 속에 살아서 펄펄 뛰고 있는 현실적 존재다. 그것이 나에겐 무엇보다 더 소중했다. 지금 이 순간 5천만 국민들의 피를 끓게 하는 나라는 분명 대한민국이지 종북좌파 정치인들이 끔찍하게도 숭배하는 "조선민주주의인민공화국"이라는 북쪽에 있는 이상한 나라는 결코 아니라는 사실이다.

나도 모르게 나는 남한과 북한을 비교해서 생각해보지 않을 수 없었다. 북한 인구는 2천 2백만으로서 5천만인 남한의 반도 안되고, 영토는 남한보다 약간 넓지만 경제력은 인천 광역시 정도고, 개인소득은 한국의 2만 달러에 비해 1천 달러밖에 안되니까 남한

의 20분의 1밖에 안된다. 20세로부터 28세까지의 젊은이의 평균 신장은 남한의 173센티에 비해 북한은 158센티니까 15센티가 작아서 북한 청년은 한국의 중학생 키밖에 안된다. 자국민 3백만을 굶겨 죽이면서도 핵무기와 미사일을 개발하여 호시탐탐 적화남침을 노리다 못해 천안함, 연평도 포격 사건을 일으킨 나라가 북한이다.

대통령 뽑는 유권자의 안목

생각이 여기에 미치자 그렇게도 열심히 북한을 편들어주던 노무현 전대통령 생각이 났다. 그는 '반미 좀 하면 어때' 하면서 미국을 배척하여 국가를 위기로 내몰았고, 그러면서도 그는 그의 아들딸은 모조리 다 미국 유학을 시키는 등 이율배반적이었다. 미국이 그렇게 싫으면 그가 그처럼 앙모하는 북한이나 중국으로 자녀들을 유학보냈어야 한다.

'북한하고만 잘되면 다른 것은 다 깽판쳐도 좋다'면서 한국의 경제 성장이 양극화의 원인이라고 그는 보았다. 그뿐 아니라 한국의 경제 기적이 대북 공조에도 장애가 되므로 북한과 보조를 맞추려고 그랬는지, 잘 나가던 한국 경제 성장에 제동을 걸어 성장 잠재력을 고갈시켰다. 북한하고만 잘되면 경제 성장 따위는 깽판쳐도 된다고 생각한 결과일 것이다.

동시에 그는 한국 경제의 주역인 경제인들과 기업인들을 죄인시하고 악인으로 폄하하여 제거의 대상으로 삼았다. 이 때문에 내수 투자가 위축되었고 경제인들은 사업하기 좋은 외국으로 투자처를 바꾸지 않을 수 없었다. 사업장들과 공장들은 문을 닫았고 실업자가 양산되어 양극화는 도리어 더 벌어져 국가 경쟁력은 계속 추락하기만 했다.

게다가 한술 더 떠서 온 세계가 용도폐기해 버린 분배와 평준화의 사회주의적 이념을 한국에서 기필코 실현시켜보려는 듯 노무현 대통령의 이른바 역주행逆走行과 역발상逆發想은 시종일관 끈질기게 강행되었다.

이 때문에 국민들은 그에게 등을 돌렸고 그의 인기는 그의 대선 득표율 48.5%에서 역대 대통령 중 인기도 최하인 9.9%(2006년 11월 현재 내일신문, 한길리처치 조사 결과)의 한 자리 숫자로 떨어졌다. 스위스 주재 IMD(국제경영개발원)에 따르면 노무현 집권 기간에 한국의 국가 경쟁력은 31등급에서 16등급이나 추락했다. 6·25의 폐허 속에서 경제 기적을 성취한 세계가 흠모하는 성공한 나라를 5년 단임제 대통령이 까딱하면 아예 완전히 말아먹을 수도 있다는 냉혹한 현실 앞에 그를 반대하는 90.1%의 대다수 국민들은 소름이 끼치지 않을 수 없었다.

고위 공무원들 중에서 "경제 성장"이라는 말만 입에 올려도 노무현 대통령은 '집에 가서 아이나 보라'면서 즉각 해임 조치를 취하는 통에 정부 부처 안에서 "경제 성장"이라는 낱말은 금기어禁忌語가 되어 버렸다. 게다가 386 실세들은 국민소득이 5천 달러가 되더라도 온 국민이 다같이 골고루 잘 사는 나라가 되어야 한다고 했고 경쟁이 없는 나라가 되어야 한다고 했다.

1998년부터 2008년까지 10년간 국민들은 끔찍한 악몽 속에서 살아야했다. 유권자의 한 표 한 표가 나라의 흥망을 좌우한다는 것을 뼈저리게 실감한 10년 세월이었다.

후진국이 되는 한이 있어도 모든 국민이 골고루 살게 하려고 그렇게도 애쓰고 안달했던 노무현 대통령이 물러난 지도 어느덧 5년의 세월이 흘러 새 대통령을 또 뽑아야 할 대선의 날이 4개월 앞으로 다가오고 있으니 그 소름끼치던 10년의 악몽이 뇌리에 되살아 나는 것일까?

세상에 잘못을 저지르지 않는 사람은 없다. 잘못을 저지르는 것이 나쁜 것이 아니라 잘못을 저지르고도 그것을 고칠 줄 모르는 것이 진짜 나쁜 것이라고 공자는 말했다. 선배가 저지른 잘못을 반성할 줄도 모르는, 그 실패한 대통령의 심복, 후배, 측근들이 아무런 반성도 없이 또 대통령이 되겠다고 제각기 아우성들을 치고 있으니 친북반미좌파 정권 10년을 고스란히 체험한 국민들의 가슴은 결코 편안치 않다. 참으로 정신 똑바로 차려할 때가 아닌가!

북한처럼 가난하고 못사는 나라가 되지 않기 위해서라도 대한민국은 존재할 가치가 충분히 있지 않을까? 통일 이후를 생각해서라도 대한민국은 태어나지 말았어야 할 나라가 아니라 반드시 태어났어야 할 나라다. 서독이 동독보다 3배나 잘살았기 때문에 통독 비용을 감당하지 않았던가. 어느 모로 생각해 보아도 대한민국은 태어나지 말았어야 할 나라는 아니라고 나는 계속 속으로 중얼거리고 있었다.

나라가 가난하면 백년 전 구한국이 그랬듯이 국모가 일본 조폭들에게 암살을 당할 위기에 처해도 이에 대처할 1개 여단 정도의 근대식 호위 병력조차 유지할 비용이 없어서 망국을 초래하여 일본의 식민지가 되었다. 35년 만에 연합군에 의해 해방이 되었지만 국토는 남북으로 분단되었고 6·25 동란을 겪은 후 세계가 놀란 경제 기적을 성취하고 현재에 이르렀다. 나라가 부강하지 못했기 때문에 망국, 식민지, 분단, 강대국 대리 전쟁인 6·25까지 겪었으니 그것을 막는 유일한 길은 우리가 부강해지는 것이다. 경제 성장이야말로 나라가 부강해지는 지름길이다.

그래서 온 세계가 경제 성장에 주력하고 있지 않는가. 그런데 우리보다 20배나 가난한 북한과 보조를 맞추기 위해서 한국의 경제 성장을 멈추어야 한다면 그건 누가 보아도 헌법에 위배되는 나라 망치는 역발상(逆發想)이요, 역주행(逆走行)이요 북한을 향한 무모한 인기영합주의가 아닐 수 없다. 5년 전에는 온 유권자들이 무엇이 잘못되었는지를 눈앞에서 뼈저리게 느끼고 있었으므로 노무현 전대통령이 소속된 정당에서 나온 대통령 후보자가 531만의 압도적 큰 표차로 패배했다.

그러나 그때의 일은 이미 과거사가 되어버렸다. 대통령 깜을 알아보는 안목이 부족한 유권자들의 냄비 기질이 과거사를 새까맣게 잊어버리고 정치꾼들의 사탕발림 인기영합주의에 속아 같은 실수를 또 범한다면 어떻게 될까 생각만 해도 끔찍하다.

선진국 유권자들은 사람을 알아보는 안목이 있어서 나라 망칠 대통령을 뽑는 실수는 좀처럼 저지르지 않는다. 그러나 선진국이 되려다가 만 필리핀이나 일부 남미 국가들의 유권자들은 아직도 제대로 된 지도자를 뽑지 못해서 계속 선진국 문턱을 넘지 못하고 있다.

실례로 1966년에 필리핀은 국민소득이 160달러로서 한국의 2배여서 당시 서울에 장충체육관을 최신식 돔형으로 지어줄 정도였다. 그러나 지금은 국민소득이 한국의 10분의 1밖에 안 된다. 유권자들이 경제 성장에 전연 관심이 없는 대통령 후보자들의 인기영합주의에 번번이 속아 넘어갔기 때문이다.

선진국과 후진국의 분기점이 바로 여기서 갈린다. 민주국가에서 약소국이 되느냐 강대국이 되느냐, 선진국이 되느냐 후진국이 되느냐, 나라가 흥하느냐 망하느냐 하는 것은 순전히 유권자들이 대

통령 후보자를 보는 안목에 달려 있다. 이런 저런 생각을 하다가
보니 어느새 차는 도봉산역에 들어서고 있었다.

MB의 일격

정지현 씨가 말했다.

"선생님, 이명박 대통령의 전격적인 독도 방문에 대한 일본 정부의 심한 반발로 독도문제가 새로운 양상으로 접어든 것 같아 걱정입니다. 선생님께서는 이 문제를 어떻게 생각하십니까?"

"그렇게 걱정할 것까지는 없습니다."

"그래도 일본은 독도 문제를 국제사법재판소에 제소하겠다고 방방 뛰고 있지 않습니까? 일본 수상은 한국은 이제 품격을 갖춘 글로벌 국가이므로 제소에 응하지 않을 수 없을 것이라고 말하고 있습니다."

"그것 역시 걱정할 것 없습니다."

"그럴까요?"

"그렇고 말고요. 독도는 우리가 실효적으로 지배하고 있는 이상 조금도 걱정할 것 없습니다. 중국과 일본 간에 영토권 분쟁중인 센카쿠(중국명 댜오위다오) 열도는 일본이 실효적 지배를 하고 있으므로 중국이 아무리 국제재판소에 제소를 해도 응하지 않고 있습니다. 독도는 우리가 실효적으로 지배하고 있으므로 일본이 제 아무리 국제재판소에 제소를 해도 일체 응하지 않으면 그뿐입니다.

자기네는 중국의 국제재판소 제소에 응하지 않으면서 우리보고

만 응하라고 하는 것은 이치에 맞지 않습니다. 따라서 우리는 일본이 아무리 제소 소동을 벌여도 못 들은 척, 일체 응하지 않으면 그뿐입니다. 그리고 나라와 나라 사이에는 시운(時運)이라는 것이 반드시 있게 마련입니다."

"시운이라뇨?"

"백 년 전에 우리나라가 망하여 일본의 식민지가 되었을 때의 일본의 시운은 욱일승천旭日昇天의 기세였지만 지금 일본의 시운은 그때와는 사뭇 다릅니다."

"어떻게요?"

"그때의 일본은 초강대국 대영제국과 신흥공업대국 미국의 지원을 받아 명치유신明治維新을 단행하고 조선 영토를 탐내는 청국과 러시아를 차례로 물리치는 그야말로 나날이 새롭게 뻗어나가는 기세였지만 지금은 전연 그렇지 않다는 것을 일본 자신도 똑바로 알아야 할 것입니다.

IT산업과 조선 분야와 영화, 드라마, 연예, 스포츠 등 대중문화 분야에서는 이미 우리가 일본을 앞서고 있습니다. 공교롭게도 그런 일이 있은 다음날, 런던 올림픽 축구경기에서 우리 팀은 영국을 물리친 데 뒤이어 일본까지도 2 대 0으로 통쾌하게 눌렀습니다. 이 모든 징후들은 지금은 백년 전에 일본이 날치던 시대가 아니라는 것입니다."

"그렇다고 해서 덮어놓고 때만 기다릴 수는 없는 일이 아닐까요?"

"그렇다고 해서 초조해하거나 흥분하여 발을 동동 구를 필요도 없습니다. 일본은 당분간 방방 뛰고 화를 가라앉히지 못하겠지만 이제 시간이 흐르면 차츰 이성을 차리고 차분하게 대응책을 강구하게 될 것입니다. 혼자 제아무리 부산을 떨어보았자 자기네만 손

해라는 것을 알게 될 때가 올 것입니다. 그리고 이웃 나라와의 영토 분쟁의 영구적인 해결 방법은 프랑스 독일간의 알사스 로렌 해결 방식밖에 없다는 것을 깨달을 때가 반드시 오게 될 것입니다."

"알사스 로렌 해결 방식이라뇨?"

"프랑스와 독일은 자유무역협정 체결로 두 나라 사이에 사람과 물화가 자유롭게 유통되면서 영토 개념이 사라져, 수백년 끌어오던 알사스 로렌 지역의 영토권 분쟁도 영구적으로 사라지게 되었습니다. 지금 한일 사이에 진행되고 있는 자유무역협정 체결 작업이 가속화되면 독도 영토권 분쟁 역시 프랑스와 독일 사이의 알사스 로렌 분쟁처럼 원만하게 해결될 수밖에 없을 것입니다."

"그렇군요. 그럼 이명박 대통령은 하필이면 왜 이 시점에 일본이 충격받을 것을 뻔히 알면서도 한국 대통령으로서는 처음으로 독도를 전격 방문하게 되었을까요?"

"얘기가 좀 옆으로 빗나가는 것 같지만, 정지현 씨는, 대장부로서 이 세상에서 제일 시내답지 못한, 치사한 짓이 무엇인지 아십니까?"

"글쎄요. 얼른 생각이 나지 않는데요."

"그럼 내가 말하죠. 창녀와 짝짓기를 하고나서 화대를 내라고 손을 내미는 여자를 밀치고 그대로 도망치는 짓거리입니다. 일본은 지금 그보다 더 파렴치한 짓을 하고 있습니다.

인간이기를 포기한 가증스런 만행

일본은 2차대전 때 식민지 조선의 처녀 20만 명을 일본군 위안부로 강제 징발하여 전쟁터로 끌고 갔습니다. 황군皇軍에게 내리는 천황폐하天皇陛下의 하사품下賜品이라고 하면서 최일선에서 장기간 성에 잔뜩 굶주린 늑대 같은 일본군 일선 장병들의 성적 놀이개로 그녀들은 제공되었습니다.

최근의 한 외신보도에 따르면 타고난 색골로 유명한 고급 창녀인 한 외국 중년 여성은 한꺼번에 연속적으로 140명의 남성과 성공적으로 성행위를 했다고 자랑했습니다. 이건 자기가 원해서 스스로 즐기면서 한 일이니 한점 유감도 있을 수 없는 일입니다.

그러나 자기 의사에 반하여 순전히 목숨을 보존하기 위해서 강간을 당하는 보통 여성, 특히 처녀들은 어떨까요? 2차대전 말기에 한반도에서 징발된 20만 명의 처녀 종군위안부들의 사정이 그것을 잘 말해주고 있습니다. 그때의 한반도의 인구를 2천만 명으로 칠 경우 여자가 1천만 명, 그 중에서 처녀가 2백만은 되었을 것입니다. 일본군 위안부로 동원된 20만 명은, 그러니까 우리나라 전체 처녀 2백만의 10분의 1로서 전체 처녀 2백만을 대신하여 희생된 것입니다.

쪽방처럼 생긴 비좁은 방에 위안부 한 명씩 수용되고, 수많은 쪽방들 앞에는 수요가 많을 때는 수백 명의 일본 군인들이 장사진長

蛇陣을 치고 차례를 기다리곤 했습니다. 위안부 한 명이 백 명 내외의 군인들로부터 숨돌릴 틈도 없이 연속적으로 강간을 당할 때까지 겨우 의식은 남아 있어서 한번 폭행을 당할 때마다 간신히 기계적으로 뒤처리를 하고 다음의 행위자를 맞을 준비를 했다고 합니다.

그러나 이러한 성폭행의 빈도가 백회를 넘으면서부터 그녀들은 거의 다 기절을 하거나 정신을 잃고 네 활개를 펴고 널브러지게 됩니다. 그렇게 되면 다른 위안부로 신속히 교체되고 기절당한 그녀들은 골방 같은 곳으로 질질 끌려가 방치되어 응급구호도 받지 못한 채 그대로 숨을 거두는 일이 다반사였습니다.

그녀들에게는 이거야말로 목숨을 건 잔혹한 고문이 아닐 수 없습니다. 왕조시대에 장杖 백대의 형벌을 당하면 제아무리 건강한 청장년도 기절을 하여 인사불성이 되든가 절명絶命을 했다고 합니다. 이들 나약한 위안부들이 혈기왕성한 일본 군인에게 백번이나 강간을 당한다는 것은 장杖 백대 이상의 잔인한 형벌이 아닐 수 없습니다. 그녀들은 그 당시 한국인 2천만을 대신하여 이러한 형벌을 당한 것입니다. 그녀들의 생명과 안전을 보장해 주어야 할 국가가 일본에게 망해버린 것이 가장 큰 원인이었습니다.

대부분의 위안부들이 이렇게 속절없이 죽어갔고, 극소수만이 운 좋게 살아남았습니다. 이처럼 일본은 문명국에서는 도저히 있을 수 없는 파렴치한 성적 만행을 국가 단위로 저지른 것입니다. 그래서 미국, 영국, 독일, 네덜란드, 중국, 동남아 국가들을 위시한 전 세계가 이구동성으로 일본의 만행과 무성의를 규탄하고 있습니다. 일본이 그러한 끔찍한 잘못을 저지른 것은 사람들이 하는 일이라 혹 있을 수 있다 쳐도 그러한 만행이 있은 지 67년이 지난 지금까지도 그 잘못을 인정하지 않고 사과와 보상도 하지 않는 채 뻔뻔스

럽게도 계속 버티기만 하는 것은 인간이기를 포기한, 실로 가증스
럽기 짝이 없는 만행이 아닐 수 없습니다.

67년 전 그때 살아남은 분들이 바로 지금 서울 주재 일본 대사관
앞에서 수십 년째 일본 정부의 사과와 보상을 요구하는 수요 시위
를 벌이고 있는 8, 90대 위안부 할머니들입니다. 그녀들이야말로
67년 전에 이미 유명을 달리한 동료들의 철전지한을 대신 풀어주
어야 할 책무와 사명감을 간직한, 살날이 얼마 남지 않은 먼저 간
동료들의 대리자들이 아닐 수 없습니다.

일본이 이렇게 하도록 방치한 것은 누구일까요? 나는 대한민국
정부라고 봅니다. 왜냐하면 대한제국을 계승한 것은 상해임시정부
고 상해 임시정부를 계승한 것은 대한민국이기 때문입니다. 우리
헌법에도 그렇게 나와 있습니다. 백년 전에 대한제국이 일본에게
망하여 식민지가 되지 않았더라면 20만의 꽃다운 처녀들이 성적
노예로, 일본군의 위안부로 끌려가는 일은 절대로 없었을 것입니다.

이명박 대통령은 부임 이래 4년 동안 내내 정부 차원에서 이 문
제를 해결해 달라는 압박을 정신대문제대책협의회측으로부터 받
아 왔을 것입니다. 드디어 그는 작년 12월 교토에서의 한일 정상회
담 때, 군위안부 문제 해결을 노다 요시히코 일본 총리에게 간곡하
게 촉구했고 올해 3월 국내외 7개 언론 인터뷰에서도 군 위안부 문
제 해결을 촉구했으나 8개월이 지나도록 일본은 무응답, 무성의로
만 일관해 왔을 뿐만 아니라 오히려 한술 더 떠서, 식민지 침탈의
상징이기도 한 독도에 대한 파렴치 한 영유권 주장만 되풀이 해 왔
습니다. 아무리 생각해도 세계 제 3위의 경제대국답지 못한 치졸
하기 짝이 없는 행태에 대한 따끔한 경고를 이명박 대통령은 독도
방문으로 보여준 것입니다.

지금까지 계속 한국을 별 볼일 없는 국가로 얕보기만 하여 온 일
본으로서는 어둔 밤에 홍두깨 격의 일격을 당한 것이 틀림없습니
다. 엎친 데 덮친다는 격으로 바로 이 사건이 있은 다음날 벌어진
런던 올림픽 한일 축구 시합에서 일본은 한국팀에게 2대 0으로 완
패했습니다. 이번 올림픽에서 한국은 5위 일본은 11위를 했습니
다. 백년 전과는 달리 이번에는 시운이 한반도 쪽으로 기운 것 같
은 느낌이 드는 것은 나 개인만의 환상은 결코 아닐 것입니다.

　"그렇다면 이명박 대통령이 오래간만에 한 건 올린 건가요?"

　"틀림없습니다."

　"만약에 선생님이 노다 요시히코 일본 총리라면 이런 때 어떻게
하시겠습니까?"

　"고작 국제재판소에 기소하겠다느니, 두 각료가 야스쿠니 신사
에 참배하겠다느니, 이미 예정된 한일간의 각종 회담을 취소하겠
다느니 어린애처럼 유치한 맞대응으로 방방 뛸 것이 아니라 현안
중인 한일 FTA 협정 체결 작업을 가속화시킬 것입니다."

　"노다 총리가 그럴 만한 총명과 지혜가 있는 지도자라면 대뜸 국
제재판소 제소니 하는 소리가 나오지도 않았을 것입니다."

　"그렇긴 한데, 지금까지 일본의 움직임을 보면 각료들이 야스쿠
니 신사에 참배하고, 이미 한일간에 예정되었던 각종 행사 스케줄
을 취소하는 데 더 비중을 두고 있는 것 같습니다. 이것이야말로
가장 졸렬한 대응 방법이 아닐 수 없습니다."

　"그들의 한계가 겨우 그것뿐이라면 어쩔 수 없는 일이 아니겠습
니까?"

　"어쨌든 어디 좀 더 지켜보도록 합시다."

독도보다 시급한 이적 단체 처리

정지현 씨가 말했다.

"선생님, 지금까지 이명박 대통령의 독도 방문과 위안부 문제를 이야기했는데, 지금 우리나라가 처한 정세를 살펴보면 독도보다 이적 단체를 처리하는 문제가 더 시급한 것이 아닌가 하는 생각이 듭니다. 왜냐하면 대법원에서 이적 단체로 판결받은 범민련, 한총련 같은 단체들은 6·25 남침, 청와대 기습, 아웅산 테러, KAL기 폭발, 천안함 폭침, 연평도 포격을 감행했는가 하면 핵무기와 미사일을 개발하여 지금도 대한민국을 적화하려는 북한을 노골적으로 지지 옹호하고 있을 뿐만 아니라, 우리 국민들이 직접 선출한 이명박 대통령을 철천지 원수라고 공공연히 욕을 하고 있습니다. 그런데도 이명박 정부는 이들에게 아무런 조치도 취하지 않고 김대중, 노무현 정부에서처럼 국민이 낸 세금으로 다달이 연금까지 지급해 주고 있습니다.

2007년 대선에서 유권자들이 열린우리당의 정동영 후보보다 무려 531만 표라는 압도적인 표차로 이명박 후보를 당선시킨 것은 1998년부터 2008년까지 10년 동안 계속된 친북좌파 정부들의 무조건적인 북한 퍼주기 폐단을 너무나도 뼈저리게 경험했기 때문이었습니다.

친북좌파 정부하에서라면 이적 단체들에게 국가에서 돈을 대어
주는 일이 혹 가능한 일이겠지만 친북좌파 정부도 아닌 보수 정부
가 이들 이적 단체들에게 계속 돈까지 대주면서 취임 4년이 되기
까지 아무런 제재도 가하지 않고 그대로 존속시키는 이유를 알 수
없습니다. 선생님께서는 어떻게 생각하십니까?

"나 역시 그 점은 도저히 이해를 할 수 없는 일입니다. 유권자들
이 이명박 후보를 대통령으로 뽑아준 이유는 친북좌파 정부들이
10년 동안 저지른 좌편향적인 폐단들을 시정하라는 것이지 그대로
방치하라는 것은 절대로 아니기 때문입니다. 혹시 통독 전의 서독
은 이와 비슷한 경우를 당해서 어떻게 처신했는지 알 수 있습니까?"

"그렇지 않아도 그 문제를 알아 보았습니다. 최근 보도에 따르면
과거 서독에도 통독 전에 동독을 지지 찬양하는 헌법 파괴 세력이
있었습니다. 동독은 북한처럼 서독에 대하여 6·25와 같은 무력침
략전을 감행하지도 않았고, 청와대 기습, 아웅산 테러, KAL기 폭
괴, 천안함 폭침, 연평도 포격과 같은 대형의 적대적 도발 및 파괴
행위를 감행하지 않았는데도 대단히 엄격한 해산 조치를 취했다고
합니다.

독일의 헌법 파괴 단체에 대한 감시, 통제 제도를 연구하여 온
박광작 성균관대학교 명예교수는 최근 조선일보와의 인터뷰에서
"독일은 연방헌법 재판소가 어떤 단체의 목적이나 활동이 헌법 질
서에 어긋난다고 판단하면 그 단체에 대해선 표현, 출판, 집회, 결
사, 서신과 우편 교환의 자유 같은 기본권을 인정하지 않고 강제
해산시킬 뿐만 아니라 재산까지도 몰수하게 되어 있다"고 말했습
니다."

"그럼 우리나라는 상황이 어떠한가요?"

"1990년 이후 우리 대법원에서 국가보안법에 의해 이적 단체로 판결받은 단체는 범민련, 한총련 등 모두 13개 단체입니다."

"그럼 이적 단체란 도대체 무엇을 말합니까?"

"우리나라에서 이적 단체란 북한의 지령과 협조를 받아 대한민국의 국가 체제를 뒤엎으려는 반국가 단체 즉 북한의 활동을 고무, 찬양, 동조하는 단체를 말합니다. 실례를 들어 이들 13개 이적 단체들 중의 하나인 조국통일범민족연합 즉 범민련 남측 본부는 1997년에 김일성 주체사상과 선군先軍 정치를 찬양하고 연방제 통일과 주한미군 철수를 주장해 오다가 대법원으로부터 이적 단체로 판결을 받았습니다. 범민련 남측 본부의 노수희 부회장은 2012년 8월 3일 김정일 사망 100일을 맞아 북한에 밀입국했다가 8월 7일에 판문점을 통하여 돌아오기까지의 모든 과정을 범민련 북측 본부와 사전 공모했던 것으로 검찰 수사에서 드러났습니다.

이 단체는 지금도 인터넷을 통해 아예 드러내 놓고 후원금을 모으는가 하면, 8월 14일엔 한 신문에 '국가보안법 폐지' 등을 주장하는 전면 광고를 냈습니다. 그런가 하면 범민족학생연합 역시 1993년에 이적 단체로 판결을 받고도 2006년 북한의 대포동 미사일 발사에 대하여 '한반도 평화를 지키기 위한 정당한 행위'라는 내용의 동영상을 제작하고, '선군 정치의 이해'라는 이적 표현물을 만들어 유포시켰습니다.

정당이 헌법 질서를 위반했을 때는 헌법재판소 결정에 따라 해산시킬 수 있도록 헌법에 규정되어 있습니다. 그러나 사회단체에 대해서는 강제해산 규정이 없습니다."

"그렇다면 이명박 정부는 대법원 판결이 난 이적 단체에 대해서 지금까지 아무런 조치도 취하지 않았다는 말입니까?"

"그렇다고 할 수 있습니다. 단지 최근에 심재철 새누리당 의원이 법원이 이적 단체에 대해서 판결을 내릴 때 해산 명령도 함께 내리게 하고, 해산 명령에도 불구하고 이적 단체를 해산, 탈퇴하지 않으면 해산 탈퇴할 때까지 하루 최고 100만원씩 물어내게 하는 국가보안법 개정안을 제출했을 뿐입니다.

이 법안은 해산 명령 뒤 그 단체의 이름으로 집회, 시위를 하거나 자료를 만들어 배포하면 형사 처벌하는 내용도 담고 있습니다. 지금이라도 우리의 헌법 질서를 정면 부정하는 이적 단체들은 자동적으로 해산할 수 있도록 법을 고쳐 국가가 최소한의 자기 방어 체제를 갖출 수 있도록 해야 한다고 생각합니다."

"당연히 그래야죠. 독도 문제보다 더 시급하게 해결해야 할 문제라고 봅니다. 독도는 역사적으로도 지리적으로도 국제법적으로도 분명한 한국 영토인데도 일본이 부당하게 자기네 영토라고 주장하여 문제가 되고 있지만, 이들 이적 단체들은 계속 방치할 경우 까딱하면 대한민국의 존폐가 걸린 문제이므로 시급히 해결해야 할 긴급 사안이 아닐 수 없습니다.

휴전 후 북한은 대한민국에 대하여 각종 도발을 시도해 왔지만 모조리 다 실패했습니다. 그러나 유일하게 남한 안에 이적 단체를 13개나 부식시킬 수 있었던 것은 유일하게 성공한 경우입니다. 그만큼 북한은 한국 안에 이적 단체를 심는 데 온갖 심혈을 기울여 왔습니다.

북한은 6·25 남침 전에 남한 내의 박헌영의 남로당을 지원했고 남로당은 북한군이 쳐들어오면 일제히 봉기하여 한국 정부를 전복한다고 기염을 토했습니다. 김일성은 박헌영의 이 말을 철석같이 믿고 남침을 개시하여, 서울을 점령하고 나서 3일을 기다렸건만 남로당의 봉기는 일체 없었습니다. 남침 후 3년 뒤 휴전선 이북으로 쫓겨 간 북한의 김일성은 그 보복으로 남로당의 박헌영 일당을 미제의 간첩이란 누명을 뒤집어 씌워 모조리 숙청해버렸습니다.

그러한 북한이 다음 남침 때는 남한 내에서 일제 봉기하여 한국 정부를 무너뜨릴 수 있는 이적 단체를 만드는 데 와신상담 심혈을 기울여 온 것입니다. 이들 이적 단체들은 친북좌파 정부 10년 동안에 정부에서 돈까지 받아가면서 평택과 인천에서 미군 철수와 인천의 맥아더 동상 철거 시위를 과격하게 주도했습니다.

또한 단순 교통사고에 지나지 않는 신효순, 심미선 양 사망사고를 미군 철수 운동으로까지 확대하여 미군부대 앞에서 과격 시위를 벌이는 중 시위대가 던진 화염병이 한 미군의 얼굴이 맞아 피를 철철 흘리는 장면이 텔레비전 화면에 뜨는 바람에 미국의 조야를 경악케 하여 한미 관계를 위험 수위로 몰고 간 일이 있었습니다.

평택 미군부대 이전 예정지에서의 미군철수를 위한 시위에서도 이들이 주도한 데모대는 친북좌파 정부를 믿고 시위를 진압하려는 경찰과 한국군을 몽둥이로 후려패 피를 철철 흘리게 했건만 군과 경찰은 시위대를 강제 진압하는 대신에 그냥 못 이기는 척 얻어맞기만 했습니다. 시위진압대를 지휘하던 경찰 고위 간부가 노무현 대통령에 의해 이유 없이 해임되었기 때문입니다. 이명박 정부가 출범한 뒤에는 이들 이적 단체들은 터무니 없는 광우병 반대 촛불 시위로 사회를 극도로 혼란스럽게 만들었습니다."

"그러나 이러한 시위를 주도한 이적 단체의 창궐이 친북좌파 정부 밑에서는 그럴 수 있다고 쳐도 이명박 대통령의 보수 정권하에서도 그대로 방치되는 것은 있을 수 없는 일입니다. 이처럼 중대한 문제를 제쳐놓고 독도 방문을 선택하여 한미일의 공조가 그 어느 때보다도 절실한 이때에 독도 방문으로 한일간의 민족주의를 촉발한 것은 국익 차원에서 얻는 것보다 잃은 것이 더 많다고 봅니다."

"동감입니다. 더구나 중국이 동북공정으로 북한은 말할 것도 없고 대민민국의 영토까지도 탐을 내고 있는 이때에 중국의 영토적 야심에 제동을 걸기 위해서도 한미일 협조는 더욱 더 강화되어야 할 것입니다. 더구나 이적 단체 문제가 해결되지 않은 채 이명박 정부가 물러날 경우 다음 정부에는 큰 부담이 될 것입니다."

한국이 꼭 강대국이 되어야 할 이유

"바람직한 해결책은 무엇입니까?"

"중국의 영토적 야심을 견제하기 위해서라도 한·미·일 동맹을 강화하는 원교근공遠交近攻책을 적극 구사하는 한편 현재 진행 중인 한중일 자유무역협정을 가속화시켜야 합니다. 그리하여 미구에 동북아에도 유럽연방(EU)이나 북미자유무역협정(NAFTA)과 같은 한·중·일 공동체가 정착되어야 합니다. 그러기 위해서는 동북아에 민족주의가 촉발되지 말아야 하고, 한국이 꼭 강대국으로 부상해야만 합니다."

"그것 외에도 우리가 기필코 강대국이 되어야 할 다른 이유라도 있습니까?"

"있고 말고요."

"그것이 무엇입니까?"

"1896년 을미사변乙未事變 때 일본 깡패들에 의해 명성황후가 시해弑害 당했을 때 우리나라에는 근대화된 1개 연대는 고사하고 1개 대대의 황실근위대도 없었습니다. 너무도 가난한 약소국이었기 때문이었습니다. 그로부터 9년 뒤인 1905년 대한제국은 가즈라-태프트 비밀 협정에 의해 미국은 필리핀을 일본은 한국을 먹어버렸습니다. 한반도를 놓고 싸운 청일전쟁과 러일전쟁에서 모두 승리한 일본에 의해 한국은 결국 1910년부터 1945년까지 36년 동안 일본의 식민지가 되었습니다.

그 후 2차대전 말기에 미국의 루즈벨트 대통령과 소련의 스탈린 수상에 의해 얄타회담에서 한반도는 38선으로 분단되었고, 다시 1950년에는 남북한은 자유진영과 공산진영을 대신하여 6·25라는 대리전을 치루어야 했고, 1953년 7월 27일 휴전으로 오늘에 이르렀습니다. 이렇게 볼 때 지난 100년 동안 한국의 운명을 제멋대로 좌지우지한 것은 모두 강대국들의 파워게임 때문이었습니다.

이 모두가 우리가 약소국이었기 때문에 미국, 일본, 소련, 중국이라는 네 강대국에 의해 제멋대로 요리된 것입니다. 이러한 치욕을 다시는 되풀이 당하지 않기 위해서도 우리나라도 기필코 강대국이 되어야 합니다.

노무현 정부 당시 정권 실세인 386 세대들은 우리나라가 비록 개인소득 5천 달러가 되는 한이 있더라도 모든 국민들이 공평하게 잘사는 경쟁 없는 나라가 되어야 한다고 했습니다. 그러나 그러한 이념과 역사관을 갖고는 우리나라가 약소국의 굴레에서 벗어날 수 없으며 언제 또 강대국의 식민지로 전락할지 아무도 모릅니다. 온 세계가 경제 발전을 위해 치열한 경쟁을 벌이고 있는 이때 그러한 퇴영적이고 소아병적이고 나라 망쳐먹을 이념과 역사관은 무슨 일이 있어도 폐기처분해버려야 합니다.

국토와 인구를 감안할 때 우리가 미국, 중국, 러시아와 같은 강대국은 될 수 없지만 우리의 노력 여하에 따라 우리는 잘하면 영국 정도의 강대국은 능히 될 수 있다고 봅니다. 여기서 좀 더 노력하면 프랑스와 독일, 일본 정도의 강국으로 등장할 수도 있습니다. 그 정도의 강국이 되면 우리는 미국이나 중국, 러시아를 상대로 엄마든지 협상을 벌여 한반도의 장래를 주도적으로 구축해 나갈 수 있습니다.

분단국 서독이 영국과 프랑스의 맹렬한 반대를 무릅쓰고 초강대국 미·소와 당당하게 협상하여 통독을 성취할 수 있었듯이 말입니다. 우리나라가 김영삼, 김대중, 노무현 정부 총 15년 동안에, 그 전까지만 해도 잘 나가던 경제가 후퇴하지 않고 계속 성장할 수 있었다면 이미 영국, 프랑스, 독일, 일본 같은 강대국 반열에 끼고도 남았을 것입니다. 그 잃어버린 15년을 생각하면 실로 안타깝고 통분하기 짝이 없습니다. 유권자들이 지도자를 잘못 선택한 인과응보입니다.

그런 걸 생각하면 우리가 지금 독도나 종군위안부 문제로 국가적 캠페인에 주력할 것이 아니라 국가의 내실을 다져 강대국이 되는 데 온 힘을 기울여야 합니다. 우리가 강대국이 되어 국민소득이 일본을 능가하게 되면, 일본이 지금 우리를 깔보고 중국에 고분고분하는 자세를 지양할 날이 반드시 찾아오게 될 것입니다."

'노무현 정신'의 부활

우창석 씨가 말했다.

"선생님, 어제 저녁 텔레비전 뉴스를 보니까 대통령 후보를 지망하는 모 정치인이 노무현 정신의 부활을 부르짖고 있었습니다. 선생님께서는 혹시 노무현 정신이 무엇인지 알고 계십니까?"

"노무현 정신이라는 용어는 처음 들어보는데요. 그러나 우리는 2003년부터 2008년까지 노무현 시대 5년 동안에 그가 기회 있을 때마다 국민에게 말한 것을 종합해보면 그의 정신이 무엇인지 알 수 있지 않겠습니까? 그런 거라면 노무현 전 대통령 자신과 그의 측근들이 한 말을 요약해 보면 노무현 정신이 무엇인지 알 수 있을 것 같습니다."

"그것이 무엇인지 말씀해 주시겠습니까?"

"그거야 어려울 거 없죠. 노무현 정신을 짧게 요약하면 반미, 친북, 분배, 평등 그리고 코드 인사입니다. '반미 좀 하면 어때'로 표현되는 반미 정책으로 한미관계는 동해만큼 벌어져 이혼 직전의 부부 관계처럼 되어 버렸고, 역사상 가장 완벽한 다국적군 작전이 가능한 지역 방위체제로 세계 각국이 흠모하던 한미연합사는 결국 그의 요청으로 2012년까지 해체되고, 북한의 핵과 미사일 위협을 받는 한국군은 충분한 준비도 갖추지 못한 채 전시 작전권을 회수하게 되었습니다.

이승만 정부 이래 역대 정부들이 한미 동맹을 고수해 온 것은 원교근공책遠交近攻策의 이점을 선택했기 때문이었습니다. 역사적으로 100년 전부터 약소국 한국에 대한 영토적 야심을 가지고 서로 다투던 일본, 청국, 러시아라는 강대국의 틈바구니에서 살아남는 비결은 한국에 대한 영토적 야심이 없는 초강대국 미국과의 군사 동맹이 필수적이었기 때문이었습니다. 다시 말해서 원교근공책만이 우리나라가 살아남는 유일한 길입니다. 더구나 일본이 아직도 독도를 자국 영토라고 주장함으로써 식민지 시대의 영토적 야심을 청산하지 못하고 있고, 중국은 동북공정으로 북한은 말할 것도 없고 한반도 전체를 자국 영토화하려는 야심을 노골화하고 있는 이때에 미국과 같은 초강대국과 든든한 동맹을 확보하는 것이야말로 국가 생존에 필수부가결한 것입니다.

그러나 노무현 정부의 핵심 세력인 386 세대들은 80년대 군사 독재 타도를 위한 민주화운동 때 군사 정부를 지지했던 것에 원한을 품고 미국을 원수처럼 대해 왔습니다. 386 세대들은 30년이 지난 지금까지도 그때의 원한을 잊지 않고 거시적인 국가 생존 전략을 외면한 채 계속 반미 일변도로만 치달아 온 것입니다. 이것이야말로 80년대식 운동권의 근시안적인 국가관을 지금도 그대로 답습한 것이라고 봅니다. 이러한 시대착오적인 반미 정신이야말로 노무현 정신의 첫 번째 근간입니다.

그리고 두 번째는 친북입니다. 노무현 전 대통령은 일찍이 '북한하고만 잘되면 다른 것은 다 깽판쳐도 좋다'고 말했습니다. 그래서 김대중 정부보다 두 배나 북한에 퍼주기를 계속했습니다. '북한에는 아무리 퍼주어도 남는 장사'라고 그는 말했습니다. 그렇게 퍼주면서도 노무현 정부는 북한에 억류되어 있는 국군포로나 납북자는 단 한 사람도 데려오지 못했습니다. 이렇게 이웃집 처녀 짝사랑하는 총각처럼 무조건 일방적으로 퍼주기에만 열중하는 것이 결코 남는 장사가 아니라는 것은 곧 입증이 되었습니다. 그것이 바로 북한의 핵실험과 미사일 개발이고 천안함 폭침과 연평도 포격입니다.

세 번째가 분배와 평등 정책입니다. 5%의 부자에게 세금 폭탄을 퍼부어 거두어들인 돈을 빈곤층에게 나누어줌으로써 부의 분배와 평등을 실현해 보자는 사회주의적 발상입니다. 그러나 이러한 발상이 과연 옳은 것이었을까요? 사회주의 제도는 이미 1990년대에 옛 소련과 동유럽 공산 위성국가들에서 이미 참담한 실패를 맛보고 공산권은 일시에 공중분해되었습니다. 이와 때를 같이하여 중국, 베트남, 쿠바에서도 시장 경제제도를 도입하여 사회주의 제도는 지구상에서 북한을 빼놓고는 사실상 용도 폐기되어 쓰레기 통으로 들어가 버렸습니다. 노무현 대통령은 바로 그 사회주의 제도를 전세계가 흠모하는, 2차대전 후에 독립한 나라로서 원조받는 나라에서 원조 주는 나라로 변신한 유일한 신흥공업국으로 온 세계가 흠모하는 한국에서 실험했던 것입니다.

그 결과는 어떻게 되었습니까? 이중삼중의 각종 규제와 함께 세금 폭탄을 맞은 한국의 기업인들은 세계의 다른 기업들과의 경쟁력을 잃고, 국내에서는 도저히 기업을 운영할 수 없게 되어 자신들의 공장과 기업체의 문을 닫고 보다 기업하기 좋은 미국, 중국, 베트남, 인도 같은 곳으로 옮겨가지 않을 수 없었습니다. 그 결과 국내에서는 실업자가 양산되어 빈곤층이 줄어들기는커녕 계속 늘어나 그전보다 두 배나 되었습니다.

그뿐이 아닙니다. 이로 인해 한국은 지난 50년간 줄곧 지속되어 온 경제 성장 잠재력을 잃고 경제가 곤두박질치게 되어, 아시아의 네 마리 용(한국, 대만. 홍콩. 싱가포르) 중에서 선두주자였던 한국은 졸지에 꼴찌가 되었습니다. 그뿐만 아니라 스위스 주제 IMD(국제경영개발원)에 따르면 우리나라는 국가경쟁력이 31등급에서 16등급이나 추락했습니다. 정부 안에서는 경제 성장 운운하는 고위 공직자는 적발되는 족족 노무현 대통령에 의해 모조리 목이 잘리는 바람에 '경제 성장'이라는 용어는 금기어가 되었습니다.

네 번째는 코드 정치였습니다. 노무현 대통령과 뜻이 맞지 않으면 제아무리 탁월한 능력과 전문지식을 갖고 있어도 일체 채용되지 않았습니다. 이른 바 코드 맞는 사람들만 기용하다가 보니 능력도 전문성도 없는 오직 노무현 대통령과 뜻이 맞는 아마추어들이 대거 몰려들어 국가 운영에 참여하여 국정에 일대 혼란과 비능률을 초래했습니다.

그의 집권 5년 동안 국민이 바라는 것은 내내 경제를 일으켜 일자리를 창출하여 실업자를 줄이라는 것이었고 대북 관계에서는 무조건 퍼주기를 중단하고 상호주의를 실현하고, 미국과의 협조를 강화하라는 것이었지만 그는 청개구리처럼 끝내 분배와 평등을 위한 사회주의 정책을 퇴임하는 그날까지 끈질기게 밀어붙였습니다.

그뿐 아니라 그는 집권기간 내내 강남과 비 강남, 서울대와 비 서울대, 잘사는 사람과 못사는 사람, 유능한 사람과 무능한 사람, 계층 간, 이념 간 갈등을 조장하여 서로 싸움을 붙여 자신의 지지 세력을 결집시키는 정책을 구사하여 왔습니다.

이적 단체들을 국민세금으로 도와주고, 세계 각국이 공무원을 줄이려고 혈안이 되어 있는 이때에 부유층에서 거두어들인 돈을 빈곤층에 나누어주는 데 필요하다면서 공무원을 10만 명이나 늘여 놓았습니다. 이처럼 그는 국민들이 싫어하는 짓만 골라서 역주행을 계속해 왔습니다. 바로 이 때문에 그의 대통령으로서의 인기는 역대 대통령 중에서 최하위로서, 한 자리 숫자인 9.9%까지 떨어졌습니다. 17대 대통령 선거에서 그의 후계자 정동영 후보는 이명박 후보에게 무려 531만 표의 압도적인 표차로 낙선되었고 이 때문에 그가 소속되었던 정당은 사실상 폐족廢族 상태가 되지 않을 수 없었습니다. 노무현 정신의 간단한 전말입니다.

그러나 노무현 정부가 참담한 실패로만 일관했느냐 하면 반드시 그렇지는 않습니다. 그러한 실패의 와중에서도 노사모의 끈질긴 반대를 무릅쓰고 이라크 파병과 한미 FTA를 성사시켰고, 선거법을 개정하여, 유권자가 뇌물로 1만 원짜리 점심을 얻어먹으면 그 50배인 5십만 원의 벌금을 물게 했고, 검찰의 자율성을 신장시킨 점 등은 평가할 수 있지만 워낙 민심을 엄청나게 거역하였기 때문에 그의 공적은 연속되는 대형 실패들 속에 깡그리 파묻혀버리고 말았습니다.

그런데 이제 와서 새삼스레 노무현 정신의 부활을 부르짖는 것은 노무현 시대를 지켜 본 국민들이 시퍼렇게 두 눈 뜨고 살아 있는 이때에 가당치 않은 일입니다. 따라서 진정한 노무현의 후계자라면 그의 실패를 거울삼아 다시는 같은 잘못을 되풀이하지 않을 뿐 아니라 그의 실패를 깡그리 뜯어고쳐 국민여론에 합당한 참신한 대책을 내놓아야 유권자들의 호응을 받을 수 있을 것입니다."

"그런데 선생님, 결과적으로 노무현 씨는 실패한 대통령이 되었지만 분배와 평준화를 통하여 빈곤층을 없애고 국민들이 다 같이 골고루 잘살게 해야 한다는 순수한 개혁 정신만은 높이 사주어야 한다고 말하는 사람도 있는데 어떻게 생각하십니까?"

"부자들의 돈을 빼앗아 가난한 사람들에게 골고루 나누어 주어 평등하게 잘살게 해주자는 공산주의 이론은 1930년대에 한때 전 세계에 열병처럼 번져나간 일이 있습니다. 20대 이전에 공산주의에 심취하지 못하는 사람도 바보지만, 30대 이전에 그 공산주의 사상에서 벗어나지 못한 사람도 바보라는 말이 유행한 일이 있습니다. 그만큼 공산주의는 순진하고 어리석은 사람들을 휘어잡는 매력도 있지만 치명적인 약점과 중독성을 가지고 있는 마약과 같은 이념이기도 했습니다. 그 때문에 공산 종주국 옛 소련은 말할 것도 없이 이미 20년 전에 지구상에서 북한을 빼놓고는 완전히 사라져버린 사상입니다. 제아무리 빈곤층을 순수하게 사랑했다고 해도 지구촌 전체가 이미 쓸모가 없어서 쓰레기통에 내다버린 지 20년이 넘은 낡아빠진 이념을, 제2차대전 후 최단 시일 안에 신흥공업국을 만드는 데 성공한 한국에 실험하여 참담한 실패를 맛보았습니다. 그것은 마치 철기시대에 석기를 이용하여 산업을 일으켜보겠다는 것만큼이나 어리석고 정신나간 만용이 아닐 수 없습니다. 이것이 바로 노무현 정신의 최대의 약점입니다. 한마디로 노무현 정신이야 말로 다시는 이 땅에서 재현되지 말아야 할 어리석은 망상입니다."

"왜 그런 현상이 벌어졌을까요?"

"아무리 좋은 이상과 꿈을 가지고 있다고 해도 그 꿈과 이상을 실천할 수단을 잘못 선택했기 때문에 벌어진 비극입니다."

"부자의 재산을 빼앗아서 가난한 사람들에게 나누어 주자는 분배와 평등이라는 이념은 원래 하늘의 뜻도 자연의 이치도 아닙니다. 순천자順天者는 흥興하고 역천자逆天者는 망亡한다는 말이 명심보감에도 나와 있습니다. 하늘을 따르는 사람은 흥하고, 하늘을 거역하는 사람은 망한다는 뜻입니다. 간단히 말해서 공산주의는 하늘의 뜻이 아닙니다. 무슨 말인가 하면 우리가 사는 유위계有爲界는 원래 공산주의자들의 생각대로 만들어져 있지 않습니다. 다시 말해서 부자가 있으면 가난한 사람도 있고, 유능한 사람이 있으면 무능한 사람도 있고, 머리 좋은 사람이 있으면 머리 나쁜 사람도 있게 되어 있습니다. 노무현 정부의 386 실세들은 '우리나라가 비록 국민소득 5천 달러가 되더라도 모든 사람들이 경쟁 없이 골고루 잘사는 나라가 되어야 한다'고 말했지만 이러한 나라는 현실적으로 존재하지 않는 순전한 환상에 지나지 않았습니다. 만약에 그런 사회가 실제로 존재했다면 곧바로 죽은 사회가 되어 버렸을 것입니다."

"왜요?"

"그러한 사회에는 활기가 없기 때문입니다."

"그럼 그 활기는 어디에서 나옵니까?"

"활기는 경쟁에서 발생합니다. 경쟁은 어디에서 나오는가? 학급에서도 공부 잘하는 학생이 있어야 공부 못하는 학생은 그 공부 잘하는 학생을 벤치마킹하여 그를 따라잡으려고 경쟁심을 일으킵니다. 바로 이 경쟁에서 활기, 즉 에너지가 발생하는데 공부 잘하는 학생도 없고 공부 못하는 학생도 없는, 공부의 수준이 다 똑 같다면 그 학급은 경쟁이 없어져서 활기가 소실되고 말 것입니다.

부자가 있어야 가난한 사람은 부자를 표적 삼아 더욱 열심히 일할 의욕이 솟구치게 되어 있습니다. 결론적으로 말해서 공산주의를 해보자는 것은 다 같이 잘살자는 것이 아니고 종국에는 다 같이 거지가 되자는 것밖에는 되지 않습니다.

이것이 바로 공산주의 이념이 지구촌에서 용도폐기당한 이유입니다. 미국, 영국, 프랑스, 독일, 일본 같은 선진국 쳐놓고 공산주의를 실험한 나라는 하나도 없습니다. 왜냐하면 그 나라 사람들 중에서 특히 정치인들은 공산주의가 하늘의 뜻도 자연의 이치도 아니라는 것을 공산주의를 실천해본 나라들의 실례에서 알아채버렸기 때문입니다.

따라서 '노무현 정신'을 올바르게 계승하려면 빈곤층을 위하는 그의 순수한 이상과 꿈은 살리되 그것을 실천하는 수단은 분배와 평등이 아닌 경쟁력이 살아 숨쉬는 시장경제에서 찾아야 합니다.

"그러나 시장경제는 빈익빈貧益貧 부익부富益富 현상이 극단화되어 사회 불안을 야기할 수도 있지 않습니까?"

"그렇다고 해서 과거의 공산주의자들처럼 시장경제를 아예 말살해버릴 것이 아니라 이를 잘 살려나가면서도 빈익빈 부익부 현상의 극단화를 지혜롭게 조절해 나감으로써 경제민주주의를 구현해나가는 것이야말로 정치인들이 맡아서 처리해야 할 사명입니다.

그런데 노무현 전 대통령은 부자들에게 세금 폭탄을 때리고 기업에 각종 규제를 2중 3중으로 부과함으로써 시장경제 자체의 원활한 운영을 어렵게 만들었습니다. 거듭 말하지만, 이 때문에 아시아의 네 마리 용들 중에서 선두주자였던 한국이 꼴찌로 뒤처지게 되었고, 5년 집권 동안에 국가경쟁력을 16등급이나 추락시켰습니다. 미국, 영국, 프랑스, 독일, 일본, 호주, 캐나다, 뉴질랜드, 덴마크, 네덜란드 같은 나라들의 지도자들은 이들 공산화되었다가 실패한 나라들의 사례에서 교훈을 얻어 자국에 공산주의를 실험하는 어리석은 모험을 저지르지 않았건만, 유독 한국의 노무현 전 대통령만은 국민들의 치열한 반대를 물리치고 끝까지 역주행을 강행하여 분배와 평등 정책을 실험했습니다. 이러한 역주행과 역발상의 청개구리 정신이야말로 노무현 정신의 핵심이라고 할 수 있습니다.

경제 분야에서뿐만 아니라 사교육의 폐단을 불러온 교육의 평준화, 수도의 지방 분산화도 외국에서는 이미 실험해보고 다 실패하여 일찍이 용도폐기되어 쓰레기통에 들어간 지 오래된 낡은 정책들입니다. 교육 평준화와 수도의 지방 분산화는 선진국에서는 물론이고 중국에서조차 폐기해버린 케케묵은 정책들입니다. 지구촌에서 교육 평준화는 유독 북한과 한국에서만 실시되고 있는 제도입니다.

이처럼 남들이 저지른 실패와 성공에서 교훈을 얻을 줄은 모르고 무조건 자기 고집대로 아무런 검토도 없이, 그대로 가져다가 무조건 실험부터 해 보는 역주행 역발상 정신이 바로 노무현 정신의 핵심입니다. 이러한 정신을 아무런 수정이나 보완도 없이 그대로 부활하자고 부르짖는 것은 지나친 시대착오적 발상이고, 노무현 시대 5년을 살아온 한국의 유권자들이 다시는 보고 싶지 않는 끔찍한 악몽이 아닐 수 없습니다."

대의멸친大義滅親의 길

삼공재에서 수련 도중에 우창석 씨가 말했다.

"선생님, 요즘 언론에서는 새누리당 박근혜 후보의 역사 인식에 대하여 논란이 많습니다. 특히 5·16과 유신, 인혁당 사건에 대한 야당의 질문 공세에 대하여 박근혜 후보는 이 사건으로 피해를 입은 분들에게는 심히 안타깝고 죄송스러운 일이지만 결국은 역사의 평가에 맡기자는 태도를 취하고 있습니다. 이에 대하여 선생님께서는 어떻게 생각하십니까?"

"박근혜 후보가 국정을 수행하다가 비명에 간 부모님의 유지를 받들어 그분들이 못 다한 일을 마무리 짓기 위해 대통령이 되기로 결심했다면 몰라도, 지금 당장 국민들이 원하는 일을 맡아서 처리할 대통령직을 수행할 작정이라면 부모 시대의 역사 유산을 걸머지고 갈 것이 아니라 지금 이때를 호기好機로 삼아 아예 말끔히 털어버리고, 현재의 시대 정신에 알맞은, 새로운 지평을 창의적으로 열어나가야 할 것입니다."

"그러자면 구체적으로 어떤 일을 해야 할까요?"

"5·16은 이 사건 당사자들은 무엇이라고 말하든지 간에 대한민국의 민주 헌정 질서를 무력으로 중단시킨 군사 정변이고, 인혁당 사건은 유신 시대의 사법부가 자행한 살인행위였습니다. 이 사실들은 역사의 판단을 기다려야 할 사항은 아닙니다. 그것은 고려의 무신 반란과 이성계의 위화도 회군, 그리고 조카인 단종을 살해한 세조의 집권이 반드시 후세의 역사적 판단을 기다려야 할 사항이 아닌 것과 같습니다."

"그럼 어떻게 해야 할까요?"

"결국은 세종이, 왕권 강화를 위하여 수많은 인척과 부하들을 살해한 아버지 태종의 잘못을 크게 반성하고 살생이 없는 평화시대를 열어 한글을 창제하는 등 큰 업적을 이룩한 것처럼 대의멸친大義滅親의 자세로 나아가야 합니다."

"국가와 민족을 위해서는 피붙이의 잘못도 덮거나 감추지 말아야 한다는 말씀이시군요."

"당연히 그래야죠. 박근혜 후보가 대통령이 된 후에 해야 할 일이 부모가 못 다한 한을 푸는 일이 아니라 대한민국을 부강하게 만들어 다시는 식민지와 분단의 비극을 되풀이하지 않는, 세계 역사를 주도해 나가는 부강한 선진국을 만들어나가는 것이라면 당연히 그래야 할 것입니다. 그러자면, 국내외의 투자자들을 끌어들여 기업과 공장을 일으켜 일자리를 많이 만들어 경제 민주화를 성취하는 데 매진해야 할 것입니다. 그랬다고 해서 누구도 그녀가 불효한 짓을 했다고 말할 사람은 없을 것입니다.

더구나 박정희 전 대통령은 여론 조사에서도 늘 세종대왕보다 더 많은 인기를 끌고 있고 잘한 일과 못한 일이 7 : 3의 비율로 나옵니다. 인혁당 사건과 같은 잘못도 있지만, 1884년 김옥균의 갑신정변 이래 우리 민족의 숙원이었던 조국의 공업화에 성공하여 전 세계의 부러움을 산, 오늘날의 부강한 대한민국이 있게 한 공로는 아무도 부인할 수 없을 것입니다. 박근혜 후보는 아버지가 잘한 일은 더욱 더 보강해 나가고 잘못한 일은 솔직히 반성하고 시정하여 조국의 발전에 한층 더 기여한다면 청출어람靑出於藍의 결실을 거둘 수 있을 것입니다.

역사 청산의 3류국 일본

우창석 씨가 말했다.

"선생님, 제2차 세계대전의 잘못된 역사 유산을 세계에서 제일 빨리 청산한 나라가 어느 나라인지 아십니까?"

"독일입니다."

"그렇습니다. 독일은 나치의 죄악상을 스스로 철두철미하게 밝혀내어 사죄하고, 일일이 그 피해자들을 찾아내어 성심성의껏 그들이 만족할 때까지 보상을 해 주었고 지금도 그 사업은 현재진행형입니다. 바로 독일의 이러한 자세에 감동한 나치시대의 적국들인 프랑스와 영국은 말할 것도 없고 수많은 인접 피해국들은 독일을 믿게 되었고 이 믿음을 바탕으로 EU 즉 유럽연방이 구축될 수 있었던 것입니다. 독일이야말로 과거 청산에 관한 한 1류 국가입니다.

독일이 그 방면의 1류 국가라면 그 다음이 바로 러시아입니다. 1937년 스탈린 시대에 그는 연해주에 거주하는 고려인 17만 명을 일본 간첩 혐의를 뒤집어 씌워, 한 겨울 어느 날 갑자기 화물차에 실어다 눈보라치는 중앙 아시아 황무지에 내동댕이쳤습니다. 수많은 동포들이 질병과 굶주림과 추위로 목숨을 잃었습니다.

소련이 망해버린 뒤에도 그 후계국인 지금의 러시아는 이 잘못을 깨닫고 1991년 '탄압당한 민족들의 명예회복에 관한 법'을 제정하여 스탈린 시대의 만행을 사과하고 구체적인 보상 대책을 마련하여 지금까지 약 3만 명의 동포들이 중앙아시아로부터 연해주로 재이주하게 되었습니다. 이들 고려인 재 러시아 동포들은 소련과 스탈린의 만행에 대한 분노와 원망은 지울 수 없지만 이제 그 후계국 러시아에 대한 불만은 없다고 말합니다. 과거사 청산에 관한 한 러시아는 독일에 이어 2류 국가쯤은 됩니다.

그러나 일본은 어떻습니까? 자기네가 살해한 한국의 독립투사들 그리고 한반도 전역에서 징발해간 징병들과 징용자들은 말할 것도 없고, 특히 20만 명의 처녀 종군위안부들을 일선 부대에 배치하여 일본군들의 숨쉴 틈 없는 지나친 집단 강간으로 대부분 지쳐서 숨지게 하고도, 지금껏 몇 명 안되는 생존자들에게조차도 사죄도 보상도 거부하고 있습니다. 일본 제국주의자들의 이러한 만행은 전세계가 다 아는 일입니다.

그런데도 요즘도 새삼스럽게 한 일본 관료는, 과거 고노 일본 수상의 종군위안부 관련 사과를 무시하고, 새삼스레 종군 위안부를 징발했다는 증거를 내놓으라고 적반하장입니다. 이렇게 후안무치 厚顔無恥하게 나오니, 역사적 과오를 청산하는 데 있어서 일본은 3류 후진국 축에도 낄 수 없다고밖에는 말할 수 없습니다. 일본이 왜 그렇게 되었다고 보십니까?"

"일본은 1868년의 명치유신 때 확립된 관료체제가 144년이 지난 지금까지도 그대로 고스란히 계승되고 있습니다."

"어떻게 그런 일이 있을 수 있습니까?"

"일본에는 야당에 의한 진정한 의미의 정권 교체라는 것이 있어 본 일이 없어서 지금까지도 일본제국주의 시대의 관료체제가 그대로 지속되고 있습니다. 그러므로 국가가 저지른 범죄행위 자체를 그들은 완강하게 인정하려고 하지 않는 겁니다."

"그래도 일본 국민들 중에는 자기네의 범죄 행위를 솔직하게 인정하는 양심적인 인사들이 있지 않습니까?"

"있기는 있죠. 그러나 그들은 기존 관료체제에 영향을 끼칠 만한 정치 세력으로 조직화된 일이 없습니다. 따라서 1억 2천만 일본 국민들은 국가 시책에 비록 반대 의견을 가지고 있다고 해도 무엇이든 국가에 이득이 되는 일이라면 일치단결하여 국가시책에 맹종하는 특이한 경향이 있습니다."

"과거사 반성 거부가 어떻게 국가에 이득이 된다고 말할 수 있겠습니까? 만약에 독일이 일본처럼 나치시대의 잘못을 일체 인정하지 않고 6백만 유태인을 학살한 사실까지도 부인했다면 과거의 적대국인 프랑스와 영국은 말할 것도 없고 나치의 피해를 입은 인접국들의 신임을 받을 수 있었겠습니까?

참으로 안타까운 일은 일본은 독일처럼 먼 앞날을 내다볼 줄은 모르고 당장 눈앞의 손해만을 생각하기 때문에 피해자들에 대한 사죄와 보상을 전쟁이 끝난 지 67년이 지난 지금까지도 한사코 외면하는 것입니다."

"그 말을 들으니까 일본이 왜 그렇게도 독도를 일본 영토라고 억지를 부리는지 이해를 할 것 같습니다. 일본은 1905년 한국의 외교권을 박탈할 당시 한국령인 독도를 땅 짚고 헤엄치기로 일본령으로 선포해버렸습니다. 외교권을 박탈당한 한국은 항의할 길조차 없었으니까요. 과거를 청산 못한 일본이 일본제국주의 시대에 약탈해 간 독도를 지금도 반성 없이 계속 자기네 땅이라고 억지를 부리는 이유를 알 것 같습니다."

재역전再逆轉의 시대

"앞으로 동북아의 평화와 안녕을 위해 좋은 방안이 없을까요?"

"일본은 국가든 개인이든 자기네보다 실력이 월등한 상대에게는 무조건 고개를 숙이고 깨끗이 심복하는 경향이 있습니다. 한국인과는 지극히 대조적인 기질입니다. 한국인은 대의명분이 뚜렷하지 않는 한 상대가 아무리 힘이 우세해도 속으로 코웃음을 칩니다. 그래서 36년간 일본의 식민지배를 당하면서도 속으로는 일본을 경멸했습니다. 일본에게만 그러했던 것이 아니고 우리를 힘으로 굴복시키려 했던 거란족과 몽골족과 만주족(여진족)에 대해서도 마찬가지였습니다.

따라서 힘 앞에 무조건 굴복하는 일본을 다스릴 수 있는 가장 효과적인 유일한 방법은 우리가 일본보다 부강해지는 길이 있을 뿐입니다. 마침 오늘 아침(2012년 9월 19일) 동아일보 1면에 보니 앞으로 20년 안에 한국경제는 일본을 추월할 것이라고 관계 전문가들이 말한 것으로 보도하고 있습니다. 한국은 2010년에 이미 IT, 가전, 조선, 자동차, 건설, 부품산업, 원전原電, 드라마, 영화, 춤, 노래, 무역흑자 분야에서 이미 일본을 추월했습니다.

그럴수록 우리는 은인자중 내공에 충실하여 확실히 모든 분야에서 일본을 앞선 뒤에라야 일본과의 관계가 현저하게 개선될 수 있을 것입니다."

"그러자면 우리나라가 미국처럼 되어야 하겠군요."

"그렇습니다. 경제적로든, 도덕적으로든, 문화적으로든 우리가 일본을 압도하게 될 때 일본은 미국의 요구에 응하듯 우리의 요구도 무시하지 못하게 될 것입니다. 그렇습니다. 모든 분야에서 우리가 막강할 때 일본은 과거처럼 우리에게 순종해 올 것입니다. 한일 역사를 되돌아볼 때 단군조선 시대에는 삼도(三島, 상고 시대의 일본 명칭)는 단군조선의 영내에 속해 있었습니다. 그 후 단군조선에서 떨어져나간 뒤에도 삼국시대, 통일신라, 발해, 고려, 이씨조선 시대 중기를 거쳐 임진왜란 이전까지는 내내 일본은 문화, 경제적으로 우리나라의 은혜를 입어왔습니다. 그것이 임진왜란으로 일시 교란되었다가 19세기 후반 서세동점기西勢東漸期에 서구화에 한발 앞선 일본에 역전되었을 뿐입니다. 그러나 그 역전逆轉의 시기도 이제 거의 끝나가고 우리가 늘 일본을 이끌어가던 시대가 다시 도래하고 있다고 보아야 할 것입니다. 한국이 일본을 추월하는 것이 바로 그것을 말하는 것입니다."

"긴 역사의 안목으로 볼 때 서세동점기西勢東漸期 이후에 재역전이 시작되는 힘의 교체 시기가 서서히 다가오고 있다고 보아도 될까요?"

"그렇고 말고요."

"그럼 한국과 일본은 어떤 관계라고 보아야 할까요?"

"한국이 뿌리와 둥치라면 일본은 그 둥치에서 뻗어나간 가지에 지나지 않습니다. 그 가지가 외세의 힘으로 일시 둥치를 가렸었지만 이제 그 시기가 끝나가고 있는 것입니다. 일본은 외국 것을 모방하는 데 천재적 역량을 발휘하지만, 지금까지 없었던 새로운 것을 발명하고 고안하는 창의력에서는 도저히 한국을 따라잡을 수 없습니다. 그래서 일본이 자랑하는 문화재의 90% 이상이 한국 것이나 그것을 모방한 것입니다. 한일 관계의 역사를 5천 년으로 볼 때 우리가 일본을 지도해온 역사가 대부분이고 우리가 일본에게 힘의 역전을 당했던 역사는 1876년 강화도 조약 체결 이후니까 고작 136년밖에는 안됩니다."

[이메일 문답]

끌어당김의 법칙

스승님 안녕하셨습니까? 부산에 박동주(개명전 박순미)입니다. 어느덧 또 다른 새해 임진년이 밝았습니다. 스승님 사모님 모두 건강하신지요 인사가 늦었습니다.^^;

작년 한해 제 신변에는 너무 많은 일들이 있었던지라 바쁘다는 핑계로 메일을 자주 쓰지 못해서 송구스럽습니다. 저는 한달 전에 시댁에서 분가하고 이사와 동시에 큰 아이가 사고로 다리가 부러지는 바람에 지금 병원에서 입원치료를 받고 있는 중이라 좀 바쁜 나날을 보내고 있습니다. 제가 아이 넷을 키우고 있는 중이지만 그전까진 아이가 많다는 인식을 잘 못하고 살다가 이번에 한 아이가 입원하면서 아이가 많음을 절감하네요(하하).

작년 한해는 정말 많은 변화가 있었고 그 변화로 말미암아 깨달은 바도 많았습니다. 우선 결혼 10년 중에 5년 반을 시댁에서 시부모님과 살면서 삼공선도를 접하고, 수련이 시작되고, 셋째와 넷째를 낳았습니다. 작년 12월 분가를 결심하면서 저는 소중한 경험을 하게 되었습니다. 수련을 하면서도 경험하였지만 우리가 살고 있는 이 지구별은 마음만 먹으면 무엇이든 이루어진다는 것입니다. 흔히 말하는 끌어당김의 법칙이라고 하죠.

얼마나 내가 집중하고, 간절하고, 노력하느냐에 따라 정말 이루

139

어질 수 있다는 것을 여러 번의 경험을 통해 깨닫고나니 수련이나
일상적인 생활에서도 자신감이 많이 생겼습니다. 저는 분가를 결
심하고는 부모님과 섭섭한 감정 없이 자연스럽게 분가하게 되는
장면을 수없이 연상하며 반드시 그렇게 될 것이라 믿었습니다.

그랬더니 모든 상황들이 마치 짜여졌던 각본처럼 술술 풀려나가
기 시작했습니다. 부모님은 전혀 집을 팔거나 이사할 계획이 없으
셨지만 우연찮게 우리 집 옆으로 빌라가 들어선다는 것을 아시고
는 부동산에 집을 내놓자마자 그날 바로 집이 매매되었습니다. 그
래서 뜻하지 않게 어머님 집과 우리가 살 집을 동시에 구하러 다니
느라 많이 애를 먹긴 했지만 불과 한 달여 만에 모든 것들이 제가
바라던 대로 이루어졌습니다.

물론 모든 진행 과정들이 순조로운 과정으로만 이루어진 것은 아
니었지만 힘겨운 문제들을 하나 둘 정리해 가다 보니 해결점에 도달
해 있었습니다. 그런데 어떤 시비꺼리나 문제들이 생길때 마다 꿈
을 꾸게 되었는데 처음에는 그냥 개꿈인줄 알았는데 나중에 지나고
보면 예지몽같이 무슨 암시를 주는 것 같은 느낌이 들었습니다.

며칠 전 아들아이가 다리를 다치기 전날도 아들아이가 나오는
꿈을 꾸었는데 좀 느낌이 안 좋았습니다. 아니나 다를까 그날 아이
가 다리가 부러져서 병원에 입원하게 되었습니다.

분가와 이사 문제로 에너지를 많이 소진하고 신경을 쓰다보니
체력이 많이 떨어져서 그런지 요즘 부쩍 꿈을 많이 꾸게 되는데 아
무래도 제가 빙의가 심한가 봅니다. 다른 경우에는 대부분 잘 천도
가 되었던 것 같은데 제 몸 어딘가에 뱀 빙의령이 자리를 잡고 있
는 모습이 자꾸 보이는데 아들아이가 다치기 전 날도 빨강, 검정
화려한 무늬의 뱀이 머리를 흔들며 지나가는 장면이 보였거든요.

그런데 스승님, 꿈속에서 만약 무언가 안 좋은 일이 있을 것이라고 예고하는 경우에 그것에 연연하여 아이를 학교에 보내지 않거나 하는 것이 바람직할까요? 꿈에 연연하는 것이 구도자로서 바람직한 자세인지 잘 모르겠습니다.

아무튼 큰아이가 입원하면서 나머지 아이들을 돌보는 과정에서 어쩔 수 없이 이모, 고모 할 것 없이 주위에 민폐를 끼치고 있네요. 하지만 저는 새삼 요즘 인생사 새옹지마, 전화위복이라는 단어를 떠올리고 있습니다.

아이에게 다리가 부러지는 안 좋은 일이 있었지만 천만다행으로 핀을 박아 고정하는 수술대신 깁스만으로 대체할 수 있게 되어서 감사하고요, 큰 아이에게 동생들 때문에 그동안 소홀했던 관심과 애정을 집중적으로 보여 줄 수 있어 좋고, 소홀했던 공부도 봐줄 수 있어서 여러모로 긍정적으로 생각하고 있는 중입니다.

작년 한해 온갖 액땜은 다했으니 올해 새로이 맞는 새해에는 복된 일이 많을 것 같습니다. 넷째가 너무 별나서 아직 삼공재 갈 엄두가 안 나지만 조금 더 크면 찾아뵙겠습니다.

스승님 부디 건강하십시요.

2012년 1월 2일
박동주 올림

[회답]

끌어당김의 법칙은 일종의 자기최면으로서 수행에도 흔히 이용되고 있습니다. 천부경, 삼일신고, 금강경, 반야심경, 화엄경, 법화경이 그 대표적인 실례입니다. "나는 하느님의 분신으로서 하느님의 무한한 사랑. 무한한 능력, 무한한 지혜를 구사하고 있다. 이 큰 깨달음을 통하여 나는 이 뜬구름과 같은 오감의 세계를 벗어나 상부상조하는 대조화의 세계, 하느님과 나, 남과 나, 우주와 내가 하나로 합쳐지는 실상의 세계 속에 살고 있다"는 대각경도 끌어당김의 법칙을 이용한 것입니다. 이것을 암송할 때 기운을 느낄 수 있다면 이미 그 효과를 발휘한 것입니다.

단 하나의 전제조건은 그 내용이 반드시 진리와 부합되어야 한다는 것입니다. 그러나 구도자는 끌어당김의 법칙을 겨우 가정의 안위 정도에만 국한하지는 않습니다. 적어도 자기 존재에 대한 깨달음, 국가와 민족의 안위, 분단된 조국의 통일과 같은 홍익인간, 재세이화와 관계되는 모든 존재를 위한 공익 수준으로 끌어올리자는 것입니다.

꿈에 대한 얘기인데 구도자는 원래 꿈을 꾸어도 잠이 깬 뒤에 그 내용을 도무지 기억할 수 없을 정도는 되어야 합니다. 이타행을 하는 구도자에게는 개인의 소망 같은 것은 비워버렸기 때문입니다. 꿈은 개인의 소망이 무의식에 투영된 것입니다.

그럼에도 불구하고 꿈에 자꾸만 관심을 갖게 된다면 아직 수련이 일정한 수준에 도달하지 못했다는 것을 말해줍니다. 계속 분발하시라고 이런 소리 하는 겁니다.

삼공재 주소가 2011년 12월 28일에 바뀌었습니다. 서울시 강남구 삼성동 한솔 아파트 101동 1208호입니다. 7호선 전철 강남구청역 1번 출구로 나와서 보행으로 직진하여 2분 거리 우측에 있습니다.

조울증의 원인인 과자

안녕하십니까? 저는 정신장애 3급 김택수입니다. 다름이 아니옵고 저 혼자만의 고민이 있어서 혼자 애쓰다가 김태영 선생님께 메일을 보냅니다. 저는 어렸을 때부터 슈퍼마켓에서 파는 과자를 좋아해서 이빨이 안 좋습니다.

정신병원에 입원해 있어도 병원 안에서 과자를 팔고 커피도 팔고 담배도 팝니다. 저는 4344년(2011년)에 정신병원 안에서 과자를 끊었습니다. 저는 과자를 먹으면 조울증 즉 기분이 떴다가 가라앉았다가를 반복합니다.

과자를 끊으니 조울증이 없어졌습니다. 이것은 저번에 이메일에서도 말씀드렸습니다. 지금은 정신과 약 때문에 고민입니다. 직장에서 일을 하려면 정신과 약을 먹으면서는 잠이 너무 와서 일은 하지 못해서 어머님께서 약을 먹으라고 주면 먹는 척만 하고 어머님 안 보시는 데서 없애버립니다.

그런데 이러다가 걸리면 다시 정신과 약을 먹어야 하고 그렇게 되면 직장생활을 못하기 때문에 걱정이 이만저만이 아닙니다. 정부에서는 저소득층에게 의료비를 지원합니다. 저도 기초생활수급자일 때 의료비를 지원받아 병원비를 한푼도 내지 않았습니다.

그런데 우리나라 의료제도는 미국에서 배워왔는지 우리나라 고

유의 의료를 하는 것이 아니어서 정말 최악입니다. 그리고 과자 문제입니다. 슈퍼에서 파는 과자는 많은 정신적 문제를 일으킵니다. 과자가 언제부터 나왔는지 모르겠으나 과자는 아주 안 좋은 음식이라는 것을 깨달았습니다.

작고하신 김춘식 선생님께서 슈퍼에 가려면 태안에 있는 연수실에서 나가라고 한 이유를 알 것 같습니다. 그리고 정신과 약을 끊으니까 예전에는 커피를 다섯 여섯 잔씩 마셨으나 커피가 원인인 것 같아 커피도 끊었습니다.

그리고 지금은 깐녹두를 구입하여 잘 씻어서 뜨거운 물에 약간 데쳐서 씹어 먹고 있습니다. 우리나라 의료현실에 개탄을 금치 못합니다. 학교 다닐 때 공부 잘하는 친구들만 의료 분야에서 의사로 일하고 있는데 이게 잘못됐다는 걸 의심하는 의사들이 아무도 없다는 게 분하고 못마땅해 한탄합니다.

그리고 삼공 김태영 스승님 선도체험기를 써 주셔서 정말 감사합니다. 저는 102권까지 다 구입하여 읽었습니다. 국어 실력이 부족하여 어휘력이 좀 부족하나 국어사전을 곁에 두고 열심히 읽고 있습니다.

소설 단군은 대종교에서 구입한 경전과 해석에 있어서 많이 달랐습니다. 대종교 경전이 해석이 잘못된게 많았던 것 같습니다. 이상입니다.

단기 4345년(2012년) 1월 2일 월요일
김택수 올림

[회답]

선도체험기를 102권까지 읽었다면 김택수 씨는 이미 구도자의 반열에 올랐다고 할 수 있습니다. 그렇다면 당연히 구도자다운 행동을 해야 할 것입니다. 과자가 건강에 좋지 않다는 것을 알았으면 먹지 않도록 노력해야 할 것입니다. 과자도 중독이 되면 술, 마약, 커피처럼 건강에 장애를 일으킵니다. 어떠한 노력을 해서라도 과자를 끊도록 지속적인 시도를 하시기 바랍니다.

보상 거부하는 가해 학생 부모

　스승님 답 메일 고맙습니다. 스승님 이사를 하셨네요. 저도 스승님과 같은 시기에 이사를 해봐서 아는데 스승님 사모님 정말 고생이 많으셨겠습니다. 새로이 이사 가신 삼공재에 얼른 달려가 수련하고 싶습니다.

　그리고 끌어당김의 법칙이 대각경, 반야심경, 천부경 등에도 응용되어 있다는 것은 잘 몰랐습니다. 저는 특히 반야심경, 대각경, 천부경을 외울 때 기운이 많이 들어오는 편이었습니다.

　꿈에 관련하여 꼬집어 주신 말씀은 깊이 새기겠습니다. 스승님 말씀처럼 저는 무늬만 현묘지도를 했지 아직 한참 갈 길이 멀었다는 것을 잘 알고 있습니다. 전생으로부터의 습과 업이 많은 터라 요즘 한참 저에게 치고 들어오는 전생으로부터의 질긴 악연들도 구도자의 시각으로 보면 마음 상할 일이 아니지만 현실의 제가 어떻게 지혜롭게 대처해야 하는지를 선택하는 과정에서는 좀 머리가 아픕니다.

　앞서 메일에 썼지만 저희 큰 아이(초3)가 방학 중에 방과후 학교를 마친 후 다리가 부러져서 응급실에 있다는 연락을 받았습니다. 사고의 개요는 저희 아이의 친구가 창문을 기어올라가다가 체중에 못 이겨 손이 미끄러지는 바람에 밑에서 놀고 있던 저희 아이 위로 떨어졌습니다. 떨어진 아이는 다행이 무사했으나 저희 아이는 왼쪽 발목 뼈 위 다리가 부러졌는데 한두 군데가 아닙니다. 다리가 뒤틀리면서 부러진 경우라 몸무게를 지탱하는 굵은 뼈부터 잔뼈까지 네 다섯 군데가 부러졌습니다.

그나마 다행한 것이 관절 부위의 손상이 아니라는 점과 복합골절로 심하게 다친 경우임에도 뼈들을 간신히 맞추어 쇠판과 핀을 박는 수술을 피하고 통깁스로 지지하기로 했다는 점입니다. 그런데 제가 어린 막내를 업고 병간호를 하고 있는 수고로움이 문제가 아니라 우리아이 위로 떨어진 친구의 부모가 아이가 수술을 한다고 하는데도 찾아오기는커녕 전화도 한통 없는 겁니다.

저는 이것은 경우가 아니라 판단하여 그쪽 엄마에게 전화로 따져 물었더니 연신 죄송하다는 말뿐이었습니다. 그리고 그날 새벽 2시 반쯤에 한통의 문자를 받았는데 "학교안전공제에 신청해 달라 해라 빨리 후회하기 전에"였습니다. 아이들이 학교에서 다쳤을 경우 학교안전공제에서 치료비 부분에 있어서 보험처럼 보장을 해줍니다.

저쪽 부모는 학교안전공제에서 다 해주는데 왜 우리한테 그러냐는 식이었습니다. 제 상식으로는 아이들이 놀다가 고의가 아니더라도 다쳤으면 미안하다고 사과하고 치료비를 물어주는 것으로 알고 있습니다.

학교안전공제에서 일정 부분 치료비를 보조하긴 하지만 병실료나 기타 보장이 안되는 부분에 대해서 모든 것을 보장해 주는 것은 아닙니다. 그런데 저쪽 부모는 자기 아이가 고의가 없었으므로 아이가 심하게 다쳐서 향후 1년 정도 고생을 하고 후유장애가 의심되는 상황에서도 보상은커녕 치료비를 한푼도 보낼 의사가 없다는 것이었습니다.

저는 너무 어의가 없어서 이런 사람들을 만나기도 쉽지 않을 것이라는 생각에 이르자 전생에 내가 저 사람들에게 이보다 더한 짓을 했나 싶었습니다. 생각이 여기에 이르자 어차피 인과응보이니 말이 안 통하는 사람을 두고 내가 감정이 상해서 해결될 일이 아니라는 생각에 이르렀습니다.

그래서 생각 끝에 학교 교감, 교장 선생님께 중재를 요청하고 삼자대면을 했는데도 그쪽 부모는 사과는커녕 치료비로는 10원 한 장 보탤 의사가 없다는 것이었습니다.

이에 격분한 저의 남편은 학교공제도 필요 없고, 저쪽 부모의 소행이 너무 괘심해서 민사재판을 걸어 피해보상액을 모두 물리게 하겠다고 으름장을 놓고 나와버렸습니다. 상황이 이렇게 험악하게 돌아가다보니 머릿속이 많이 복잡합니다.

아이들끼리 놀다가 그런 것을 가지고 소송까지 간다는 것도 웃기고 그렇다고 심하게 다친 우리 아이에게 사과는커녕 치료비를 일절 지불하지 않겠다고 상식 없이 구는 저쪽 부모도 이해가 되지 않습니다.

스승님께서 저라면 어떻게 하시겠습니까? 지혜가 잘 떠오르지 않아 무리하게 질문을 드리네요

오늘 하루 종일 고민해 보려고합니다. 또 메일 드리겠습니다.

2012년 1월 4일
박동주 올림

[회답]

이런 문제는 상식선에서 해결되지 않으면 민사상으로 법에 호소하는 길밖에 없습니다. 어떤 판례가 있는지 아직 들어본 일이 없습니다. 결국 이런 분야에 정통한 전문 변호사에게 의뢰해야 되는데 선임료가 5백만 원은 들어야합니다. 물론 무료 자원하는 변호사들도 있다고 하지만 다 구차한 일입니다.

내가 만약 박동주 씨라면 보상 따위는 깨끗이 단념하겠습니다. 무슨 문제로 말썽이 생긴다면 내가 손해를 본다는 생각으로 양보하는 것이야말로 큰 공덕이 될 것입니다.

이번에 우리 집이 이사할 때 전문업체에 일체를 맡겼는데 집 사람은 인부들이 일을 꼼꼼하게 열심히 잘했다고 하여 정해진 임금보다 10만 원이나 더 얹어주고, 두 사람에겐 따로 2만원씩 팁까지 얹어주어 보냈습니다. 그런데 이삿짐을 완전히 정리하고 나서 보니 소중한 것들이 몇 개 감쪽같이 사라진 것을 알게 되었습니다.

아내는 하도 분해서 업체에 따지겠다고 하는 걸 나는 극구 만류했습니다. 그들이 결백을 주장하면 이쪽만 바보가 됩니다. 그런 때는 그들을 원망하는 대신에 깨끗이 단념하고 그 물건들이, 되도록 가져간 사람들의 생활에 도움이 될 수 있도록 축복해 주는 게 낫다고 했습니다. 남들은 적선도 하는데 그 정도를 못하겠습니까? 그리고 없어진 물건들은 당장 새로 장만하여 불쾌한 기억을 지워버리는 것이 좋습니다.

상대와의 분쟁에서는 비록 바보가 되어 남의 손가락질을 당할지언정, 지는 것이 이기는 것입니다. 세속인들 중에도 이런 사람들이 있는데 항차 도를 닦는다는 구도자가 그렇게 하지 못할 이유가 어디 있겠습니까?

그리고 박동주 씨는 새로 이사한 삼공재에 대하여 호기심이 있는 것 같은데, 아내와 나, 단 둘이 산다고 하지만 겨우 32평 짜리 아파트일 뿐입니다. 거실을 수련실로 쓰려고 했는데 막상 써보니 너무 헤벌어져서 집중이 되지 않았습니다. 비교적 넓은 안방을 수련실로 이용해보려고 해 보았지만 그렇게 되면 세간살이를 수용할 공간이 없습니다.

생각 끝에 겨우 수련생 5명이 앉을 수 있는 두 번째로 큰 방을 배당받았을 뿐입니다. 그 대신 수련 시간에 아내는 바깥에 나가서 일을 보겠다고 했습니다.

계속 들려오는 빙의령들의 소리

오늘 찾아뵙고 수련 마치고 온 김수연입니다. 우선 여쭙고 싶은 것은 제가 목, 일요일마다 선생님께 찾아뵙는 것이 폐가 되지는 않는지입니다. 현재 제 상황은 워낙 빙의가 심해서 귀에 빙의령들의 소리가 계속 들려오고, 심지어는 선생님의 음성을 똑같이 흉내 내서 저를 속이려 드는 판입니다.

그러니 제가 목, 일요일마다 와도 좋다는 선생님의 허락을 받았는지 안 받았는지 지금 이 순간 잘 알 수 없어 황당하기 그지없는 심정입니다. 그래도 12월 23일 이후로 하루에 1시간 이상 운동을 꼭 하고 오행생식을 먹으며 선도체험기를 꾸준히 읽고 있습니다. 그 덕분에 오늘은 상당히 집중해서 단전호흡을 할 수 있었습니다.

지난 몇 개월 동안 몹시 황당한 일이 많았으며 빙의령뿐만이 아니라 접신령들이 들어와 온갖 황당한 소리를 늘어놓다가 나가는 일이 잦았습니다. 지금도 머리와 가슴을 미친듯이 내리누르며 선생님께 메일 드리는 것을 방해중입니다.

게다가 24시간 제 귀에다 대고 말을 늘어놓는 실정입니다. 결국은 10여 년 간 수련을 하지 않은 업보라고 생각했기 때문에 삼공재에 꾸준히 방문하여 수련하면서 해결할 생각이었지만 빙의령들에게 속으면서 선생님께 피해를 끼치게 된 상황이니 말씀드리게 되었습니다. 선생님의 답장을 기다리겠습니다.

2012년 1월 8일
김 수연 올림

[회답]

목요일은 좋은 데 일요일은 가능하면 피하는 것이 좋겠습니다. 토요일과 일요일만 아니면 어느 날이든지 좋습니다. 빙의령들의 방해가 심하다고 해서 굴복하면 절대로 안됩니다. 끝까지 그들과 싸워서 이겨야 합니다. 김수연 씨가 빙의령 또는 접신령들과 싸워서 이기는 데 나도 힘껏 도울 것입니다.

그리고 빙의령 때문에 삼공재에 오는 수련자들은 될수록 나와 많은 대화를 나누어야 합니다. 그래야 빙의령을 천도하는데 확실히 도움이 됩니다. 그런데 김수연 씨는 내가 수련이 잘 되는냐고 물어도 아무 대답을 하지 않았습니다.

앞으로 그럴 때는 위 이메일에서 김수연 씨가 말한 것처럼 구체적으로 대답을 해야 합니다. 그래야 그 현장에서 빙의령과 접신령을 손쉽게 처리할 수 있습니다. 이 점 특히 유의하시기 바랍니다.

추위를 이기려면 어떻게 하죠?

삼공 선생님! 사모님과 함께 새해에도 건강하시고 소원성취하시기 바랍니다. 보내주신 오행생식과 손수 사인까지 하신 선도체험기 102권을 잘 받았습니다. 고맙습니다. 항상 선생님께서 계시니까 부산에서 매일 선도수련을 하여도 마음 편안하고 든든합니다.

아직 목표를 달성하지는 못하였지만 목표선까지는 가까이 왔다고 느끼고 있으므로 쉬지 않고 노력을 계속하고 있습니다. 새벽 5시에 일어나 도인체조를 하고 30분간 참전계경을 계속 글로 적어가면서 선도공부를 하고, 세무사 공부도 1시간 정도 하고 출근합니다. 출근길은 버스를 타야하므로 약 30분 달리기하고, 시간이 나는 대로 걷는 운동을 하고 있습니다.

저녁은 오후 6시경 업무 종료 후 가볍게 먹고 사무실 뒤에 있는 중학교 운동장을 자주 돌아 걷기를 하고 사무실에서 밤 9시까지 책을 보다가 퇴근합니다. 퇴근 시간이 버스로 1시간이므로 복습하면서 퇴근합니다.

선생님, 생식을 하면서 생활하다보니 요즈음 추위를 많이 타는 것을 느낍니다. 이럴 때는 어떻게 하는 것이 좋은지 조언을 부탁합니다. 제 생년월일은 59.5.29.생으로 여름에 태어나서 추위에 약하다고 합니다만 그동안 여러 방법으로 시도해 보았지만 큰 효과를 보지 못한 것 같습니다. 오늘은 이만 줄이겠습니다. 추위에 건강 조심하십시오.

2012년 1월 13일 김해에서
손장수 올림.

[회답]

생식을 한다고 하여 추위를 타는 것은 아닙니다. 오행생식은 오히려 몸을 따뜻하게 합니다. 선도 수행자가 추위를 이기는 방법은 소주천, 대주천을 성취하여 수승화강을 함으로써 운기조식을 활발히 하는 길 밖에 없습니다. 12정경과 기경팔맥으로 온몸의 경혈에 골고루 운기가 되면 몸이 훈훈해질 것이고 피부호흡이 되므로 겨울에도 내복을 입을 수 없게 될 것입니다. 기 공부에 더욱 진력하시기 바랍니다.

빙의령들의 정체 알아내기

어제 바로 이메일을 드려야 했는데 죄송합니다. 선생님, 제가 참으로 잘못 생각하고 있었습니다. 선생님과 최대한 많은 대화를 나눠야 한다고 말씀해주셔서 감사합니다. 규칙적으로 삼공재를 방문하고 열심히 이메일을 드리겠습니다. 지금 제 몸에 있는 빙의령들이 교활하고 세련되었다고 말씀드렸지요. 제 영안이 그다지 또렷하거나 확실하지는 않아서 이 사람들을 전부 볼 수는 없습니다. 그러나 빙의령 자신들이 주장하는 정체는 대충 이렇습니다.

동학혁명 때 죽은 농민군들, 고종 때 정부관료들, 흥선대원군, 명성왕후, 일제 때의 애국지사들, 유관순 열사, 그밖에도 많은 사람들이 있습니다만 한 시대의 사람들이 이렇게 중점적으로 모여있는 특수 상황부터 보고드립니다.

다음 주 월요일 3시에 찾아뵙겠습니다.

2012년 1월 14일
김수연 올림

[회답]

빙의령들을 천도시키려면 그들의 정체를 알아내는 것이 급선무입니다. 지금까지 알아낸 것만으로는 부족합니다. 계속 철저하게 관찰하여 보다 상세하고 구체적인 것을 파악해야 합니다. 더욱 더 분발하시기 바랍니다. 그리하여 알아내는 즉시 메일로 알려주시기 바랍니다.

빙의령들의 교묘한 행태

아무리 대화를 해보아도 새롭게 더 밝혀낸 것은 없습니다. 다만 작년도에 계속 당한 경험으로 보자면 이 사람들의 특징은 제가 속으로 생각하는 것을 바로바로 제 귀에다 대고 소리를 지르는 겁니다. 속으로 말을 하면 그대로 복창을 하고, 생각만 하면 그걸 해석한답시고 대화문으로 옮겨서 소리칩니다.

그리고 한다는 소리가 제 전생에 자신들에게 저지른 행동을 기억해야 되는데 왜 못하는가, 못하는 척하는 게 틀림없으니까 나올 때까지 괴롭히겠다 이겁니다. 그리고 조금이라도 이 사람들을 관하려 들면 결사적으로 방해를 하지요. 이거야 원한령의 기본 소양입니다만, 이게 이 사람들의 평소 행동이고 계속 대화를 받아주다가 겨우 동학농민군이 어떻고 각료들이 어떻고까지 얻어들었습니다. 그러나 아무리 들어봐도 원한어린 마음만 느껴지므로 이 사람들이 말하는 전생의 사실 관계가 반드시 사실이라고 말할 수 있을지 모르겠습니다. 왜냐하면 계속 틈만 나면 제게 거짓말을 해서 정신착란을 일으키려고 한 일이 한두 번이 아니기 때문입니다.

여기까지가 작년의 상황이고 현재는 상당히 많이 나아진 편입니다. 관을 하여 이 사람들을 관찰하는 정도가 나아졌다고는 말할 수 없습니다만 이 사람들의 원한이 꽤 감소된 것 같습니다. 김태영 선생님은 어떤 분인가, 선도체험기는 믿을 만한가. 이런 것도 물어 보기도 하고 나는 나가고 싶은데 왜 나갈 수가 없나, 이런 말도 가끔 들려옵니다.

슬픈 일은 선도체험기를 읽을 때 제 마음이 조금이라도 흐트러지면 당장 선도체험기가 나쁘다는 식의 감정을 유발시키려 든다는 점입니다. 여럿이 한꺼번에 같은 마음을 내는 모양입니다만 참으로 악랄하다고 하지 않을 수 없네요. 더욱 슬픈 일은 매일같이 제게 대화를 건답시고 떠들긴 합니다만 개인 신상에 관해서는 입을 꼭 다물고 있습니다.

제가 느끼기로는 이제 그다지 원한이 있는 것 같지는 않은데 실제로 원하는 게 뭔가 물으면 대답하기 싫다 이런 식입니다. 그러면서도 한다는 소리는 제 스스로 알아내서 대접해달라는 것뿐입니다. 관 없이 대화로만 해결할 수 있는 것은 정말 여기까지인 것 같습니다. 월요일에 찾아 뵙겠습니다.

2012년 1월 15일
김수연 올림

[회답]

상대를 알고 나를 알면 백번 싸워도 위태롭지 않다고 손자는 말했습니다. 그래도 그동안 관을 통하여 많은 것을 알아냈습니다. 상대를 알아내면 알아낼수록 그들을 천도시키기가 쉬워진다는 것을 명심하시기 바랍니다. 그동안에 이미 많은 빙의령들이 천도되었습니다. 빙의령들이 천도되면 될수록 건강도 수련도 그만큼 향상될 것입니다.

업그레이드된 기운의 느낌

선생님! 새해 복 많이 받으십시오. 새로운 삼공재 이전을 경하 드립니다. 이사하시느라 추위에 고생이 많으셨겠습니다. 오늘 처음 방문하는 환경인데도 전혀 낯설지 않고 포근함을 느꼈습니다. 선생님과 사모님께서 늘 여여한 모습으로 반겨주시고 계시는 자리이기에 그러하리라 생각되옵니다. 오늘 삼공재 수련은 개인적으로 느낌이 좋았습니다. 새로 바뀐 환경 탓이라 여겼는데 수련 후 선생님께서 기운 변화를 감지한 사람은 말해 보라는 말씀이 계셔서 확실히 업그레이드된 듯합니다.

수련 중, 어느 순간 만원짜리 지폐 뒷면 같은 모습이 중단 앞에 놓였습니다. 하지만 뒷면의 글자 표기는 한글이 아닌 아랍어 같은 표기가 있고 금액이나 숫자 표기는 없었습니다. 순간 선생님께 드려야 하나 하는 생각이 들다가 선생님께서 주신 새해 선물이라는 마음에 조용히 단전에 넣었습니다. 잡념을 상단에서 모아서 중단을 통해 단전에 집어넣고 난후 호흡을 하니 집중도 잘되었습니다.

끝마치는 시간 즈음에는 왼쪽 어깨 부분에 기운이 뭉글뭉글 뭉치면서 팔로 회전하듯이 쓸려 내려간 듯하였습니다. 기운이 좀 더 촘촘하게 질감이 느껴지고 구체화된 느낌이 들었습니다.

앞으로 좀 더 새로운 삼공재 기운의 변화에 적응하도록 분발하겠습니다. 늘 도움주시고 가르침 내려 주심에 감사드립니다. 안녕히 계십시오.

2012년 1월 15일 평택에서
오석웅 올림,

[회답]

2012년 1월 13일부터 기존의 기를 압도하는 새로운 종류의 기를 실험하고 있습니다. 실험이 확실히 성공하면 공표할 생각입니다. 그 기운을 그날 참석한 8명의 수련생들 중에서 오석웅 씨만이 감지했습니다. 계속 용맹정진하기 바랍니다.

좀 더 분발하겠습니다

오석웅입니다. 선생님의 메일을 받고 수련의 의욕이 한층 더 살아납니다. 좀 더 분발토록 하겠습니다. 퇴근 무렵에 기운이 머리띠를 형성하듯 백회와 태양혈 부근으로 욱신거리며 혈들을 깨움을 느꼈습니다.

스승님의 은혜에 힘입어 삼공재 수련생들의 진화와 발전이 되기를 바라는 마음입니다. 큰 사랑 주심에 깊은 감사드립니다. 감사합니다.

2012년 1월 16일 평택에서
제자 오석웅 올림,

[회답]

내가 지금 하고 있는 실험이 아직은 오석웅 씨에게서만 좋은 반응이 오고 있습니다. 부디 계속 긍정적인 성취가 있기 바랍니다.

기운이 집중적으로 들어옵니다

감사드립니다. 오늘 오후 4시를 기점으로 기운이 집중적으로 들어옵니다. 접수창구에 앉아 컴퓨터 업무중인데도 기운이 밀려와 깨어있지 않을 수 없겠습니다. 확실히 예전의 기운보다 청량하고 시원스런 기운이 묵직하게 머리 전체로 흘러내립니다. 기운을 느끼는 시간대가 실시간 기점인지는 알 수 없사오나 4시대부터 강한 느낌이 옵니다.

오전에도 조금씩 느끼긴 했어도 제가 업무에 치중하다보니 놓쳤을 수도 있겠습니다. 제가 이렇게 느낌들을 메일도 보내도 되는지 송구스럽습니다. 바쁘신 중에 다른 메일 확인하시는 데 시간을 뺐는 게 아닌지 조심스럽습니다.

스승님의 노고가 다시 한번 심금을 울립니다. 감사드립니다.

2012년 1월 17일 평택에서
제자 오석웅 올림

[회답]

계속 관찰하다가 그 전과 다른 상황이 있으면 곧 메일로 알려주기 바랍니다.

천목혈 쪽에서 귀뚜리미 우는 소리

감사드립니다. 어젯밤 초저녁부터 기운이 들어옵니다. 어제는 9시쯤에 좌정을 하였는데 백회를 중심으로 동서남북 사면으로 흘러내림을 느낍니다. 정상에 호수가 있다면 전에는 물길을 따라 흐르는 현상이라면 지금은 흐를 수 있는 골짜기들을 찾아 사면으로 흐르는 느낌입니다.

좀 더 집중을 하니 백회에서 기운이 밀려들어옴을 느낍니다. 전에는 기운이 물결치듯이 백회로 들어온듯 하였으나 어젯밤에는 관로를 통해 통채로 들어왔습니다. 얼마만큼 집중하느냐에 따라 기운의 폭과 강도도 깊어질 것 같다는 느낌이 듭니다. 이 글을 쓰는 순간까지도 백회에 기운이 항상 머물러 있습니다. 머릿속, 천목혈 쪽에서 귀뚜라미 우는 소리가 들리며 기운에 집중할 수 있게 해줍니다. 10여 년 전에도 귀뚜라미 우는 소리는 있어서 늘 깨어 있고자 했었습니다. 그때의 느낌을 회복한 듯하여 즐겁습니다.

좀 더 관찰토록 하겠습니다. 좀 더 확실한 현상이 일어나면 다시 메일을 올리도록 하겠습니다. 감사드립니다.

2012년 1월 19일평택에서
제자 오석웅 올림

[회답]

계속 용맹정진하기 바랍니다.

조심하고 정성을 다하겠습니다

감사드립니다. 어제 하루 종일 백회에서 기운이 쏟아집니다. 저녁 수련에서는 백회를 중심으로 인당까지 바로 느껴집니다. 주변으로 흐르던 기운이 한곳으로 정리된 듯한 느낌입니다. 집중을 좀 더 하니 안개꽃처럼 피어오르는 기운이 계곡에서 폭포수가 흐르듯이 백회로 쏟아짐을 봅니다. 곧 중단을 건드리고 단전으로 내려옵니다. 하루 종일 기운의 폭포 속에 있어서인지 피곤함이 몰려와 일찍 잠자리에 들고 말았습니다.

더욱 매진하여 수련의 본 궤도에 오르도록 분발하겠습니다. 수련 자세와 상관없이 백회 주위로 기운이 느껴지니 생각과 마음이 조심스러워집니다. 한 생각과 티끌만한 마음가짐도 조심하고 조심하여 마음을 잡는 데 정성을 다하겠습니다.

매사를 수련 자세로 임하겠습니다. 감사드립니다.

2012년 1월 19일 평택에서
제자 오석웅 올림

[회답]

　기운이 많이 들어올수록 마음을 바르게 하고 나보다 남을 먼저 배려하는 착한 일을 일상화하고 범사에 감사해야 할 것입니다. 그렇게 해야 우주의 중심으로부터 더 많은 기운을 받을 수 있습니다.

의존적인 삶

감사드립니다. 스승님의 말씀을 금과옥조로 삼아 자리이타와 역지사지, 정심을 생활화하도록 명심하겠습니다. 그동안 선도체험기에 수없이 강조해오신 명언과 수련의 지침서들을 읽고 접해왔지만 실생활 속에 적용하며 늘 깨어 있지는 못한 것 같습니다.

지나온 자취를 돌아보니 남에게 의존하는 박약한 삶으로 나 자신을 학대한 듯합니다. 남에게 피해를 주지 않으려는 마음은 기본적으로 있으나 끊임없이 솟아오르는 욕망과 욕심들과 잡념들을 빨리 떨쳐 버리지 못하고 그저 방관하고 즐겼던 것 같습니다.

이번 기회에 마음을 다시 잡고 우주의 근원에 접근하도록 노력하겠습니다. 어제도 하루종일 정靜하나 동動하나 백회 주변으로 기운이 바늘로 찌르듯이 내리꽂힙니다. 퇴근 후 회식이 있어 사람이 많은 식당에 가서인지 밤에는 탁기가 혼재하여 느낌이 덜하였습니다.

좌공과 와공을 병행하며 잠자리에 들었습니다. 오늘 새벽에는 와공 호흡 중에 들숨이 갑자기 3배 정도는 늘어난 듯하였습니다. 전에 경험으로 리듬을 잃어버려 당황한 적이 있어 다시 정상적인 호흡으로 돌아왔습니다. 좌공중에 진동과 각종 손 동작들을 통해 혈들을 열고 기운이 주행하였습니다. 용천까지 기운이 흐릅니다.

좀 더 정심한 마음가짐으로 우주의 중심을 향해 매진하겠습니다. 지금 이 순간에도 백회에서는 기운이 충만하고 인당으로 내려옵니다. 감사드립니다.

2012년 1월 20일 평택에서
제자 오석웅 올림

[회답]

지금 현묘지도 화두를 잡고 있다가 쉬고 있다면 다시 잡아야 합니다.

확실히 차원이 다른 기운

감사드립니다. 화두수련이 지지부진했는데 일깨워 주셔서 감사드립니다. 화두를 들면 진동이 심하게 옵니다. 진동에 신경이 가다보니 놓치곤 하였습니다. 어제 저녁 수련 중에 양손 깍지끼는 진동과 활공이 이어지더니 중단에서 뻑~ 하는 소리가 들렸습니다.

그리고 지금까지 중단이 시원합니다. 막혔던 혈들이 뚫리고 틀어진 척추가 바로 잡히는 듯합니다. 이번 기운은 신비합니다. 24시간 기운이 백회 주변에 머물러 있고 책상에 앉아 허리를 5도 정도 기울이며 정한 자세가 취해지면 백회로 기운이 쏟아집니다.

그리고 어딘가에 시선을 집중하거나 다른 장소로 옮겨도 기운이 내려옵니다. 제가 근무하는 곳이 한의원이다 보니 많은 환자들을 접하게 되고 탁한 공간이면서도 기운이 끊김없이 내려오는 건 확실히 차원이 다른 기운인 것 같습니다.

이번 명절기간에 고향에 내려갑니다. 대중교통을 이용하고 친지들을 만나겠지만 기운의 변화를 놓지 않고 관찰하도록 하겠습니다. 행동을 최소화하여 몸과 마음을 다잡도록 하겠습니다. 스승님의 말씀대로 화두수련을 다시 심기일전心機一轉하여 잡도록 하겠습니다. 스승님의 은혜에 감사드립니다. 명절 지나고 29일 3시에 찾아뵙겠습니다.

감사합니다.

2012년 1월 21일 평택에서
제자 오석웅 올림

[회답]

확실히 차원이 다른 기운이라고 했는데 맞는 말입니다. 이번 기
회에 어떻게 하든지 현묘지도 8단계 수련을 마치도록 단단히 각오
를 하기 바랍니다.

후회스럽습니다

선생님 잘 참아왔는데 어제 또 그 짓을 했습니다. 후회스럽습니다. 허나 포기하지 않고 계속 밀어붙일 작정입니다. 법구경의 다음 한 구절이 마음속에 메아리 칩니다.

'지혜롭지 못한 미련한 자는 몹쓸 짓을 함으로써 스스로 고통을 불러들여 자기 자신을 원수처럼 대하느니라.'

그리고 선도체험기 102권도 나왔는데 주문도 못하고 있습니다.

2912년 1월 20일 못난
제자 오병춘 올림

[회답]

이럴 때 옛 조상들은 일곱 번 넘어져도 여덟 번 일어난다고 하여 칠전팔기七顚八起라는 사자성어를 만들었습니다. 그러나 오병춘 씨는 백번 천번 넘어져도 오뚝이처럼 계속 일어난다는 각오를 해야 할 것입니다. 그러다가 보면 언젠가는 다시 넘어지는 일이 없어지게 될 것입니다. 나는 그때가 올 것을 확실히 믿습니다.

빙의령에게 시달린 세월

우선 선생님께 미리 마음으로 세배드립니다. 선생님, 새해 복 많이 받으십시오. 요즘에서야 제 빙의가 얼마나 극심했던가를 안 기분입니다. 한평생 다른 사람의 악의에 찬 의식 수십 개에 덮어씌워져 있었다는 사실도 뼈저리게 알게 되었습니다. 우울증이나 괴로움 같은 것은 사실 그렇게 큰 일은 아닙니다.

정말 괴로운 것은 제 마음이 편견에 사로잡히고 끝없이 보이지 않는 사람의 사주使嗾에 의해 다른 사람을 오해하게 되고 오만하게 부추김당하는 그런 것입니다. 그것 때문에 많은 자괴감을 평생 가져왔습니다.

나는 이것밖에 안되는 사람인가? 하고요. 그러나 아무리 생각해도 그렇지는 않았습니다. 저는 그저 보통 사람이고 그렇게 나쁜 심성을 가지지 않았습니다. 참으로 기쁜 일입니다. 지금도 가슴을 압박하는 빙의령들이 서로 싸우고 있습니다.

이 사람들은 제게 극심하게 빙의한 다음 악독한 말을 중얼거리며 빙의령과 똑같은 마음을 가지게 유도합니다. 주로 제게 욕을 한 다음 화내는 감정을 몰아붙이며 제 입버릇 따라 제 입장에서 욕을 합니다. 욕을 따라 복창하라는 뜻인데 참으로 재미있기 그지없습니다. 많이 유치하지요. 이런 식으로 하루 종일 아무것도 하지 말고 나쁜 감정에만 몰두해서 인생을 망치고 자살하라는 뜻입니다.

덧붙여 제가 무슨 생각을 하면 곧바로 처참한 이미지나 과거 나쁜 추억의 화면을 만들어 보입니다. 한편 홍영식이라는 이름을 부르며 이 자가 제일 심했다고 말합니다만 원한의 경중만 다르겠지요. 과거에 무슨 빚을 졌든 이 정도로 당해주었고 다른 원한령은 꿈도 못 꿀 천도를 김태영 선생님께서 해주실 테니 아무 상관없다고 말해주고 있습니다.

지난 달에 생식을 받아온 다음부터 이상하게도 생식이 무척 소화가 잘되고 먹자마자 기운이 쌓이는 느낌이 들었습니다. 그러나 며칠 전 배고픈 김에 음식을 사먹다가 크게 체했습니다. 그래서 하루에 한 끼 정도 죽이나 액체로 입을 축이며 계속 기다렸습니다. 그동안은 생식을 못했군요. 이틀 전부터는 속도 비워지고 운동량도 늘어서 가뿐한 기분입니다.

그래서 조심스럽게 다시 생식을 먹고 있습니다. 어쩐지 점점 더 건강해지는 것 같네요. 아, 이틀 전에 이불을 안 덮고 깜빡 쓰러져 잠들었기 때문인지 감기에 걸렸습니다. 급체가 낫고 나니 바로 감기가 왔네요.

이상한 것은 감기에 걸린 다음날 밤 양쪽 팔이 무지막지하게 아팠습니다. 일종의 몸살감기 같은데 다리는 아프지 않은 걸 보니 팔 운동이 부족해서 균형을 맞추느라 그랬는지도 모르겠습니다. 지금 편도선은 많이 아프지만 정말 컨디션이 좋고 몸이 훈훈합니다. 다시 한번 선생님께 감사드리며 다음 주 화요일에 찾아뵙겠습니다.

2012년 1월 21일
김 수연 올림

[회답]

2011년 12월 23일 이후 삼공재에 나와서 거둔 최대의 성과는 그동안 관찰에 의해 장구한 세월 동안 김수연 씨를 괴롭혀 온 빙의령의 정체를 파악하여 마침내 이들을 제압하기 시작했다는 것입니다.

지금까지 계속 그들에게 당해만 오다가 이제 드디어 그들을 휘여잡고 다스리고 통제하여 천도를 하게 된 것입니다. 지금부터는 자신감을 가지고 그들을 차례차례로 천도하는 일에 전심전력을 기울여야 할 것입니다.

그 주체는 어디까지나 김수연 씨 자신입니다. 나는 그러한 김수연 씨를 뒤에서 힘껏 도와줄 것입니다. 아무쪼록 과식하지 않도록 조심하고 수련에만 집중해야 합니다. 그리하면 2012년 임진년은 김수연 씨 인생에 서광이 비치는 대전환의 해가 될 것입니다.

빙의령들과의 싸움

설날을 앞둔 까치설날 저녁 다시 선생님께 메일드립니다. 우선 그동안의 상황을 차례대로 간략히 말씀드릴께요. 작년부터 귀에 빙의령들의 소리가 들리기 시작한 다음부터 가슴이 상당히 아팠습니다. 뭔가 속에서 찢어지면서 그 상처가 아물고 다시 새살이 돋는 듯하고, 그러면서 또 갈라지고 하는 느낌이었습니다. 비록 날마다 괴상한 화면도 뜨고, 이상한 말도 듣고, 저를 속이려는 말도 많았지만 그러면서 점점 중단이 커지는 느낌을 받았습니다.

현재는 하단전보다 중단에 더 큰 기운을 느낍니다. 그리고 제가 마음속으로 진실하고 힘있는 말과 생각을 할 때마다 뜨거운 기운이 쌓이는 것 같습니다. 조금 우스울지도 모르지만, 작년부터 앞으로는 절대로 진실만을 생각하고 말하겠다고 맹세했습니다. 누구에게 했든, 어떤 상황에서 했든 바로 제가 제 자신에게 한 맹세입니다.

그러면서 과거 아픈 상황이 강제로 떠오른다거나 제가 양심에 조금이라도 찔렸던 일을 끄집어낸다거나 할 때 많이 울었답니다. 그때마다 진심으로 반성하려고 노력했습니다. 그 결과가 나타난 것인지 현재 마음은 꽤 편안합니다. 현재 21일보다 몸속 상황이 많이 좋아졌습니다. 빙의령들과 얘기한 결과 이제 저를 괴롭히던 분들도 웬만하면 천도되기를 더 바라십니다. 다만 딱 한명 최고의 악질 빙의령이 있다고 알려주셨습니다.

지금 제 가슴속에서 딱 도사리고 앉아 가슴을 쇳덩어리처럼 짓누르고 있는 인간입니다. 빙의령들조차도 이 자가 도망치지 못하도록 둘러싸겠다고 말하고 있습니다. 중학교 때부터 뒤에서 저를 미행하고 쓰레기통을 뒤지고 망원경으로 집을 염탐하고 개인정보를 빼내서 학교에 뿌려 저를 비웃음거리로 만든 스토커라고 합니다.

뭐 사실 저는 이런 자가 세상에 있는지도 몰랐습니다. 더욱 놀라운 것은 이 스토커는 고3때 갑자기 자다가 죽었다고 합니다. 그 뒤로 바로 제 몸에 달라붙어 평생을 저에게 이상한 충동을 일으키게 만들며 집착을 불태워 왔다고 하는군요. 방금 하는 소리가 학창 시절에는 모른 척하다가 결혼할 나이가 되면 접근해서 정의의 사도인척 학창시절을 위로해주면서 결혼을 할 생각이었다고 합니다.

강남에 살았고, 19세쯤에 죽었고, 성은 황씨였다고 하는 것 같습니다. 이 스토커를 빨리 천도시켜야 제 수련이 쉬워지고 그러면 자신들도 더 빨리 천도될 수 있지 않겠냐고 빙의령 여러분이 말씀하시는군요. 그리고 스토커의 말이 거짓일수도 있다고 덧붙입니다.

아직도 편도선이 아픕니다만 감기는 많이 좋아졌습니다. 다만 위가 많이 줄어서 식사량이 줄었습니다. 그러자니 기운이 좀 빠졌습니다만 생식 열심히 먹어서 보충하겠습니다.

다시 한번 선생님께 감사드리며 이만 적겠습니다.

2012년 1월 22일
김수연 올림

[회답]

그 황이라는 스토커 빙의령을 다음에 김수연 씨가 삼공재에 올
때 천도해 보도록 합시다. 혹시 그 전에라도 무슨 변화가 일어나면
메일로 알려주기 바랍니다.

선도체험기가 힘이 됩니다

임진년을 맞이하여 가족들과 몸 건강하시옵고 복 많이 받으십시오. 새해인사라고 하기에는 조금은 시일이 지났지만 넓으신 마음으로 받아주세요. 이곳의 명절과 함께 영국에서 온 조카와 손자로 올해는 집이 비좁을 지경으로 가족들과 바쁜 날들을 보내고 있습니다. 주위에서 짧은 시간 안에 세 명이나 돌아가시는 바람에 마음이 괴롭기도 하고 나의 바쁘다는 이유 아래 한번도 병문안을 가지 못한 것들이 저를 괴롭히더군요.

현재처럼 부질없는 일에 신경을 써도 항상 저에게는 선도체험기란 책들이 힘이 되어 주는군요.

모든 것을 삼공 선생님의 덕으로 알고 있습니다. 감사하는 마음으로 삼배를 드리고자 합니다.

추위에 몸조심하시고 안녕히 계십시오.

2012년 1월 23일 Mainz에서
박명자 드림

[회답]

　지금 선도체험기는 몇 권째를 읽고 계시는지요. 새해는 더욱 건
강하시고 마음 공부가 계속 진행되어 부디 부동심과 평상심이 정
착되기 바랍니다.

하늘의 뜻

감사드립니다. 스승님의 응원에 힘이 the습니다. 어제는 KTX를 타고 고향에 내려왔습니다.

기운은 300km의 속도(?)도 아랑곳하지 않고 백회로 내려옵니다. 2시간 가량을 기차 안에서 무료하기에 화두를 들고 수련하였습니다.

어느 순간 붉은 하늘에 붉은 태양이 솟아오름이 심안에 비칩니다. 잠을 자는 중에 꿈인 줄 알고 순간 눈을 떴습니다. 주변은 해가 저무는 5시 무렵이라 노을빛이나 해는 보이지 않았습니다. 아마도 용기 잃지 말고 더욱 매진하라는 하늘의 뜻이 표현된 게 아닌가 합니다.

어젯밤과 오늘 새벽 수련에 기운이 백회로 쏟아집니다. 이번에는 등줄기를 타고 시원스레 용천까지 내달립니다. 그리고는 가슴 쪽과 복부를 지나 단전으로 내려옵니다. 전체적으로 내려올진데 내 몸 상태에 따라 이렇게 느끼는 건 아닌가 합니다.

이번 기운은 시간과 장소, 공간과 자세에 관계없이 존재하며 느껴집니다. 이런 차원이 바뀐 기운이 내려옴은 우리 수련생에게는 더 없는 기회이오며 공명정대하신 스승님을 통해서 제자들에게 전해주시고자 하는 하늘의 뜻이 아닐까 합니다. 스승님의 은혜에 감사드립니다. 더욱 매진하겠습니다. 감사드립니다.

2012년 1월 23일 나주에서

제자 오석웅 올림

[회답]

　이번 기회에 현묘지도 화두 수련에 확실한 성과를 올리도록 전력투구해야 합니다.

원한 가진 빙의령들

7시쯤 집에 도착했습니다. 용인 수지에서 삼공재까지 보통 두 시간 조금 더 걸리는데 오늘은 거의 졸면서 왔습니다. 어쩐지 선생님께 메일을 드릴 때마다 빙의령들의 마뜩찮은 심정이 느껴집니다. 대단한 방해네요. 물어보면 아직 원한이 다 끝나지 않은 것도 이유이지만 한편으로는 제가 걱정되어 쉽게 나가기 힘들다고 하는군요. 오늘 안에 얼른 메일드려야 하겠기에 짧게 쓰겠습니다. 금요일까지 열심히 수련하고 찾아뵙겠습니다.

2012년 1월 24일
김수연 올림

[회답]

오늘 안에 메일을 보내야 한다는 강박관념 때문에 내용도 없는 글을 보낼 필요는 없습니다. 자기 자신을 제3자의 입장에서 꾸준히 관찰하면 쓸거리는 얼마든지 있을 것입니다. 내가 나를 관찰한다는 생각을 버리고 내가 남을 살펴보는 심정으로 자기 자신을 여러 각도에서 객관적으로 요모조모 끊임없이 주시하기 바랍니다.

그래야 빙의령들을 하루빨리 천도시킬 수 있는 계기가 마련됩니
다. 나는 김수연 씨가 한시바삐 빙의령들의 소굴을 벗어나 항상 명
랑하고 미소짓는 활기찬 구도자로 살아가는 모습을 보고 싶을 뿐
입니다.

온몸이 비틀리고

감사드립니다. 어젯밤과 오늘 새벽 수련을 고향집에서 하였습니다. 온몸이 비틀리고 오른 손은 스스로 좌우로 위아래로 휘저으며 몸의 막힌 곳의 균형을 잡아줍니다. 그리고는 대추혈부터 심유 부근까지 척추 마디마디를 꾹꾹 눌러줍니다.

그 후에는 기운이 일사천리로 동맥 좌우로 기운이 내달립니다. 양 어깨로 기운이 팔의 앞면과 뒷면을 휘돌며 손끝으로 나아갑니다. 손끝과 발끝으로 기운이 흘러 힘이 넘침을 느낍니다. 현묘지도 화두수련을 들면 백회 주위로 기운이 어떤 상황에서도 쏟아집니다.

아직까지는 잡념과 헛생각이 끼어들어 집중을 방해하지만 스승님의 말씀처럼 이번 기회에 완료하고자 다짐 또 다짐합니다.

하늘이 계셔
기운을 내려 주십니다.
쉬지않고 기운을 주십니다.
세상을 위해 세상 속으로 나아가라고
세상 속에서 우주화를 이루라고
사랑을 기운으로 표현하십니다.

삼공재와 인연되어
그 인연을 세상에 전하며
내 욕심을 버리고
타인을 위한 삶을 살라고 하십니다.
겸손하라 하십니다.
비우라 하십니다.
감사함으로 시작하여
감사함으로 마치라 하십니다.

감사드립니다. 하늘의 사랑에 감사드리오며 스승님의 은혜에 감사드립니다.

2012년 1월 25일 평택에서
제자 오석웅 올림

[회답]

지금 들고 있는 화두 수련을 마치고 다음 화두를 달라는 소식이 오기를 기다리고 있습니다.

기존보다 2배의 기운

감사드립니다. 어제는 오후 5시 40분경에 기존의 기운보다 2배 가량이 더 들어왔습니다. 평상시 저는 오후 해질녘에 기운이 많이 들어옵니다. 아마도 태어난 시간대와 관련이 있나 생각해 봅니다. 어젯밤부터는 운기행공 후에 양손을 합장하고 중단으로 기운이 몰립니다. 뭉클하고 뻐근할 정도로 내려옵니다. 합장수련이 너무 좋습니다.

양다리 장단지 부위에 쥐가 나듯 기운이 통과하려합니다. 문식으로 부드럽게 인도하니 용천으로 내달립니다. 호흡에 호흡을 실어 단전으로 내리니 정기신이 일통하려고 하는구나 하는 생각이 은연듯 듭니다.

이번 주에 찾아뵈면 현묘지도 2단계 화두수련을 받겠습니다. 마음은 여유있고 몸은 균형을 잡아갑니다. 이 모든 변화가 삼공재와 인연되어 스승님의 사랑어린 지도와 격려로 진행되었다는 마음입니다. 깊은 감사드립니다. 와공 중에는 단전이 안정적이고 큰 산을 이룬 듯 커지고 있습니다.

감사드립니다.

2012년 1월 26일 평택에서
제자 오석웅 올림

[회신]

  2단계 화두 받기 전에 1단계 화두 수련이 확실히 끝났는지 수련 중에 자성에게 물어서 확인을 받아야 합니다.

귀신들의 떠드는 소리

　내일 찾아뵙기 전에 이제는 극도의 스트레스에 지쳐 메일을 드립니다. 익히 말씀드렸다시피 저는 잠에서 깨자마자 귀신들의 떠드는 소리에 시달리기 시작해서 잠이 들기 직전까지 이 귀신들의 떠드는 소리에 들들 볶이고 있습니다.

　같은 소리를 하고 또 하고 하고 또 하고 또 하고, 아주 재미있는지 이제는 농담 따먹기를 하면서 퍽이나 저를 위하는 척하며 들들 볶는군요. 폐인으로 사는 저를 들들 볶으면 제가 새사람이 되서 갱생을 할 거라고 주장한다면 믿으시겠습니까. 그리고는 들들 볶는데 이게 수개월을 족히 넘습니다. 이 정도면 웬만한 여자는 목을 맵니다.

　대개는 정신병원으로 가서 약을 먹고 수감을 자발적으로 당했겠지요. 이제는 이것들이 선생님 앞에서 수련할 때조차 제 귀에 대고 미친듯이 떠드는데 더 이상은 참을 수가 없군요. 말씀드렸다시피 조선시대 말기 인간들이라고 주장하고 있는데 메일을 드리는 지금 이 순간 또 백회로 몰려들면서 나가는 척을 하고 있습니다. 저러다 잠시 조용한 척을 하고는 다시 또 떠들겠지요.

　한 놈이 나가면 다시 다른 한 놈이 똑같은 대사를 따라하고 욕을 해대며 폐인갱생을 시킨다면서 스스로 자랑스러워 하고 있습니다. 중언부언을 용서해 주세요. 이 빙의령들에 관한 관찰은 정말 오늘까지는 이게 한계인 것 같습니다. 내일 찾아뵙겠습니다.

2012년 1월 16일
김수연 올림

[회답]

인내력 싸움에서 누가 살아남느냐에 승패는 달려 있습니다. 무조건 이겨야 합니다. 지루하고 지겨워서 못 견디겠다고 손을 들면 패자가 됩니다. 패자가 되어 폐인이 되지 않으려면 끝까지 참고 이겨야 합니다. 나는 이 지구력 싸움에서 최종적인 승자가 될 수 있도록 김수연 씨를 도와줄 것입니다.

삼공재에 오기전까지는 혼자서도 견디어 왔는데 후원자가 있는 지금 와서 참을 수가 없다면 말이 안됩니다. 계속 분발해야 합니다. 이 싸움의 주체인 김수연 씨가 투지를 잃으면 누가 도와주려 하겠습니까?

6.25 때 한국은 북한 공산군의 남침을 격퇴하려고 끝까지 싸웠기 때문에 미국을 위시한 유엔군의 도움을 받아 침략군을 격퇴하는 데 성공했습니다. 그러나 월남공화국은 베트콩과 이를 지원하는 월맹군과 싸우다가 그들에게 손을 들었으므로 지원군인 미군도 포기할 수 밖에 없었습니다. 김수연 씨의 현명한 선택을 지켜볼 것입니다.

자신감을 가져라

감사드립니다. 선생님께 메일드릴 때 자신감이 들었습니다.

지금 이 순간에도 "자신감을 가져라. 그 자신감으로 밀고 나가면 끝을 볼 수 있을 것이다"라는 답을 받았습니다. 자성은 울립니다. 윗글은 교만이 아닌 겸손을 바탕으로 자신있게 올리는 글입니다.

어제는 합장하자마자 양손바닥을 통해 전기가 통한 듯 따뜻한 기운과 부드러운 기운이 교차합니다. 이내 합장한 채로 양손은 전후좌우를 주유합니다. 지금은 마음은 여유롭고 몸은 사지가 따뜻합니다.

한달 전과 비교하면 내 몸과 마음 상태가 천지 차이가 난 듯합니다. 이 모두가 스승님과 도우님들의 지도편달이 계셨기에 가능한 일입니다. 감사드립니다. 겸손하겠습니다. 하심하는 자세로 매사에 임하겠습니다.

타인을 먼저 배려하는 공익된 생활로 살겠습니다.

감사드립니다.

2012년 1월 27일 평택에서
제자 오석웅 올림

[회답]

　지금은 오직 화두 염송으로 승부를 보아야 할 때임을 명심해야
합니다.

조선 왕궁에 대한 충격적인 그림들

안녕하세요, 김태영 선생님. 저는 고등학생 때부터 선도체험기를 읽어온 독자입니다. 대략 4~50권까지 읽었다가 한참 동안 뜸했고, 최근에는 간간이 책방에 들러서 선도체험기를 읽어오고 있었습니다.

최근에 책방에서 101권을 읽던 중, 김종윤 사학자 분께서 말씀하신 "경복궁, 그거 다 가짭니다"라고 된 부분을 읽고서는 기가 막혀서 책을 덮어버리고 나왔습니다.

경복궁도, 수원화성도, 기타 제가 읽어왔고 배워왔던 역사서가 몽땅 날조된 것이고 우리 한민족이 대륙의 지배자였다는 것을 믿을 수가 없었습니다.

그런데 며칠 지나고나서 이상하게 자꾸 '경복궁, 가짜'라는 생각에 신경이 쓰여서 우리나라 인터넷과 해외 인터넷 사이트에서 검색을 해봤습니다. 그러던 중, 어안이 벙벙하고 소름조차 돋지 않을 정도로 충격적인 그림들을 보게 되었습니다.

http://bbs.voc.com.cn/topic-170485-1-1.html

위 사이트를 보아주시겠습니까? 중국의 어느 사이트입니다. 그림은 전부 일본에 소장중인 그림입니다. 메이지 27(1895년)년 경에 제작되었다고 하는데, 정확히는 몰라도 1800년대 말쯤일거라고 알고 있습니다.

위의 두 그림을 보시면, 한자로 분명하게 "조선국왕성지도"라고 쓰여져 있습니다. (도쿄경제대학교에서 이 그림을 소장 중이라고 알고 있습니다.)

그런데 보시면 아시겠지만 이 그림은, 절대로, 서울에 있는 경복궁이 아닙니다. 입을 열기가 두렵지만, 중국의 성과 흡사합니다. 아니, 중국의 성이라고 봐도 무방하다고 생각합니다. 그렇다면 이 그림은, 설마 현재의 자금성이 원래 조선의 성이었다는 것일까요?

그 밑에 있는 그림들을 보시면, 더욱 놀랍습니다. 특히 "조선왕성대원군참전"의 그림이나 "조선궁중의 연회" 같은 그림을 보면, 입이 다물어지지가 않습니다.

그곳은 완벽하게 중국의 산천이며, 중국의 궁궐 모습입니다. 경복궁 어느 곳에 붉은 색의 칠이 되어있는 곳이 있답니까! 하지만, "일본군대조선공출진지도" 같은 그림을 보면, 아주 희미하긴 하지만 열도 그림에 대일본, 반도 그림에 조선, 대륙 그림에 지나라고 쓰여있는 것이 보입니다.

이 그림은 위에 나와있던 그림과는 모순된 것으로서, 대륙조선을 부인하는 그림이 됩니다. … 저는 아직도 어느 것이 진실인지 잘 모르겠고, 김종윤 사학자 분의 말씀이 믿어지지가 않습니다. 어쩌면 너무 충격적이어서 믿고 싶지 않은 것일지도 모릅니다.

이 그림을 보신 선생님의 의견을 듣고 싶어서 장문의 메일을 드렸습니다. 항상 건강하십시오.

2012년 2월 6일
윤성훈 올림

[회답]

문제의 그림들은 진실을 있었던 그대로 말하고 있을 뿐입니다. 거의 다 청일전쟁(1894~95) 때의 그림들입니다. 그 당시 조선왕궁이 있었던 곳은 북경의 자금성이 아니라 섬서성陝西省 서안西安입니다. 반도 그림에 조선이 표시된 것은 조선 왕궁 일부가 한반도로 이전한 후의 그림일 것입니다.

사필귀정事必歸正이란 말이 있지 않습니까. 당시 대영제국을 위시한 서구열강들과 일본이 자국의 이익을 위하여 지금까지 우리의 대륙 역사를 말살하려고 피나는 노력을 기울여왔지만 결국은 진실은 드러나고 말았습니다. 앞으로 세월이 흐르면 흐를수록 이러한 사실들은 점점 더 많이 세상에 드러날 것입니다. 잘 기억하십시오. 지금 내가 한 말을 .

디지털 공간에서의 수련

삼공 스승님 안녕하세요. 먼저 멀리 타국에서 삼배의 예를 올립니다. 새로운 실험을 체험할 수 있는 기회를 주신 것에 대해 대단히 감사하고 또 영광입니다. 지금까지 겪었던 것과는 다른 놀라운 체험을 하고 있습니다.

이 멀리 일본 도쿄 숙소에 혼자 수련하고 있지만, 삼공재에 앉아 삼공 스승님의 기운 아래 수련하고 있는 기분입니다. 이것은 마치 언제 어디서든 삼공 스승님 기운에 접속할 수 있는 엑세스 코드로 디지털 공간에서 수련을 받는 것 같습니다.

어제의 체험 이후, 오늘 하루 종일 기운에 취해 있었으며, 때와 장소와 무관하게 언제든 스승님을 떠올리면 스승님께서 보내주신 강력한 기운을 받았습니다. 마음은 이미 뽕밭에 가 있다고, 회사 업무를 하고 있었지만, 빨리 들어오는 기운에 집중하고 싶었습니다.

오늘은 특별히 화면이 많이 보였습니다만, 기억에 남는 것은 예전 삼공재가 위치했던 선릉이 떠오르고 삼공빌딩에서 아침 해가 떠오르는 듯한 황금빛이 뿜어져 나오더니 지붕을 뚫고 하얀 도포 차림의 삼공 스승님께서 빛을 뿜어내며 하늘로 점점 떠오르고, 지구가 점점 작아지면서 우주로 향해 나아가는 화면이 보였습니다.

195

그 후 잠깐잠깐의 지구의 모습 등과 여러가지 인상적인 풍경들, 사람들 그리고 여러 동물 모습들이 보였습니다만, 정확히 잘 기억이 나지 않습니다. 어제부터 탁기 배출이 심해지고, 더욱 심해진 진동 탓인지 몸 군데군데가 쑤십니다.

그리고, 하단전이 더욱 강해졌습니다. 그리고 백회를 중심으로 하여 인당 둘레로 6포인트에 압박이 오며 마치 보이지 않는 관을 쓴 것 같습니다. 위에서 보면 별모양인데, 기운이 들어오는 것을 도와주는(?) 또는 걸러주는 역할을 하는 것 같습니다. 추측으로는 벽사문이 업그레이드된 것이 아닌가 생각됩니다.

기운이 강해져서인지 난방을 켜놓지 않았는데도 전연 춥지 않고 오히려 더워서 땀이 날 지경입니다. 글 쓰는 재주가 없어서 체험한 내용을 잘 표현하지 못하는 게 안타깝습니다. 현실인지 착각인지 실감이 나지 않을 정도로 대단한 기운을 받고 있는 것 같습니다. 선배 도우님들께서 현묘지도체험기에 적어 놓은 화두수련시의 엄청난 기운을 간접적으로 체험하고 있는 것 같습니다. 이 기회를 빌어 더욱 수련에 정진하겠습니다.

삼공 스승님과 여러 선계 스승님들의 많은 가르침 다시 한번 깊은 감사를 올립니다.

2012년 2월 7일 도쿄에서
전바울 올림.

[회답]

그렇지 않아도 지금 실험중인 상황이 궁금했었는데 전바울 씨가
좋은 체험 자료를 보내주어 많이 참고가 되고 있습니다. 앞으로도
무슨 변화가 있을 때마다 계속 메일을 띄워주기 바랍니다.

보험 들기

삼공 선생님 전 상서

그동안 안녕하셨는지요? 오랜만에 인사를 드립니다. 그간 수련에 대하여 선생님께 보고드릴 만한 내용은 없었으나, 세속사에 있어서는 되는 일이 없는 상태의 연속입니다. 그리고 이곳에 있으면서 그간 가까웠던 사람들과 연 1~2회씩 모이는 친목회의 멤버였으나 작년 말부터 그만두기로 하였습니다. 이유는 일본인 특유의 진실성보다는 형식적 만남인 면이 늘 저에게는 거리적거렸었기에 타국에서 의지할 수 있는 일종의 보험 들기와도 같은 것이었으나 모든 것을 버리고 혼자 가기로 하였기 때문입니다.

물론 현직장에서도 붕 떠있는 외톨이라는 점 또한 혼자이기에 익숙함이라할까 마음의 불편함이 없이 그냥 수용이 되니 방향은 잘 잡았다는 생각이 듭니다. 그리고 세속사에 있어 거래하고 역지사지하는 범위는 불편함을 느낄 단계까지만 필요한 것이지 수용하고 포용할 수만 있다면, 그에 억매여서는 안될 뿐더러 훌쩍 벗어나야만이 좀 더 자유로워진다는 생각입니다. 아무튼 직장의 구성원 하나하나부터, 북해도대학, 북해도, 일본 ……지구, 우주 등이 제 안에 다 들어와 있으니 어떠한 상황도 수용이 되나, 품고 있다는 것은 즉 손아귀에 넣고 있다는 자만감의 표현이니 이 수용감마저 없어질 때까지 좀 더 가야할 것 같습니다. 아무튼 올 일년은 철저한 외톨이로 부딪쳐 보고 느끼고 싶기에 기대가 되는 해가 될 것같습니다. 그럼 늘 건강하시고 안녕히 계십시오.

2012년 2월7일 나요로에서

제자 도육 올림

[회답]

구도자는 사막 속에서도 고독감을 느끼지 않을 수 있어야 합니다. 생멸이 없는 우주가 바로 나 자신이니까요.

합리적인 유인책

스승님! 그간 평안하셨습니까? 저는 대구의 세 아들 아빠 윤지 혁입니다. 연초에도 직장생활에 하루하루 충실하고자 노력하다보니 지난번 방문한 지 벌써 두 달이 넘었습니다. 수련에 일심을 두지 않았다는 말이 되기도 해서 스스로 부끄럽습니다. 이제 생식이 다 떨어져 가기에 삼공재를 방문하여 생식을 구매하여 오고자 합니다. 금주 일요일에 삼공재를 방문하고자 하는데, 허락하여 주시기를 바랍니다. 그리고, '토, 금, 금, 수, 선공' 가격을 알려주시면 국민은행 입금하고 상경하도록 하겠습니다.

선도체험기 미수금 회수 문제 및 출판비용과 관련하여 지난번에 배호영 사장님과 상의하여 보는 게 좋겠다는 스승님의 이메일을 받고 배호영 사장님과 통화하여 보았습니다. 배사장님은 미납 거래처에 대하여 법적조치를 취하는 것은 출판업계의 현실과 맞지 않다고 하더군요. 구도자들은 원칙도 지켜야 하지만 현실도 존중해야 된다고 보기에 수용해야 할 부분이라고 생각했습니다. 그렇다면 출판비용에 대해서는 체계적으로 조달할 수 있는 구조를 만들어야 할 것 같습니다. 어느 분 한 분이 출판비용을 감당하는 상황은 바람직하지 않으며, 지속되지도 못할 것입니다. 애독자와 삼공재 수련생 여러분들에게 공개적으로 의견을 구하여 그 의견에 따라 강구하면 좋겠습니다.

예를 들어, 저와 같은 급여소득자의 경우 월 일정액을 기부하고
자 하는 급여소득자에 대하여, 합리적인 유인책을 주면 좋을 것 같
습니다. 합리적인 유인책이란 연말정산에 기부금 공제를 받을 수
있도록 세법에 맞는 기부처에 기부를 하고, 해당 기부처에서는 출
판비용을 공급하여 주면 좋을 것이며, 기부자에게는 연말정산 서
류를 발급하여 주면 좋을 것입니다.

급여소득자와 다른 사업소득자나 법인인 경우에도 비용으로 인
정받을 수 있는 세법상의 조항이 있다면, 꾸준히 정기적으로 기부
할 당사자가 있을 것입니다. 도서출판 유림에서 이런 부분을 잘 연
구한다면 선도체험기의 안정적인 출판이 지속될 것이라고 기대합
니다.

이 부분은 배사장님과도 상의하였는데 비영리재단 기부건이 무
산된 이후에는 다른 대안을 마련하시지 않는 것 같은 느낌을 받았
습니다. 부디 도서출판 유림에서 애독자와 함께 묘안을 같이 강구
하여 '하화중생'의 마음을 함께 실현하였으면 합니다.

스승님, 그럼 이만 편지를 줄이고자 합니다. 방문 문의에 대하여
회신을 기다리겠습니다.

2012.02.08. 대구에서
윤지혁 올림

[회답]

선도체험기 출판에 대하여 깊은 관심을 가져주어 고맙게 생각합니다. 선도체험기는 2009년부터 96권에서 2011년 말의 102권까지는 독자들의 후원금으로 출판되었는데 앞으로도 계속 그렇게 하기는 배호영 사장이나 저자인 나로서는 더 이상 용납하기 어려운 일이 아닌가 하는 생각이 듭니다. 다시 말해서 지난 3년 동안 7권에 달하는 선도체험기가 순전히 독자들의 성금만으로 출판되었습니다. 이것은 출판 역사상 전후무후한 일이고 필자로서는 독자들에게 실로 낯 뜨거운 일입니다.

유림출판사가 기사회생하든가 아니면 유력한 후원자가 나타나든가, 이 두 가지가 안되면 선도체험기 출판을 승계하려는 실력있는 출판사가 나타나 유림 사장과의 사이에 원만한 합의가 이루어져 선도체험기가 계속 출판되는 길이 있습니다.

여러 가지 말들이 설왕설래하고 있지만 아직 누구도 나에게 실현성 있는 구체적인 방안을 내놓은 사람은 없는 실정입니다. 선도체험기를 그만 쓰라는 것이 하늘의 뜻이 아니라면 무슨 방안이든지 나올 것이라고 보고 기다리고 있는 중입니다.

12일 오후 3시에 기다리겠습니다. 삼공재가 서울 강남구 삼성2동 한솔 아파트 101동 1208호로 이사했습니다. 7호선 강남구청역 1번 출구에서 도보로 직직하여 3분 거리 오른쪽입니다. 생식 값은 26만 2천원입니다.

밥값이나 달라는 표현

선생님 그동안 옥체만강하옵신지요. 오용석입니다(족보상의 이름이며 실명으로 저를 아는 분들에게 계면쩍은 일을 겪게 하는 우려 때문에 예명을 씁니다.) 수 개월 전에 교통사고가 있었습니다. 폐차를 하였고 그때 받은 충격으로 무릎 손상이 있어 절름발이가 된 듯 불편을 겪었습니다. 준비도 안 되었는데 여러 시험을 보게 되어 곤혹스러웠습니다만 준비 없이 맞아 보는 것도 경험 쌓기라 여겨졌습니다.

죽음의 문턱에서 회복 중에 있는 필부에게 숨고르기를 주지 않는 것도 인생은 엄살을 부리며 살 수 없다는 메시지 같다는 생각이 들었습니다. 지난 연말 밤 12시 넘어 택시를 기다리는데 누가 등을 툭툭 치길래 돌아봤더니 우락부락하게 생긴 50대가 왈 야! 너 운 좋은 줄 알아 하며 눈을 부라리는 것이었습니다.

생전 처음 겪는 일이라서 사람을 잘못 본 것 아니냐고 했더니 자기가 전화 통화하며 소리를 지를 때 쳐다봤다는 이유였습니다. 저는 속으로 내가 운이 좋은지 당신이 운이 좋은지는 모르겠지만 하며 죄송합니다 이렇게 하면 됩니까? 했더니 돌아서더군요. 한참을 있는데 누가 또 등을 치길래 봤더니 다시 그 사람이 눈을 부라리며 야! 너! 오늘 운 좋은 줄 알아 젊었을 때 같으면 너 죽었어!

다시 정중하게 아주 배꼽 인사를 하듯 정말 죄송하게 되었습니다. 했더니 씩씩거리며 돌아서더군요. 얼마 있다가 또 어깨를 툭 툭 치는 겁니다. 돌아봤더니 그 사람이 다시 씩씩거리며 험상궂은 말투로 시비를 거는 겁니다. 순간 동물적인 필살기가 번쩍하며 낭심과 옆구리와 목줄기가 들어오는데 아서라 한번 참으면 3년이 편할 일인데 아직도 이런 시험에 흔들려서야 되겠는가?

생각을 가다듬고 예의를 깍듯하게 차리고 다시 사과를 했습니다. 합기도 7단인 평생 무도인인 내가 아무리 지금 몸이 만신창이로 안 좋기로서니 하며 1대1의 상대를 때려 뉠 생각을 잠깐이라도 했다는 것은 부족이라는 판단이 들었습니다.

제가 너무도 공손해서인지 그 양반 주머니에서 차표 한 장을 꺼내더니 4시간 걸려 시외버스 타고 서울역에 왔다며 횡설수설 하는 것이었습니다. 택시 타고 오면서 기사한테 대략 얘기를 했더니 반 노숙자들이 가끔 시비를 걸어 자기를 치게 만든다는 것입니다. 파출소가 밖에 보다는 덜 춥고 잘하면 합의금도 챙긴다더군요.

밥값이라도 달라는 표현을 제가 아둔하여 뒤늦게 알았다는 감이 왔습니다. 암튼 참고 또 참았더니 골치 아플 일이 지나 간 것만은 사실이었습니다. 선도체험기를 다 읽기 전에는 선생님에게 질문을 하지 않겠다는 약속으로 101권까지 읽었습니다.

생식을 몇 사람 시켜서 먹게 하였는데 못 먹겠다는 사람도 있고 반품 받기도 하고 등등 사람 사는 얘기들 가만히 듣다보면 모두가 예쁘고 열심히 사는 귀염둥이들 같습니다.

오랜만에 클래식 기타를 꺼내 먼지를 닦고 조율을 해 보았는데 악보가 통 기억나지 않더군요. 트레몰로 과정이며 늘 치던 엘리쟈를 위하여를 막둥이에게 들려주고 싶은데 그냥 캄캄합니다.

아! 이 모든 것도 내 몫이구나. 스님이 되어 천일기도를 마친 친구가 찾아 왔습니다. 오랜만의 해후, 마음 아파하며 저를 치료해 주겠다는 친구에게 너무 고마워서 나는 괜찮다며 이렇게 사람 사는 얘기나 하며 마음만 받겠다고 하였습니다.

저는 교회를 통하여 성경의 말씀을 배우지만 선생님의 가르침에 깊은 감화를 받고 있습니다. 턱 없이 부족함이 많은 데 비하여 좋은 사람들 만나며 작은 누림에 긍정하며 산다고 믿고 싶습니다. 이만해도 행복하다는, 앉을 자리가 있으니 공부에 대한 바람도 지나치지 않으려고 합니다.

인터벌의 넉넉함을 가까이 하며 슬프도록 기쁜 이 좋은 기회의 시공 앞에서 감사를 드립니다. 무릇 좋아지면 다시 인사드리겠습니다. 생식 선공 1개(표준 1개), 새로 나온 책 102권 금액과 계좌번호 주시면 입금해 드리겠습니다.

선생님! 사모님! 임진년에도 옥채만강 하시옵기 바랍니다.

2012년 2월 15일
오용석 올림

[회답]

구도란 한 말로 인내력 싸움인데, 그만하면 미구에 한 소식 할 것 같습니다. 우편물을 받을 수 있는 주소를 알려주세요. 택배비 포함 9만 7,800원입니다.

혼자 가기로 하였습니다

삼공 선생님 전상서

늘 이끌어 주심에 깊은 감사를 드립니다. 우선 결론부터 말씀을 드리면, 그동안 공부에 많은 도움이 되었던 삼공선도도 내려놓고 혼자 가기로 하였습니다. 즉 삼공공부가 깨닫기 위한 많은 방법 중의 하나였는데, 그동안 방법에만 의존해왔던 것 같습니다. 아무튼 현 직장에서도 철저히 혼자 가기로 한 이상 곪고 터지더라도 하나하나 배워나가기로 하였습니다. 그리고 도호(도육)도 놓고 가겠습니다.

그동안 가르쳐주신 고마움에 대하여는 한량이 없지만, 떠나야할 때인 것 같아 떠날 뿐인 것입니다.

그럼 늘 건강하시고 안녕히 계십시오.

2012년 2월 16일
차주영 올림

[회답]

이렇게 일부러 떠난다는 메일이라도 보내주어서 고맙습니다. 회자 정리會者定離일 뿐입니다. 차주영 씨! 부디 소원성취하시기 바랍니다.

술버릇 고쳐준 사연

좀 호들갑을 떨어 송구합니다. 군시절 D.M.Z G.P에서 술만 먹으면 소대원들을 팬티 바람에 영하 20도가 넘는 날씨에 눈 위에 딩굴리고 잠도 안 재우고 자기는 코를 골며 자는 선임하사가 있었습니다. 갑자기 화가 치밀어 선임하사실 문짝을 주먹으로 후려쳤는데 구멍이 뻥 뚫려 버리더군요. 그 구멍에 대고 나오면 조용히 보내주겠다고 소리를 질렀는데 조용했다가 다시 코고는 소리만 들리는 겁니다. 꽁꽁 얼어 추위에 떠는 소대원들 재우고 그 이튿날 문짝 고쳐놓았는데 그 후로 선임하사는 아무 말이 없었고 술버릇도 고쳐졌는지 무탈했습니다.

하극상인데 미안한 생각도 들고 하여 아름들이 소나무로 만든 바둑판을 선물로 주고 제대를 한 기억이 있습니다. 꾹꾹 참다 폭발하면 불 같은 성격 때문에 사고 여러 번 치곤 했는데 25세 넘어선 말다툼 한번 안하는 인내심을 발휘하는 성과도 있었습니다.

예전에는 후환이 귀찮거나 병원에 실어 보낼 전쟁이 아니면 싸우지 말라는 무도 정신 때문에 그냥 참은 것입니다. 선생님의 가르침을 통하여 진아가 가아를 지켜보듯 관망을 하면서 흘려보내는 것과는 본질적으로 의미가 다르다는 것을 아주 조금씩 느껴가고 있습니다. 드린 바 없이 너무도 많은 것을 받기만 하였습니다. 잡

다한 소리내지 말고 열심히 살아야 할텐데 소인배의 주접을 아직도 주렁주렁 달고 있습니다. 거두절미하고 분발하겠습니다. 거듭 감사드립니다.

2012년 2월 16일
오용석 올림

[회답]

앞으로도 메일을 보내주는 한 수련 상황을 계속 지켜볼 것입니다. 입금되는 대로 책과 생식은 우송할 것입니다.

선생님을 만나고 싶습니다

경기도 광주시 삼동에 거주하는 나이는 1943 계미생 김진규입니다. 선생님 존경합니다. 저는 1972년 임자년부터 선도에 관심이 많습니다. 우연찮게 병을 잘 고친다는 도사가 있다고 누가 소개해서 만나게 되었습니다.

도사라는 분은 자초지종을 말하시기를 어느 아파트에 경비로 근무하는데 주민이 버린 책을 주어서 읽어보니 오행법이 있어서 거기에서 힌트를 얻어 오행을 극하는 것을 깨달아 당신의 무슨 병이든 다 고친다고 했습니다.

그러면 그 책을 좀 보자고 했더니 그러라고 하시면서 책을 내주셔서 보는 순간 내 눈이 번쩍 떠졌습니다. 책표지를 보니 선도체험기였습니다. 나는 이런 책도 있구나 하고 잠깐 훑어보았습니다. 선생님은 수련을 해 보셨습니까 하고 물어보았더니 안 해 보았다고 하였습니다. 저는 즉시 출판사 배사장께 전화로 1권서부터 20권까지 주문하여 10권까지 읽다가 도장을 찾으려고 전화를 해 보니 도장이 없었습니다.

하는 수 없이 선생님에게 전화를 걸었습니다. 사모님께서 전화를 받으시기에 선생님과 통화를 하고 싶다고 했더니 할 수 없다고 이메일로 하라고 하시어 저는 이메일을 할 줄을 몰라서 며칠 후에 다시 전화를 했더니 역시 사모님이 받으셔서 저는 이메일을 할 줄 모른다고 선생님과 통화를 하고 싶다고 했더니 안된다고 하시어 하는 수 없이 단월드를 찾게 되었습니다.

단월드에 6개월을 계약하고 수련을 2011년 11월 16일에 마치고 집에서 수련하려고 2012년 1월달에 선도체험기 21권 -31권 -98권-102권을 주문하여 읽고 있습니다. 선생님 저는 생식처방을 받아 생식을 하고 싶습니다.

그리고 궁금한 것이 너무 많고 선생님을 만나보고 싶은 때를 기다리다 이제야 청을 올립니다. 선생님 저는 가방끈이 짧아 저의 뜻을 글로 다 표현하지 못하여 메일 쓰기가 힘듭니다. 선생님을 메일로나마 만나뵙게 되어 감사드리고 고맙습니다.

2012년 2월 20일

김진규 올림

[회답]

보내주신 메일은 잘 읽었습니다. 선도체험기를 1권서부터 102권까지 구입하여 읽고 계시다니 아주 잘 하셨습니다. 오행생식을 구입하고 싶다면 찾아오시기 바랍니다. 처음 한 달분 30만원 정도를 준비하시고 서울 강남구 삼성2동 한솔 아파트 101동 1208호로 찾아오시기 바랍니다.

떠나시기 전에 전화로 약속을 하시고 오후 3시에 오셔야 합니다. 7호선 전철역 1번 출구로 나오셔서 곧바로 3분 정도 걸어가시면 오른쪽에 한솔 아파트가 보입니다.

20대에 성취한 접이불루

　선생님 감사합니다. 근거리에 있으면서 선생님께 혼돈과 번거로움을 드려 죄송합니다. 퉁퉁 부어 걷기조차 불편했던 무릎이 차도를 보이고 있습니다. 짬이 날 때마다 지난 날들을 돌이켜 생각해보니 저는 20대 후반부터 접이불루接而不漏가 가능했었습니다. 그때는 접이불루라는 용어조차 몰랐지만 엄청난 스트레스를 견디며 실패를 거듭하다가 사정을 하는 것보다 희한한 휴식과 안온한 기운이 에너지를 극대화시키는 공간이 있다는 것을 알게 되었었습니다.

　저는 몸이 허약하여 시도한 일인데 그 자체를 도가에서는 쉽지 않은 수련 단계로 보고 있더군요. 집사람도 중년 이후 40중반에 학부형들의 모임에서 자기들끼리 남편의 무기력에 대한 불만을 늘어 놓는 이야기에서 제가 다른 남자들과 다르다는 것을 알았다고 했던 기억이 있습니다.

　누구한테 무슨 소리를 들었는지 아내는 오르가즘이 지나고 나서 골아떨어진 후 자고나서는 당신은 아무렇지도 않느냐며 묻곤 하였습니다. 당신이 좋아하는 것이 좋은 것이라고 하면 고개를 갸웃거리며 알 수 없는 일이라며 웃곤 하더군요. 지금 거슬러 올라가보니 십수 년 동안 2만 번 이상의 활법 시술에서 버틸 수 있었던 요인도 그곳에 있었지 않았나 싶어집니다.

손바닥을 마주하면 말랑말랑한 젤리 같은 이물감이 느껴지고 둥그런 달덩이가 생겨 그 속에서 기운을 음미하며 시간을 보내기도 하였습니다. 역근의 가장 기본이며 몸 전체의 파동을 통일시키기 위해서는 허리를 종잇장처럼 반으로 접는 것이기에 앞굽이에 몰입하기도 하였습니다. 마치 통아저씨가 구사하는 것을 자유롭게 할 수만 있다면 허리병은 저절로 없어진다는 입증도 해 봤습니다. 허리를 반으로 접는다는 것은 여러가지 과정이 함축되지 않으면 안되더군요. 복부 지방을 없애야 하고 그러기 위해서는 밥 물 따로로 위를 줄여야 하고 양이 줄어들 때 오는 허기를 찰밥으로 대처를 하였고 훌라후프를 하여 지속적인 물리적 자극을 주었습니다. 특히 복부 지방의 특성상 100일 동안의 물리적인 자극을 주어야 비로소 지방이 녹기 시작하는 성질이 있다고 합니다.

결국 복부살 빼려고 1~2개월 땀 뻘뻘 흘리며 한들 수분과 이물질이 빠졌다가 외식 한번 하고 나면 도로묵 되는 나는 안되는 체질인가봐에 빠지는 함정이 있다는 것입니다. 생활요가 1급 퍼스널 트레이너 1급의 과정은 인체를 이해하는 데 많은 것을 얻게 해 주었습니다.

요가에서의 쟁기 자세에서 뒤로 넘기가 자유로워지면 척수와 뇌수액의 교착점이 되는 숨골의 통로가 열려 뇌압은 안정을 찾게 되어 나빠졌던 시력도 살아나고 정신이 맑아지는 공간이 확보된다고 합니다. 그리고 도랑이 치워지면 독성이 강한 약재를 법재하는 생강을 꿀에 재웠다 반찬으로 짱아치 먹듯 소량씩 먹어주면 매운 맛의 금기가 냉을 몰아내 폐대장을 덥게하여 찬 손발을 따뜻하게 하여 소화제 역할도 하게 됩니다.

원전 사고나 각종 오염에 노출되어 면역력이 약화될 대로 약화된 종균 즉 균사체의 새로운 생성이 가능하게 한다고도 합니다. 이 대목에서 최고의 천연 방부제인 옻을 대보탕과 시베리아 벌판을 누비며 야생한 녹각을 72시간 이상 달여 먹게 되면 근골은 강화되고 각종 암의 위협으로부터 보호막이 만들어진다고 하였습니다. 이런 상태에서 수련에 임한다면 살생을 금기시 하는 선생님의 가르침에도 크게 위배되지 않는 것 같아 금상첨화가 되지 않을까 싶어 짧은 경험적 식견을 적어 보았습니다.

선생님! 군에 있을 때 병사들끼리 싸움을 하다가 잘 아는 상병이 분을 참지 못하고 커터 칼로 자기 손등을 그은 일이 있었습니다. 손등 위에서 조개살처럼 쩍 벌어진 허연 살갗이 금새 피로 물들면서 피가 뿜어지는데 정말 기가 막히더군요. 응급처치를 하고 의무대에서 붕대를 감고 왔는데 중대장께서 노발대발하였고 헌병대에서 오고 있는 중이니 대기하라는 거였습니다.

행정실에 달려가서 중대장님께서 상병을 헌병대 보내지 말아 달라고 하신다고 했더니 네가 뭔데 새꺄 나보고 이래라 저래라 하냐며 한층 더 역정을 내게 되었습니다. 짧은 시간 방법은 도무지 없고 애라 모르겠다 행정실 입구에서 한번도 꿇어보지 않은 무릎을 꿇고 몇 시간을 기다렸습니다. 마침내 중대장이 불러 "야! 너 왜 그래…" "중대장님 ! 서 상병 헌병대 보내지 마십시오. 헌병대 가면 사람 병신되어 나오지 않습니까?" 했더니 육사를 우수한 성적으로 졸업했다는 준수하고 인물 좋은 중대장님께서 머리를 잠시 숙이는가 싶더니 "네가 책임질 수 있어?" 하는 것이었습니다. 앞뒤 가릴 것 없이 책임지겠다고 했더니 없던 일로 해 준다고 하더군요.

사내가 죽기보다 싫은 무릎을 꿇었다는 수치감이나 자책은 없었습니다. 행정실을 나오며 뭔가 뒷통수가 시원하다는 것을 느꼈습니다. 그런 젊음과 패기와 겁나는 것이 없었던 똥배짱의 30년전 시절이 그리워지는 것은 제 자신이 약해진 탓일런지요?

선생님! 본시동근생(本是同根生)과 필유성(必有成)의 가르침을 깊이 새기겠습니다. 무릎이 좋아지면 찾아뵙고 인사드리겠습니다. 체험기 102권과 생식은 잘 받았습니다. 사모님의 수고로움과 선생님의 두툼한 인정과 배려에 무조건적인 갈채를 보냅니다. 감사합니다.

2012년 2월 23일
오경상 드림

[회답]

20대에 연정화기를 성취했다만 분명 전생부터 선도 수련을 했을 터인데, 그러한 천부적인 능력을 계속 살렸더라면 지금쯤 대성해 있어야 마땅합니다. 그런데 5십대 초반인 이제와서도 몸이 비실비실한다면 관리 부족과 게으름 탓이 아닐 수 없습니다. 심기일전心機一轉, 크게 각성하여 부디 재기의 발판을 구축하시기 바랍니다.

인연따라 살겠습니다

흑백논리의 이분법에서 벗어나지 못하는 필부를 과찬해 주시니 송구스럽습니다. 예전에 준비도 안된 몸으로 겁 없이 시술에 너무 몰입했던 것 같습니다. 한번은 대만에서 수년간 금강경을 가르치다 오셨다는 스님이 오기 전에 현몽을 하였는데 제가 물만 마시고 살며 치료하던 여자 수행자였다고 하더군요.

저는 전생이나 이상세계를 동경하면서도 애써 현실도피를 하지 말아야 한다는 강한 의지가 있는 것 같습니다. 잘은 모르겠으나 독침을 잘 쓰는 검은 복면을 한 암살자가 아니었나 하는 느낌이 들기도 합니다.

천안에서 온 무당은 저를 보자마자 사시나무처럼 오돌오돌 떨다가 울다가 헉헉거리더니 긴 한숨을 몰아쉬고 나서 사천왕이 함께하며 지켜준다고 하기에 웃으면서 알아듣지 못할 소리를 하여 혹세무민하는 혼돈에 빠트리려 막말을 하지 말라고 한 적이 있습니다.

시술이 끝나자 누더기 옷을 입은 군인들과 거렁뱅이들이 아우성을 치며 못살겠다며 달아나는 것을 보았느냐고 묻는 것이었습니다. 정말 나는 아무것도 모른다고 했더니 우리끼리는 괜찮으니 얘기해 주어도 되지 않느냐며 제가 알면서 입을 열지 않는 것으로 보더군요. 제가 손을 대면 사천왕들이 삼지창으로 귀신들을 찍어 준

215

다나 그래서 비명을 지르며 달아난다는 것입니다. 어이없어 하는 저를 오히려 모를리 없다는 표정으로 바라보더군요.

선생님!

갈 길이 먼데 호기심에 빠진 철부지 같아 질문드리기조차 부끄럽습니다. 가정 형편에 비하여 부모님과 형. 자매들로부터 넘치는 사랑을 받으며 성장해서인지 바보스러울 정도로 감각이 많이 무딥니다. 한마디로 걱정이 없다보니 집사람이 참 힘들어 합니다. 제가 아픈 뒤로 곧장 보건소에 간호사 자리가 있어 출근하는 것을 보면 안스럽기만 합니다.

저의 건강은 주변에서 기적이라 할 만큼 좋아졌습니다. 발끝으로 몸을 뛰우는 동작도 자연스럽게 되고 거칠었던 피부도 윤기를 찾았습니다. 호흡을 하면 마음이 머무는 곳마다 기운을 느끼며 몸통이 없어진 것 같을 때도 있어 안온하고 편안한 휴식처가 에너지의 작용력에 따른다는 것을 느끼곤 합니다. 선생님의 가르침에 숙연한 마음으로 감사드리고 조심스럽습니다.

선도체험기에 예수님의 횡적 신앙을 위정자들이 종적으로 사용하여 침략적 문호개방의 도구로 쓰여졌다는 내용에 대하여 동감을 합니다. 불교에서는 윤회와 기독교에서는 영혼 구원을 주장하는 것을 보아도 본래진면목의 내가 죽지 않으니 영적 진화를 위해 곧고 바른 선택을 아니 할 수 없다는 종결점을 찾게 되는 것 같습니다.

쉽게 표출할 수 없는 내용들을 이렇게 한번쯤 어필 해 볼 수 있는 기회가 되는데 넋두리가 아니었으면 싶습니다.

선생님!

한국인의 뿌리가 흔들리는 내용들이 나오면서 적지 않은 혼란이 야기되는 것이 사실입니다. 담백하시기로 자코메티의 군살 없는 조각상 같으신 선생님의 말씀이니 망정이지 웬만한 이들이 주장하면 된통 당할 내용들이겠습니다. 시간을 두고 살펴보겠습니다.

출판사의 어려움이 그토록 어려운지는 잘 몰랐습니다. 사회적으로 명망있는 분들이 독자층으로 많아 십시일반으로라도 낄 틈조차 없을 것으로 생각했었습니다. 저는 식자층의 먹물도 아니고 아는 것도 없어 표현력도 부족하고 이래도 되는 건지 잘 모르지만 결례가 되는 일이 없길 바랍니다. 무릎이 완쾌되는 대로 선생님의 말씀대로 따르겠습니다. 감사와 존경심을 진심으로 표합니다. 아울러 사모님의 건강과 가정의 평안이 지속되길 축원합니다.

2012년 2월 24일
오용석 올림

[회답]

건강이 점차 회복되고 있다니 참 다행입니다. 사람에게 건강보다 더 중요한 것이 없습니다. 건강이 무너지면 인생 전체가 다 무너져버리고 마니까요. 우선 건강부터 완전히 회복한 다음에 다시 보았으면 합니다.

오늘 사학자 김종윤 님을 뵙고 왔습니다

거두절미하고 말씀드리자면, 저는 지금 너무 혼란스럽고 기운이 빠집니다. 김종윤 님께서 하신 주장을 들은 대로 적어보겠습니다.

1. 한국인에게 역사는 없다.
2. 지금의 대한민국은 실질적인 건국 역사가 백년 정도밖에 되지 않았다. 한반도는 대륙조선의 변방이었던 곳이다. 그전에 이 반도에는 문자가 없었고, 그러니 당연히 기록된 역사도 없다. 반도조선의 역사는 대륙조선에서부터 이식된 것이다.
3. 본디 요임금과 단군임금은 대륙에 병립並立해 있었다.(어느 사서를 보여주면서 말씀하셨습니다.) 그리고 고조선부터 삼국시대의 최초의 나라가 생기기 전까지는 2300년 정도가 비게 된다. 그 사이에 하, 은, 주, 진, 한 등의 나라의 연대를 끼워넣으면 꼭 맞아 떨어진다.
4. 대륙조선에서는 유생들 때문에 나라 힘이 약해지자, 서구 열강들이 들어와서 조선의 관리들에게 '너희는 그렇게 살아서는 발전 못 한다, 그러니 개혁을 해라'라는 감언이설로 꼬셔서 조선의 역사를 반으로 쪼갰다. 즉, 요임금과 단군이 병립하던 역사에서, 단군만을 한반도로 옮겨오고 나머지 다른 역사들도 이식해서 일제가 교육을 시작했다.

5. 조선역사서에 쓰여진 기록은 전부 대륙에서 벌어진 사건들이며, 세종대왕도, 이순신도, 다 대륙사람이다. 한글도 대륙의 문자였다. 한반도로 역사를 이식할 때, 쑨원孫文이 한글도 반도로 같이 넘겨주고 자신들은 학자들 100여명을 3달 동안 동원해서 간체자를 만들었다.

6. 이런 얘기가 잘못 터져나오게 되면 나라가 없어진다. 무슨 말이냐 하면 나라는 그것의 '역사'를 존립기반으로 하는데, 한반도 내에는 역사가 없으므로(단지 역사가 이식되었을 뿐인 나라이므로) 우리나라의 존립이 위험해진다.

7. (우리나라가 언젠가 국력을 회복하면 대륙을 회복해야하지 않겠느냐는 질문에)그게 아니다. 김태영 씨도 내 얘길 잘못 알아듣고서는 책에다 그렇게 썼는데, (역사가 이식된 나라이기에) 우린 그 땅과는 관련이 없다.

8. (그렇다면 완전히 다른 나라이며 우리완 상관도 없는 (대륙)조선의 역사를 이렇게 열심히 연구하시는 이유를 질문하자) 젊었을 적엔 문학을 하고 싶었는데, 어느 선생님을 만나서 따라다니다가 역사를 배우게 되었고, 그것에 호기심을 느껴서 계속 하다 보니 여기까지 오게 되었다.

선생님, 김종윤 님의 주장을 한마디로 요약해보자면 "반도에 사는 우리 민족은 대륙과는 아무 관련도 없고, 기록된 역사도 없는 정체성 불분명한 민족"이라는 생각이 듭니다. 저는 처음에는 '우리 민족이 대륙을 지배했었는데, 일시적으로 힘이 약해져서 반도까지 말려났다, 하지만 언젠가 국력이 회복되는 날, 다시 되찾을 기회가 생길 것이다'라는 생각을 가지고 그분을 만났었는데, 지금은 혼란과 무기력만이 느껴집니다.

그분 말씀대로라면, 반도에 사는 우리는 대륙에 존재했었던 조선이라는 나라와는 아무 관련도 없을 뿐더러, 조상이 누구이며 어떻게 살아왔는지 기록조차 되어있지 않은 '정신' 빠진 민족이 되는 것 아니겠습니까? 차라리 반도식민사관을 믿고 있는 게 더 나았겠다는 생각이 드는 것은 이번이 처음입니다.

역사학적 지식이 거의 전무한 저는, 지금으로선 판단을 내리기가 힘듭니다. 그래도 저보다 더 역사학적 지식을 갖추신 선생님께서 한 말씀해 주시면 참고로 삼겠습니다.

항상 건강하십시오.

2012년 3월 1일
윤성훈 올림

[회답]

김종윤 님과 나와는 역사관이 근본적으로 다릅니다. 무엇이 어떻게 다른지 윤성훈 씨가 적어 보낸 8개 조목을 일일이 열거하면서 논평하겠습니다.

1. "한국인에게 역사는 없다."
   한국인에게 왜 역사가 없습니까? 우리에게는 한단고기, 단기고사, 삼국사기, 고려사, 조선왕조실록을 비롯한 수많은 기록들이 엄연히 존재하고 있습니다. 이들 역사기록들이 비록 대

륙에서 기록된 것들이고 일본이 일부를 왜곡하고 날조했다고
해도, 중국인의 역사는 물론 아니고 그렇다고 일본인의 역사
도 아닌, 분명 한국인의 역사입니다. 이것을 부인할 사람은
아무도 없습니다. 중국인도 일본인도 이것을 부인하지는 않
습니다. 이래도 한국인에게 역사가 없다고 말할 수 있을까
요? 한국인에게는 우리민족이 지금 존재하는 것과 같이 역사
도 함께 숨쉬고 있다는 것을 알아야 할 것입니다.

2. "지금의 대한민국은 실질적인 건국 역사가 백년 정도 밖에 되
지 않았다. 한반도는 대륙조선의 변방이었던 곳이다. 그전에
이 반도에는 문자가 없었고, 그러니 당연히 기록된 역사도 없
다. 반도조선의 역사는 대륙조선에서부터 이식된 것이다."

1948년 수립된 대한민국의 역사가 백년도 채 안되는 것은 사
실입니다. 이씨조선이 외세의 압력으로 조선 후기 멸망 직전
에 대륙에서 한반도로 옮겨졌다고 해서 한국인에게 역사가
없다고 말하는 것은 어불성설語不成說입니다. 실례를 하나 들
겠습니다. 한때 대륙을 지배했던 장개석 국민당 정부는 모택
동 공산군에게 쫓기어 끝내 대륙을 포기하고 대만으로 피난
했습니다. 그때 국민당 정부는 대륙의 각 박물관에 소장되어
있던 중요문화재들을 모조리 다 대만으로 공수하여 지금 고
궁 박물관에 소장되어 있는데 그것을 다 보려면 몇 달 몇 년
이 걸릴지 모른다고 합니다. 장차 힘이 강해져서 대륙을 수복
할 때 자기네가 역사의 수호자임을 과시하기 위해서였습니
다. 김종윤 님의 논리대로 한다면 국민당 정부는 역사가 없는
집단이 되어야 하는데 그것이 사실일까요. 그렇지 않다는 것
은 삼척동자라도 다 아는 일입니다.

또 한가지 예를 들겠습니다. 역사가 백년이 넘는 경기고등학교가 30년쯤 전에 강남으로 이사했습니다. 그렇다고 해서 경기고등학교의 역사는 30년밖에 안된다고 할 수 있습니까? 경기고등학교 출신들에게 물어보십오. 그들이 뭐라고 대답할까요. 잘 생각해 보기 바랍니다.

3. "본디 요임금과 단군임금은 대륙에 병립竝立해 있었다.(어느 사서를 보여주면서 말씀하셨습니다.) 그리고 고조선부터 삼국시대의 최초의 나라가 생기기 전까지는 2300년 정도가 비게 된다. 그 사이에 하, 은, 주, 진, 한 등의 나라의 연대를 끼워 넣으면 꼭 맞아 떨어진다."

이것은 역사적 사실일 뿐이며 한국인에게 역사가 없다는 것을 입증하는 자료는 분명 아닙니다.

4. "대륙조선에서는 유생들 때문에 나라 힘이 약해지자, 서구 열강들이 들어와서 조선의 관리들에게 '너희는 그렇게 살아서는 발전 못 한다, 그러니 개혁을 해라'라는 감언이설로 꼬셔서 조선의 역사를 반으로 쪼갰다. 즉, 요임금과 단군이 병립하던 역사에서, 단군만을 한반도로 옮겨오고 나머지 다른 역사들도 이식해서 일제가 교육을 시작했다."

이것은 우리 역사의 일단은 될 수 있어도 한국인에게 역사가 없다는 증거는 되지 못합니다.

5. "조선역사서에 쓰여진 기록은 전부 대륙에서 벌어진 사건들이며, 세종대왕도, 이순신도, 다 대륙사람이다. 한글도 대륙의 문자였다. 한반도로 역사를 이식할 때, 쑨원(손문)이 한글도 반도로 같이 넘겨주고 자신들은 학자들 100여명을 3달 동안 동원해서 간체자를 만들었다."

이것도 과거사의 한 단면일 뿐 한국인에게 역사가 없다는 것을 입증하는 자료는 분명 아닙니다. 한글이 대륙에서 만들어졌다고 해서 대륙의 문자라는 것은 말이 안됩니다. 그것은 홍길동이라는 사람이 미국에 가서 살면서 돈을 벌어 한국으로 가져왔다면 그것이 미국 정부의 돈입니까 아니면 홍길동의 돈입니까. 세종 임금이 대륙에 영토를 가지고 있을 때 만든 한글은, 한민족전체의 유산이며 한국인이 비록 한반도로 이주했다고 해도 한국인의 것이지 어찌 대륙의 것일 수 있습니까.

6. "이런 얘기가 잘못 터져나오게 되면, 나라가 없어진다. 무슨 말이냐 하면 나라는 그것의 '역사'를 존립기반으로 하는데, 한반도 내에는 역사가 없으므로(단지 역사가 이식되었을 뿐인 나라이므로) 우리나라의 존립이 위험해진다."

이런 논리는 성립될 수 없습니다. 가령 북극을 향해 23.5도 기울어진 지축이 바로 서면서 남극이 살기 좋은 땅이 되어 우리나라가 한반도를 버리고 남극의 일부 땅을 국토로 삼아 나라를 옮기고 역사를 이식했다고 해서 그 나라의 존립이 위험해진다는 논리는 성립될 수 없습니다. 가족 단위의 외국 이민이 가능한 것과 같이 국가 단위의 이동도 있을 수 있는 일입니다. 한국, 일본, 대만, 터키가 그 실례입니다. 일본은 절강성에서 명치유신을 치루고 일본열도로 이동했습니다.

7. "(우리나라가 언젠가 국력을 회복하면 대륙을 회복해야 하지 않겠느냐는 질문에) 그게 아니다. 김태영씨도 내 얘길 잘못 알아듣고서는 책에다 그렇게 썼는데, (역사가 이식된 나라이기에)우린 그 땅과는 관련이 없다."

우리가 대륙에서 한반도로 수도를 옮긴 것은 서세동점기西勢
東漸期에 영국을 비롯한 서구와 일본 제국주의 열강들의 강압
에 의해서였습니다. 그때 만약 우리나라가 강대국이었다면
그런 일은 없었을 것입니다. 알기 쉽게 말해서 우리는 강도들
에게 대륙의 영토를 빼앗기고 반도로 쫓겨 들어온 것입니다.
그러한 우리가 지금의 미국이나 중국처럼 강대국이 되어 여
건이 하락한다면 강제로 빼앗겼던 국토를 되찾을 수도 있는
것은 당연한 일입니다.

2천년 동안이나 전 세계 각지를 유랑하던 이스라엘인들도 잃
었던 나라를 되찾았는데 하물며 우리가 강대국이 되면 왜 못
찾는다는 말입니까? 얼마든지 가능한 일입니다. 대륙은 우리
의 역사기록들에 등기된 과거의 우리 영토임이 분명합니다.
힘이 약해서 탈취당한 땅을 힘이 회복되었을 때 되찾는 것을
말릴 사람은 아무도 없습니다. 단군조선과 고구려인들의 다
물 정신이 바로 이것을 뒤바침해 주고 있습니다.

8. "(그렇다면 완전히 다른 나라이며 우리완 상관도 없는 (대륙)조선의 역사
를 이렇게 열심히 연구하시는 이유를 질문하자) 젊었을 적엔 문학을
하고 싶었는데, 어느 선생님을 만나서 따라다니다가 역사를
배우게 되었고, 그것에 호기심을 느껴서 계속 하다 보니 여기
까지 오게 되었다."

지극히 애매모호한 답변입니다. 윤성훈 씨는 남의 얘기를 들
을 때는 취사선택을 제대로 할 줄 알아야 합니다. 패배주의에
함몰되면 무슨 말인들 못하겠습니까.

항상 부정적인 사고방식을 갖고 있는 사람은 최상의 조건을
최하의 것으로 바꾸어 놓지만 항상 긍정적이고 적극적인 사

고방식을 가진 사람은 최하의 조건을 최상의 것으로 바꾸어
놓을 수 있습니다.

우리가 단지 그분에게서 취할 수 있는 것은 대륙에서의 한국
사 탐구 정신 하나뿐입니다. 그 외의 우리나라 역사에 대한
허무주의와 패배주의와 같은 부정적인 사고방식은 받아들이
지 않으면 그뿐입니다. 우리는 복어 요리를 먹을 때 어떻게
합니까? 독이 있는 내장과 알만은 쏙 빼놓지 않습니까. 그분
을 대할 때 복어요리를 참고하듯 하면 될 것입니다.

진실한 역사는 무엇입니까

답변 받아보았습니다. 그렇다면 김태영 선생님께서는, "대륙에 있던 우리 조상들이 힘이 약해서 반도로 쫓겨들어온 것, 즉, 이민과 같은 것"이라는 역사관을 가지고 계신 것이고, 김종윤 님께서는 "대륙에 있던 조선과 조상들은 반도에서 살고 있었던 주민과는 아무 관련이 없다(국민들이 이민해 온 것이 아니라 단지 역사만 옮겨 심은 것이다)"라고 두 분의 입장을 정리할 수 있겠군요.

그렇다면, 과연 진실은 무엇입니까? 진실한 역사는 하나인데, 강단사학자의 역사관, 김종윤님의 역사관, 김태영 선생님의 역사관 등등 그것을 바라보는 역사관은 몇 가지씩이나 됩니다. 솔직히 '김종윤 님의 얘기를 취사선택해 들으면 된다'고 하신 선생님의 말씀도, 자신이 믿고 싶은 것, 유리한 것만 받아들이고 그 외에 것들은 무시하면 된다는 식의 말씀으로 들립니다.

저도 그분의 주장에 동의하고 싶은 심정은 아니지만, 그분의 주장과 근거를 토대로 하여 진실인지 아닌지를 확인해보는 것이 옳은 게 아니겠습니까? 물론 그런 것은 사학자가 해야 할 일이긴 하지만 말입니다.

이 분야에 대해 지식이 얕은 저로서는 아직 판단이 서지 않습니다.

진실은 그저 시간이 흘러야만 알 수 있는 것일까요?

2012년 3월 2일
윤성훈 올림

[회답]

　윤성훈 씨는 선도체험기 102권 중에서 몇 권이나 읽어보셨습니까? 내가 왜 이런 말을 하는가 하면 지금 윤성훈 씨가 말하는 것을 보면 한반도와 만주에 대하여 내가 그렇게도 강조한 것을 전연 모르고 있기 때문입니다.

　특히 한반도는 삼국유사에도 탁라乇羅라는 이름으로 등장합니다. 고조선, 고구려, 백제, 신라, 고려, 이조가 번갈아가면서 통치한 지역입니다. 따라서 한반도는 고대부터 대륙조선과는 밀접한 관계를 유지했던 지역입니다.

　그렇기 때문에 한반도 안에서는 지금도 고조선, 고구려, 백제, 신라, 고려, 이조 시대의 문화재들과 유물들이 발굴되고 있습니다. 한민족의 주류 세력이 수도를 대륙에서 한반도로 옮긴 것이 이조말이었습니다.

　선도체험기를 다 읽기 어려우면 역사에 관한 부분이라도 읽어주었으면 윤성훈 씨와 나와의 역사 문제 대화가 한층 더 부드러워질 것 같습니다.

227

동학농민군과 731부대 희생자들

오랜만에 메일 드려 죄송합니다.

동학농민군 여러분 말고도 빙의된 피해자가 많다는 것을 알아냈습니다. 일본군 만주 731부대 희생자들이 제가 어렸을때부터 들어와 본의 아니게 저를 괴롭게 했다고 합니다. 일본군의 세균실험으로 희생된 매독균 환자, 여러가지 다양한 생체실험으로 돌아가신 분들, 산 채로 해부되고 적출되거나 이어붙여지신 분들 등등 정말 다양합니다.

저는 10대 후반부터 얼마나 제 자신이 매독환자라는 느낌에 시달렸는지 모릅니다. 얼마나 형언할 수 없는 압박감과 어디다 하소연할 수도 없는 짓눌림에 뒹굴었는지 모릅니다. 많은 분들이 이 문제 때문에 오히려 저를 위해, 제 고통을 조금이라도 덜기 위해서 몸에 들어와 같이 견디며 고통을 나누셨다고 합니다. 얼마나 훌륭한 분들이신지 모릅니다.

결국 제가 받은 고통이든 저 때문에 이분들이 받은 고통이든 모든 고통의 원인은 저입니다.

메일 계속 드리겠습니다. 선생님께 감사드립니다.

2012년 3월 3일
김수연 올림

[회답]

내 힘자라는 데까지 김수연 씨가 그 빙의령들을 천도하는 일을 도울 것입니다. 그러니까 김수연 씨도 이것이 마지막 기회다 생각하고 이 일에 만전을 기해 주기 바랍니다. 부모님에게도 그 뜻을 전하고 같이 협조해 달라고 부탁하시기 바랍니다.

새롭게 진화하고 있습니다

이제야 길었던 동장군이 서서히 밀려가고 있는 것 같습니다. 선생님 제자 오병춘입니다. 선생님의 가르침으로 저는 하루하루 새롭게 진화하는 것을 느끼고 있습니다. 선생님께서 하명하신 모든 일을 저를 비롯한 이 세상의 모든 구도자들과 함께 때로는 빨리 때로는 한번 쉬면서 밀고 나가겠습니다. 그럼 다시 뵈올 때까지 안녕히 계십시오. 그리고 잘못하고 있는 일이 있으면 지도편달 부탁 드립니다.

2012년 3월 3일
오병춘 올림

[회답]

내가 말한 수련 종목들을 매일 열심히 실천하는 사람은 반드시 보람이 있을 것입니다. 나 역시 열심히 지켜볼 것입니다.

진동이 너무 심하여

선생님! 안녕하세요?

제가 이메일을 잘 보는 편이 아닙니다. 오늘 우연히 일이 있어 들렀다가 삭제하려고 편지함을 보다가 선생님 메일을 보았습니다. 제가 선생님께 못 뵙는 이유는 진동이 너무 심하여 다른 사람에게 피해를 주는 것 같아서 호흡을 집중할 수가 없어서 입니다.

작년부터 한 달에 한 부위씩 새로운 곳이 유통되면서 온 몸의 진동이 아직도 계속되고 있어서 좀 진동이 나아지면 선생님께 가려고 했습니다. 생식은 제가 오행생식을 전에 배워서 그냥 시중의 곡식을 사다가 먹고 있습니다. 좀 나아지면 찾아뵙겠습니다.

선도체험기는 100권 다 읽었습니다. 15권의 천부경은 옆에 두고 매일 쓰기도 합니다. 호흡할 때 선생님 생각하면서 하기도 하구요.

선생님 건강하시고 안녕히 계세요.

2012년 3월 8일
양화순 올림

[회답]

그동안 궁금했었는데 이제 소통이 되어서 다행입니다. 앞으로는 메일함을 자주 점검하시기 바랍니다. 그 동안 삼공재는 이사를 했습니다. 이사한 주소는 강남구 삼성2동 한솔 아파트 101동 1208호 입니다. 7호선 1번 출구에서 걸어서 강남구청 쪽으로 직진하여 5분만 가면 오른쪽에 한솔 아파트가 나타납니다. 하루 속히 쾌차하여 나타나시기 바랍니다. 선도체험기는 102권까지 나왔습니다.

나태한 저 자신이 너무 한심하여

삼공 선생님.

안녕하세요? 사모님도 안녕하시겠지요? 오랜만에 메일을 드리게 되어서 미안합니다. 수련도 벌써 4주씩이나 가지를 못했습니다. 점점 나태해지며 몸이 끌려다니는 저 자신이 너무 한심해서 수련을 가지 않았습니다. 이렇게 수련할 바에는 차라리 때려치우라며 저 자신을 채찍질하고 있습니다.

허나 어떤 일이 있더라도 수련을 포기할 수 없기에 집에서 선도체험기 펴놓고 발버둥치고 있습니다. 마음은 항상 삼공재에 가 있습니다. 어제도 삼공재 수련 시간 맞춰서 선도체험기 펴놓고 수련 하는데 온몸이 후끈 달아오르며 단전에 따뜻함이 느껴졌습니다.

그 순간 선생님께서 이 못난 놈에게 기운을 보내 주셨구나 하는 마음에 너무 죄송스러웠습니다. 지금도 단전을 관하면 작게나마 따사로움이 느껴지고 있습니다. 선생님, 다시 한번 분발해서 열심이 하겠습니다.

그 길만이 선생님께서 베풀어 주신 사랑에 조금이나마 보답하는 길이겠지요. 또 메일 올리겠습니다.

선생님과 사모님 두 분 모두 안녕히 계십시오.

2012년 3월 26일
김춘배 드림.

[회답]

수련은 남을 위해서 하는 것이 아니라 자기 자신을 위해서 하는 것입니다. 수련하기가 따분하고 지루하더라도 인내력과 지구력을 발휘하여 과감하게 뚫고나가야 수련하는 보람이 있습니다. 그런 의미에서 나태해지려고 할 때일수록 다른 수련생들이 모이는 곳에 가서 그들에게 지지 않도록 경쟁심을 발휘하여 보는 것도 한 벙법이 될 수 있을 것입니다.

초심으로 돌아가

삼공 선생님.

보내주신 메일을 고마운 마음으로 읽었습니다. 수련이 저 자신을 위한 수련이 되어야 한다는 말씀 가슴 깊이 새기도록 하겠습니다. 돌이켜보니 재미와 성과를 바라는 욕심에 빠져 있었습니다. 그러니 따분하고 지루할 수밖에 없었겠지요. 고양이가 쥐구멍 앞에서 노려보 듯 하지 못하고 수련은 한다고 하나 몸 따로 마음 따로 제각각 엉망이었습니다. 초심으로 돌아가 다시 시작하는 마음으로 하겠습니다.

이야기가 바뀌어 저에게는 희한한 일들이 자주 일어나고 있습니다. 출근길에 앞에서 오는 차가 중앙선을 넘어서 내차로 달려들면 저는 기겁을 해서 쌍라이트와 경적을 울리며 급브레이크를 밟고서 정차하고 상대방 차는 속도도 줄이지 않고 히죽 웃으면서 지나갑니다.

처음에는 뭐 저런 놈이 다 있어 하다가 요즘에는 희한한 일도 다 있네 하면서 생각을 해봅니다. 전생에 마차를 끌고 다니면서 사람들을 엄청 놀라게 했던 모양이다. 그것이 인과응보로 오늘 이런 일을 겪는구나 생각하면서도 아니 사람 목숨을 가지고 장난을 쳐 내가 브레이크 안 밟으면 그대로 사고날 텐데 하며 한참을 씩씩대곤 합니다. 또한 내 잘못이 아닌데 나를 원망하는 일도 잦네요.

전셋값을 올려 달래는데 돈이 모자라 대출받아서 집을 사게 되었는데 중도금 치루는 날 매도자가 잔금까지 다 달라는 거예요. 짐을 빼면 그리하마 했더니 짐은 한 달 있다가 뺀다고 미리 달라네요. 복덕방 사장한테 어떻게 해야 합니까 하고 물으니 그 집도 돈이 모자라서 팔고 나가는데 나중에 짐 안 빼주면 어떻게 할거예요 하길레 그러면 내가 길에 나앉을 수도 있겠네요 했더니 짐 빼기 전에는 잔금을 주지 말아라 해서 그대로 얘기 했더니 그 뒤로 사기를 엄청 보내데요.

그리고 3일 있다가 중도금 치루는 날 보니 매도자의 눈이 쑥 들어간 게 완전 병자 같더라고요. 지금도 문득 그때 생각이나면 내가 잘못한 건가, 차라리 잔금까지 다 줄 걸 하는 후회가들기도 합니다. 또 다른 분은 땅을 보러 가자고 해서 두 번을 봤는데 좀 비싼 것 같고 또 헛걸음하시는 게 미안하니 싼 땅이 나오면 소개해 주세요 했더니 내 돈이 귀하면 남의 돈도 귀하지 남의 땅을 거저 먹으려 하느냐 하면서 두 번을 퍼 대고 지금도 가끔 들려서 땅 보러 가자고 합니다. 이런 일들이 여러 건 더 생기는 것을 보면서 내가 남에게 나쁜 짓을 많이 했구나 하는 반성과 앞으로는 행동 하나 말한 마디도 조심을 해야하겠다는 생각을 합니다.

선생님, 두서 없는 글이 너무 길어진 것 같아서 죄송합니다. 역지사지 방하착하며 더욱 정진하겠습니다. 안녕히 계십시오.

2012년 3월 27일
김춘배 드림

[회답]

그처럼 나 자신에게 지금 일어나고 있는 모슨 불상사를 과거생의 내 잘못으로 돌리는 한 남을 원망하는 일을 없을 것이고 그로 인해 마음은 그지없이 편할 것입니다. 마음이 언제나 편하면 부동심을 얻게 될 것이고 그 부동심이 올바른 관찰을 하게 하여 수련을 계속 향상시키게 될 것입니다. 이때 지혜의 눈이 떠지게 되어 있습니다.

매사를 그렇게 처리할 수만 있다면 이미 도인의 경지에 들어섰다고 할 수 있습니다. 계속 용맹정진하기 바랍니다.

조직운영관리의 묘법

삼공선생님,

지난번 이메일에 제가 조직의 장으로서 조직운영관리의 어려움을 여쭈어 본 적이 있습니다. 저희 센터에는 박사급이 11명, 연구원급이 24명 정도로 구성된 총 35명의 조직입니다. 박사 중에는 저와 비슷한 나이대가 여러 명 있고 젊은 30대 초반의 박사도 있습니다.

제가 선생님께 여쭈어 볼 당시에는 비슷한 나이대의 매너리즘에 빠진 박사들과 개인 욕심이 많은 30대 초반의 박사 등이 조직보다는 개인의 이익 추구의 성향을 제가 그들을 바꾸면서 생기는 갈등 때문에 해결방안을 찾기 위해 연락드렸었습니다.

그러나 다행히도 제가 센터장이 된 이후로 1년 6개월 동안 선도체험기에서 배운 것처럼 역지사지하는 마음으로 조직을 운영하고자 노력해 왔는데 조직의 과도기, 어려운 시기 등을 거쳐 지금은 조금 더 안정적으로 정착하고 있는 듯합니다.

제가 노력한 역지사지 중에는 그 사람을 믿고, 그 사람의 능력과 성격을 십분 이해하려고 노력한 것이 큰 도움이 되었습니다. 또한 당사자들을 미워해서는 제 마음이 정말 편하지 못하다는 것을 알았습니다. 지난번에는 답답한 마음에 선생님께 이메일을 보내드렸었습니다. 선생님이 이기심을 떠나서 조직을 운영하라는 말씀이 가슴에 와 닿고, 이기심을 떠나려고 해야 제 마음이 홀가분하다는 것도 알았습니다.

현재 수련 상태는 장심과 백회 그리고 단전에 기감을 느끼고 있으나 더욱 확대되지는 않고 있는데 지난번 4월초 삼공재 방문시 "온갖 빙의령이 다 들어와 있다"는 선생님의 따끔한 말씀이 저의 수련 상태를 설명해주는 것 같아서 뜨끔합니다. 4월 18일 찾아뵙겠습니다.

2012년 4월 13일
김찬성 드림

[회답]

회사 업무와 수련에 다 같이 진전이 있었다니 다행입니다. 계속 용맹정진하시기 바랍니다. 아무래도 삼공재 방문은 한달에 최소한 한번 정도는 되어야 뚜렷한 향상이 있을 것 같습니다. 4월 18일 오후 3시에 기다리겠습니다.

체중이 줄지 않아서

스승님! 그간 안녕하셨습니까? 저는 대구에 사는 세 아들의 아빠 윤지혁입니다. 다름 아니오라, 금주 토요일인 4월 28일에 삼공재를 방문하고자 문의드립니다.

항상 체중을 줄이고자 하는 마음은 있으나, 실천이 부족한 것 같습니다. 지난번 방문시인 2월 12일에 75kg(신장 180)에 도달하면 표준생식을 주시겠다는 스승님의 말씀을 듣고 다음번에는 반드시 표준생식을 받으리라는 다짐을 하고 내려왔지만 그 당시부터 현재까지 체중에 변화가 없어 스스로가 부끄러워 삼공재를 방문하지 못하고 있었습니다.

그래서 다시 생식이 다 떨어져 감을 핑계로 스승님을 뵙고자 하오니 무척 송구스러우나 허락하여 주시기 바랍니다. 작년에 삼공재 방문 당시 스승님은 적어도 한 달에 한 번은 방문하라고 하셨는데, 역시 체중 감소와 무관하게 정기적으로 삼공재를 방문하는 것이 더 낫겠다는 생각이 듭니다. 최근에는 타인에게 이기고자하는 마음, 원망하는 마음 등 이기적인 생각이 일어날 때면 선도체험기에 나와있는 대로 '나는 아무것도 아니다'라는 말을 속으로 외치고 있습니다. 그러니 시간이 지날수록 마음이 편해집니다.

진정 지는 것이 이기는 것이라는 생각이 듭니다만, 늘 그런 마음

으로 살아가지는 못하고 있어 역시 기공부와 몸공부도 부족함을
느끼고 있습니다.

2월 12일 방문 당시 며칠 후에 법원 용무가 있어 삼공재를 개방
하지 못한다는 알림글을 보았는데, 법원에 가신 일은 잘 마무리가
되신 것인지 궁금합니다.

그리고 선도체험기 103권은 언제 출간이 되는지도 궁금합니다.
항상 스승님을 뵈올 날을 기다리며, 스승님의 회신을 부탁드립
니다.

2012.04.26. 대구에서
윤지혁 올림

[회답]

삼공재는 체중이 원하는 대로 줄어드는 사람만이 찾는 곳이 아
닙니다. 이곳에서 생식을 구입하는 이상 일 주일에 한 번씩은 누구
나 찾아와서 수련할 자격이 있음을 잊지 마시기 바랍니다.

나를 고소한 사람과의 법정 다툼은 아직도 현재진행형입니다.
내가 고소당한 지 어느덧 5년이라는 세월이 흘렀건만 가까운 시일
안에 마무리될 가능성은 없어 보입니다.

선도체험기 103권은 어쩔 수 없는 사정으로 발간이 늦어지고 있
습니다만 늦어도 6월 안으로는 나갈 것 같습니다. 4월 28일 오후
3시에 기다리겠습니다.

속리산입니다

안녕하세요? 금년 1월에 한번 오행생식 구입하러 들렸던 속리산에 살고 있는 박경애입니다.

혼자서 수련을 한다는 것이 쉽지만은 않네요. 가까운 곳에 수련하시는 분이 계시면 수련 방법이라도 듣고 싶습니다.

혹시 보은 속리산 쪽에 수련하시는 분이 계시다면 소개라도 받고 싶습니다. 그리고 지금 선도체험기 31권째를 읽고 있는데, 책에는 도인체조 비디오 교육용이 있다고 나와 있더군요. 지금도 구매할 수 있는지요. 책 속에 있는 연락처로 전화를 해보니 없는 번호로 나오더군요. 18년 전이라 지금은 다른 수련용 CD도 있을 것 같기도 하여 이렇게 연락드립니다.

다음에 서울에 갈 일이 있으면 선생님을 한번 찾아뵙고 오행생식을 구입하러 들르겠습니다. 선생님 항상 건강하세요.

2012년 4월 27일
자련화 올림

[회답]

　도인체조 대신에 등산, 달리기, 걷기로 대체해도 됩니다. 속리산 근처에는 소개할 만한 사람이 없습니다. 수련 방법은 선도체험기에 다 실려 있습니다. 그것으로 부족하시면 직접 구체적으로 나에게 이메일로 문의해 주시기 바랍니다. 도인체조 테이프는 오래전 일이라 지금은 연락이 되지 않을 것입니다.

달리기는 꾸준히 할 겁니다

답변 감사드립니다. 아침 5시에 일어나서 달리기는 꾸준히 하려고 노력하고 있습니다. 무엇이든지 꾸준히 한다는 것이 쉽지 않다는 것을 알기에 선생님을 생각하면 존경스움이 더한 것 같습니다. 몸 건강하시고 안녕히 계세요.^^

2012년 4월 28일
자련화 올림

[회답]

달리기뿐만 아니고 등산도, 걷기도, 단전호흡도, 선도체험기 읽기도 열심히 하시다가 보면 하루 해가 언제 가는지 모르게 될 것입니다. 그렇게 하시다가 혼자 해결하기 어려운 문제가 생기면 지체 없이 메일을 띄우세요. 부디 좋은 성과 있기 바랍니다.

도를 닦을 팔자려니 생각하고

오랜만에 인사올립니다. 강령하시지요? 저는 겨우내 다시 불어난 체중과 살들을 빼느라 몸을 단련하고 있습니다. 잠시 긴장을 늦추고 밥도 먹고 술도 마셔보고 여러 사람들과도 어울려보고요. 늘어나는 건 체중이고요. 후회입니다.

자꾸 저를 테스트하게 됩니다. 그냥 생각 없이 되는 대로 살아보려고 해도 잘 안됩니다. 도를 닦을 팔자려니 생각하고 다시 몸을 만들고 있습니다. 새벽 태조산 등산을 시작했구요. 일주일 3번 달리기합니다.

예산 마라톤 10킬로 완주에 1시간 8분, 상록 마라톤 10킬로 완주에 1시간 5분(작년보다 10분 정도 기록이 단축되었습니다), 올가을 이봉주 마라톤에서는 10킬로를 한 시간 이내로 들어오려고 연습중입니다. 토요일에는 호남정맥 종주 9구간을 새벽 5시부터 13시간 등산을 완주했습니다.

발에 물집이 네 개 잡히고 힘들었지만 작년보다 체력이 좋아지고 가벼워짐을 느낍니다. '행주좌와어묵동정 염념불망의수단전'을 외우면서 발뒤꿈치부터 딛어 무릎을 쭉 펴가며 걸으니 호흡과 스텝이 착착 맞는 느낌이었습니다.

단전에 의식을 두고 입을 꼭 다물고 혀를 입천장에 붙이고 호흡을 하니 가파른 언덕길도 차고 오를 수 있었습니다. 체력에 대한 자신감이 생겼습니다. 7월에 호남정맥이 끝나면 백두대간코스를 팀을 이루어 등산하려고 합니다.

산을 오르면서 천부경도 외우고 발바닥에 기운이 흐르는 것을 느끼면서 걷습니다. 하체에 기혈이 다 뚫린 느낌입니다. 용천혈까지 짜르르한 기운이 느껴지고 지나고 다시 느껴지기를 여러번 하였습니다.

선생님의 온화하고 폭포수 같은 기운을 느끼러 가고 싶은데 자꾸 피하려고 합니다. 제가 인지를 했으니, 삼공재로 수련하러 가겠습니다. 지금 메일을 쓰는 도중 뜨거운 기운이 들어옵니다.

선생님의 안녕을 늘 머리 속으로 염(念)하면서 다닙니다.

2012년 5월 1일
오지현 올림

[회답]

체중이 정상화되더라도 달리기는 등산하는 날을 빼고는 매일 하는 것이 좋습니다. 체중의 증감에 따라 달리기 시간을 조절해야 합니다. 가령 60킬로그램의 체중을 유지하려면 60을 넘을 때는 60을 회복할 때까지 운동량을 늘이고 식사량을 계속 줄여야 한다는 뜻입니다.

화불단행禍不單行에서 경불단행慶不單行으로

안녕하세요? 하연식 인사드립니다. 넙죽~~~. 스승님과 사모님 건강은 어떠하신지요?

저는 염려해 주신 덕분에 대학병원에서 두 차례의 수술을 무사히 마치고, 지금은 재활병원에서 재활치료에 전념하고 있습니다. 사고 후유증으로 오른팔 신경이 부분 손상되었습니다. 의사가 정상으로 돌아올려면 시일이 좀 걸린다고 합니다.

학창시절에 '화불단행' 고사성어를 배운 것 같아서 제목에 적어보았는데 지금의 제 처지를 두고 하는 말 같습니다. 아버지께서 뇌경색으로 보름 전 입원하셨습니다. 예전에도 두어 차례 뇌경색으로 입원하신 전력이 있으셔서 이번에도 증세가 보이자 구급차를 타고 응급실로 빨리 이송된 덕분에 반신마비를 모면할 수 있었습니다. 당뇨 합병증인지 몰라도 입원 중에 왼쪽 눈 백내장까지 수술하셨습니다.

며칠 전에는 동생이 사업에 실패하여 신용카드로 빚을 돌려막기하고 있다는 소식을 접했습니다. 작년에도 큰 돈을 들여 각종 대출금을 막아주었습니다만 이번에도 사정이 여의치 않았던 모양입니다.

제 경우는 재활치료가 끝나기도 전에 회사에서는 출근하랍니다. 안 그러면 퇴사시킬 기세입니다. 인생공부 톡톡히 하는 것 같습니다. 가만히 생각해보니 모든 것이 제가 욕심만 버리면 다 해결될 것 같습니다.

재활병원에 입원해 보니 뇌경색으로 인해 반신불수로 물리치료 받으시는 분들이 부지기수인 데 비해 아버진 어지러움증을 호소하시지만 그나마 다행이라고 생각될 정도입니다.

동생이 혼자 사업하다가 실패했으면 그나마 실패를 통해서 배운 것이라도 있겠지만 동업자의 뒤치닥거리를 하는 게 못 미더웠습니다. 제 충고도 무시하고 대출상환 독촉이 들어오자 도움을 요청하니 어이가 없었습니다.

그것도 다 동생의 업보라고 생각하고, 제 마음만 내려놓으면 된다고 생각하니 부글거리는 제 속이 그나마 가라앉는 것 같습니다. 외할머니께서 아들 출산 때문에 한이 맺히셔서, 안 태어날 뻔한 동생을 위해 작은 집을 대학 학자금으로 남겨 놓으셨는데 이번에 빚 청산으로 사용될 것 같습니다. 제 딴에는 동생 결혼자금으로 충당하려고 했는데 어찌 되었건 제 몫은 찾아가는 모양입니다.

이 모든 일이 제가 입원 중에 생겼습니다. 제 자성은 이번이 마음공부 제대로 시킬 기회라고 생각하는 모양입니다. 스승님께 묻고 싶은 것은 진작 따로 있습니다. 소위 말하는 '끌어당김의 법칙'에 관해 스승님의 고견을 듣고 싶습니다.

'시크릿'이라는 유명한 책이 있는데 혹 읽어보셨는지요? 입원기간 중에 읽었는데 이 책 주장대로라면 제 팔을 제가 스스로 분질렀다는 말이 됩니다. 마음으로 간절히 원하면 모든 것이 이루어진다고 주장합니다. 일부에서는 끌어당김의 법칙이라고도 합니다. 이와 유사한 주장을 하는 서적도 여러 권 있는 것으로 압니다.

저는 평소 회사생활이 탐탁지 않았습니다. 성취감도 없고, 미래 비전도 보이질 않았습니다. 불규칙한 수면으로 건강도 해칠 것 같아서 이직을 나름대로 준비하고 있었습니다. 그러던 와중에 2012년 1월 초순, 일을 하다가 눈에 순간접착제가 들어가서 실명 위기를 넘겼고, 이번에 큰 사고를 당했습니다.

제가 이렇게 어리석은 질문을 드리는 이유는 끌어당김의 법칙이 정말로 맞다면 저는 앞으로 기존의 직장에 다녔다간 더 큰 화를 제가 스스로 불러들이지 않을까 하는 생각이듭니다. 생계 유지를 위해서 마지못해 직장을 다닐 것이 아니라 수입은 줄겠지만 제가 하고 싶은 일(주식 전업투자자)에 다시 도전하려고 합니다.

예전에 한번 실패해서 두려움이 없진 않지만, 수련시간은 좀 더 확보할 수 있을 듯합니다.

제가 사회에 첫발을 내디딜 때도 스승님께 전생의 직업이 보통은 현생의 직업이 되니 제가 어떤 직업을 가지면 좋은지 여쭈어 보아도 아무 말씀 안 하셨던 것이 기억납니다.

편지를 다시 읽어보니 고견을 구하는 것이 아니라 제 넋두리만 늘어놓은 것 같아서 부끄럽습니다. 5월 중순에 퇴원 후, 집안 정리를 좀 하고나면 6월에 찾아뵐 수 있을 듯합니다. 사고 당시 추락 후 119 구급차를 기다리면서 천부경을 외우고, 단전호흡을 했던 열정으로 다시 인사드리겠습니다.

2012년 5월 3일
하연식 올림

[회답]

끌어당김의 법칙이 있는가 하면 마음의 법칙도 있습니다. 비슷한 것이 아닌가 생각합니다. 세상 일은 누구나 지금 무슨 마음을 먹고 있는가에 따라 결정되는 것이기 때문입니다. 기쁜 마음을 품고 있으면 기쁜 일이 일어나고 슬픈 마음을 품고 있으면 슬픈 일이 일어나는 것입니다. 부정적인 생각을 가지고 있으면 부정적인 일이 발생하고 긍정적인 생각을 늘 가지고 있으면 긍정적인 일이 일어납니다.

아무리 좋지 않은 일이 일어나도 마음 속에 언제나 희망적이고 낙관적인 생각을 품고 있는 사람에게는 그의 뇌조직의 메카니즘이 항상 긍정적인 일이 일어나도록 조성되는 것입니다.

바르고 착하고 지혜롭게 살기로 작정한 사람은 인과응보가 아닌 한 긍정적인 일이 늘 일어나게 될 것입니다. 따라서 화불단행禍不單行에서 경불단행慶不單行으로 의식을 바꾸는 것이 좋습니다. 화禍가 혼자 오지 않는다면 경사스러운 일도 혼자 오지 않기 때문입니다. 소문만복래笑門萬福來라는 속담도 있고 웃는 얼굴에 침뱉으랴는 옛말 역시 공연히 나온 말이 아니라 조상들의 생활의 지혜입니다. 다음 달 6월에 만날 수 있기 바랍니다.

결론을 내려야 할 때

그동안 쭉 제 상태를 스스로 관찰해 왔는데 이제는 결론을 내려야 할 때가 온 것 같아 말씀드립니다. 첫째로 귀에서 소리가 들리는 상태는 계속되고 있습니다. 그러나 그동안은 빙의령들이 터무니없는 소리를 해가며 저를 속이려 하더니 이제는 속이려는 레파토리가 다 떨어졌는지 하루 종일 대부분 욕지거리나 해대는 상태가 되었습니다.

귀에 대고 소리지르는 빙의령들의 행동은 다음과 같습니다.

1. 단순무식하게 욕을 한다.
2. 스스로 유명인사를 가장한 후 사기를 치려든다.
3. 책을 눈으로 읽을 때 고래고래 큰 소리로 따라 읽는다.
4. 제가 극도로 화가 날 만한 모욕을 가한 후 화나는 마음을 즉시 일으킨다. 그런데 저는 화가 나지 않으니 그 마음을 그냥 읽을 수 있습니다.
5. 제가 생각을 일으키는 순간 그 생각을 말로 따라한다. 이건 생각이라기보다 접신령이 그 생각을 일으키면서 그걸 말로 뇌까리는 게 아닐까 추측합니다.
6. 1분쯤마다 한 번씩 지금 무슨 생각을 하는 중이라고 소리지릅니다. 물론 저 말이죠.

251

보통 이 정도 되면 자살을 할 거라고 이 접신령 내지 빙의령들은 생각한 듯 의기양양했는데 물론 그럴 리는 없고요.

5월달로 1년은 꼬박 넘은 것 같아 보고드립니다. 제가 궁금한 것은 이 빙의령들이 어떤 사정이 있길래 이렇게도 극악무도하고 유치하게 사람을 괴롭히느냐 하는 것입니다. 물어봐도 거짓말을 하기 때문에 알 수가 없거든요. 둘째로 제 몸에 있는 접신령들이 아무래도 밖에 있는 빙의령들에게 연락을 해서 몸에 끌어들이는 것 같습니다. (방금도 나가야 되겠다는 놈들이 괴롭히겠다는 놈들보다 너무 많아 하며 불만을 토하는 소리가 들리는군요.)

셋째로 이 모든 일이 결국 전부 빙의령이고 저에 대한 원한 때문이며 제 스스로 중심을 잡아야 한다는 것을 알면서도 저는 제대로 수련을 못 하고 있습니다. 집 앞 공원에 나갈라치면 빙의가 심해지고 잠을 자려고 누우면 잠을 못 자게 하려는 방해가 극심합니다.

선생님께 너무 많은 빙의령이 몰려드는 게 아닌가 싶어 심히 죄송스럽습니다. 접신령들은 자기와 연관있거나 똑같은 심리상태의 영들을 끌어들여 빙의시키는 게 아닐까, 그리고 선생님한테 그 빙의령들만 내몰고는 근본적으로 나가려고 하지 않는 게 아닐까 이런 생각까지 듭니다.

결국 생사는 하늘에 있으니 저는 꼬박꼬박 메일을 드리며 앞으로도 견뎌보겠습니다.

2012년 5월 11일
김수연 드림

[회답]

　결국 빙의령들과의 지구력 싸움에서 누가 이기느냐로 판가름이
날 것입니다. 지금처럼 계속 관찰을 해나가는 한 승산은 우리 쪽이
있습니다. 빙의령들이 어떤 사정이 있는지 궁금해할 것도 없이 그
들의 추이만 끝까지 관찰해야 합니다. 그러노라면 무슨 대책이 나
올 것입니다. 계속 분발하기 바랍니다.

진동이 계속됩니다

선생님, 안녕하세요? 사모님께서도 안녕하시죠? 2주에 한 번씩 삼공재를 다니다가, 2달 좀 넘어서인 거 같은 봄 어느 날 찾아 뵙고는, 오늘 메일을 보냅니다. 그때 저의 상태는 소주천이 될 듯, 될 듯하면서도 안 되곤 하여 선생님께 여쭈었더니, 선생님께서는 그게 그렇게 쉽게 되는 게 아니라는 말씀에, 돌아오는 전철에서 곰곰이 생각한 끝에 집에서 혼자 소주천을 마치고 선생님을 찾아뵙는 게 좋을 것 같다는 생각을 했습니다.

그 뒤로 나름 정진한다고 했지만 어찌된 일인지 수련할 때마다 아직도 진동을 하고 있습니다. 처음에는 7~8 번을 누워서 사지를 움직이는 진동을 하더니, 그 뒤로는 오늘 아침까지 온몸을 두드리거나 마사지 등등 거의 비슷하게 합니다. 이렇게 온몸 진동을 한 것이 한 달이 넘은 것 같습니다.

그런데 주로 목을 중점적으로 합니다. 얼굴도 구석구석 세세히 마사지하고요. 하여튼!! 하다 못해 발바닥까지. 궁금한 건 저만 이렇게 오래 하는 건지요. 임맥과 독맥은 연결은 된 거 같은데 뚜렷한 곳도 있고 희미한 곳도 있습니다, 중간중간 끊긴 곳도 있습니다. 한 줄로 주욱 이어져야 되는 게 아닌가요? 하여튼 가부좌만 하면 바로 머리가 흔들리려고 합니다. 이렇게 계속해야 되는 건지요?

항상 다수의 사람들을 상대하시느라, 힘드실 것 같고, 시간도 많이 뺏기실 거 같아 저 한사람이라도 최소한으로 덜 귀찮게 해드려야 될 거 같아서 웬만한 건 지나치곤 했는데, 이번에는 조심스럽게 여쭈어봅니다.

그럼 선생님 점점 더워지는 봄날
2012년 5월 26일 끄트머리에서
이옥현 올림!

[회답]

이옥현 씨만 그렇게 진동이 오는 게 아닙니다. 사람마다 천태만상입니다만 그러한 진동이 1년 이상씩 계속되는 수도 있습니다. 꾸준한 인내력을 가지고 그러한 과정을 다 마쳐야 합니다. 하나하나의 진동 과정이 다 의미가 있는 것이므로 그렇게 알고 선계의 스승님들이 시키는 대로 고분고분 응하는 것이 좋습니다. 이런 때일수록 혼자서만 집에서 뭉개지 말로 삼공재에 자주 나와서 자문을 받아가면서 수련을 하는 것이 훨씬 좋습니다.

법정 스님의 생애를 되돌아본다 김조안 스님

삼공 김태영 선생님께 올립니다. 멀리 사는 관계로 간간히 늦게야 가끔 선도체험기를 읽게 되는 입장입니다. 그래도 많은 부분 공감하고 커다란 배움이 되고 있음에 감사드리며 연세도 있으신데 아직도 선생님의 변함없으신 보살핌이 불쌍히 여기는 자애에서 나오는 것임을 책을 통해서 절절히 느낄 수 있습니다.

또한 열심히 정진하시는 많은 분들의 노력들에 감탄도 하고 있고요. 어제는 TV에서 성철스님께서 태어나신 지 100주년이라고 그분의 발자취를 더듬어보는 프로그램이 방영되었습니다. 그 방송을 보면서 지금은 좀 늦은 감이 있지만 그래도 이 글을 써야겠다는 맘이 들어서 펜을 들었습니다.

선도체험기 101권에 나오는 이메일 문답 중 석기진 님이 김태영 선생님께 보낸 법정스님에 관한 서신을 오래전 읽었을 때 이건 아닌데 하면서도 다 사람마다 자기의 의견이 있는 거겠지 하고 잊으려고 했었습니다. 시시비비를 따져 옳고 그름을 가릴 가치도 없다고 생각했지요.

하지만 가끔 그 메일 문답이 생각이 나고 제가 받았던 법정스님과의 인연과보 때문이라도 언젠가는 말하고 싶다는 생각이 늘 있었습니다.

제의 법정스님과의 인연은 1976년 대학교 여름 수련회 때 시작되었습니다. 제가 다닌 연세대학교는 기독교라는 이유로 그 당시 불교학생회를 인정하지 않아서 불교연구회라는 명칭으로 불리운 단체가 있었습니다. 불교연구회라는 이름답게 정말 열심히 공부 정진하는 동아리 그룹이었고요. 중국어가 요즘처럼 뜨기 전이었음에도 중국어로 시도 짓고 대화도 하는 학생들이 대부분이었을 정도로 뜨거운 학구열에 불타는 동아리 그룹이었지요.

그러면서 그 해 열흘간의 용맹정진 여름 수련회를 송광사로 가게 되었습니다. 그때 송광사에는 자애로우시나 당신에겐 엄격하신 구산스님께서 방장스님으로 자리하고 계셨었고요. 송광사 수련원장으로는 법정스님께서 계셨습니다.

수련원장으로 처음 뵌 법정스님은 서슬이 시퍼런 겉에서 뵈어도 구도자의 기운이 물씬 풍기는 청정한 분이셨습니다. 그때가 불일암으로 내려오신 지 서너해째, 불교경전 번역일 때문에 60년도 후반부터 서울에 계시게 되었고, 그런 일, 즉 글 쓰는 일에 연루가 되기 시작하니 불교신문의 주필과 편집국장을 맡으시게 되고 74년 민주회복 국민선언을 하시게 되었습니다.

세상에 대해 모른 체하지 않는 그런 일련의 민주화운동으로 박정희 독재정권하에 거의 내몰리다시피 불일암으로 돌아오시게 된 것이지요. 물론 스님께서는 민주화운동을 밥값의 일부라고 생각하시고 계셨었습니다. 수련회의 강의 중에 구산방장스님이 건너오시면 자리에서 일어나 깍듯이 맞이하시는 법정스님의 낮춘 마음의 자세를 보았고요. 그래서 석기진 님의 '젊은 나이에 법정은 삼일암을 차지하고 독살이를 했다'는 문답글에 참 어이가 없었습니다.

삼일암은 구산스님이 계시던 처소의 이름입니다. 삼일암은 송광사 경내에 있는 건물 중 하나이고 구산스님이 계실 때 이미 불일암이 있어서 법정스님은 불일암에 기거하고 계셨는데 무슨 '삼일암을 차지하고 독살이' 운운인가 했습니다. 불가의 사형 사제로 구산스님과 법정스님은 서로를 아끼고 계신 듯하였습니다. 제가 뵙기에는요. 박정희 정권의 탄압과 간섭 때문에 많은 스님들과 함께 하는 대중생활에 피해가 가는 이유로 따로 암자생활을 시작하게끔 구산스님의 배려가 있어서서 송광사 경내에서 한참을 산길로 올라가야 나오는 곳에 따로 허술한 암자에서 생활을 시작하시게 되었던 것이고요.

해우소가 없어 얼마 전 채마밭 곁에 해우소를 손수 만들었다고 뿌듯해 하시던 모습이 생각나고 단순하게 살고자 하셨던 구도자의 모습이 아직도 생생합니다. 암자생활이라는 게 석기진 님의 말씀처럼 편안하게 살 수 있는 곳은 아닙니다. 대중들과 섞여서 일을 분담하는 것이 아니라 혼자서 모든 일을 해서 청정도량으로 가꾸어야 하고 거기에 정진까지 혼자의 힘으로 밀어 나가야 하니 어지간한 발심이 아니면 견디기 어렵다고 하지요.

우리들은 다 각자의 그릇이 다릅니다. 어떤 사람은 한 문답으로도 깨달음이 오고 어떤 사람은 이생을 다해 정진해도 깨달음의 자리는커녕 다람쥐 체바퀴 돌 듯 그 자리서 맴돈다고 합니다. 그런 범부들에게는 한마디의 금강경보다는 원효대사의 무애가처럼 광대로 변신하여 춤과 노래로의 가르침이 자성을 밝히게 도와주는데 더 도움이 되겠지요.

석기진 님의 '성명쌍수하라는 뜻을 어기고 평생을 습작으로 보냈다'는 문답의 글은 내 생각만 옳다고 여기는 어리석음이지 않았나하는 맘이 조심스럽게 듭니다. 그런 방편을 쓰셨던 법정스님도 사후에는 출간을 하지 말아달라는 말씀을 하셨던 걸 보면 방편으로 사용했던 문학이 스님께서는 늘 맘에 걸리긴 하셨던 모양입니다. 그래서 더 저는 감사하고 죄송한 마음입니다.

책의 인지세로 저의 학우는 대학을 무사히 졸업을 했고요. 그 일을 이십년이 지난 얼마 전에야 학우를 통해서 알게 되었습니다. 들어온 책들의 인지세는 들어오기가 바쁘게 아무도 모르게 장학금 등으로 나가고 결국 나중에 병원비도 길상사 사중에서 꾸기도 하셨다고 들었습니다.

병원 신세도 지기 싫어하셔서 억지로 사형사제 스님들에 끌려가시기도 하셨고요. 그래서 그렇게 기침을 오래 하신 후에야 폐암 병명을 알게 되었답니다.

'천사량 만사량이 뜨러운 화로 위의 일점설일 뿐'이라는 석기진 님의 말도 정말 맞는 말입니다. '외도하지 말라'는 말 또한 틀린 말은 아니지요. 하지만 '일개 범부보다 못한 모습을 보이며 가셨다'는 석기진 님의 글은 칼날 같은 본래의 당신 성품으로 자성을 찾는 모습보다 이타심으로 우리에게 더 다가오고 싶어 하셨던 법정스님을 참으로 바라보지 못하신 것 같아 안타깝습니다.

그리고 그 문답 글을 읽으신 많은 선도체험기의 독자분들께 지금이라도 바르게 변명 아닌 정정을 해 드리고 싶습니다. 그래서 이 글이 법정스님께 1976년 받았던 저의 초발심에 대한 보답이 조금이라도 되기를 소원합니다.

끝까지 읽어주시고 다시 조명하여 읽어 주셔서 감사합니다. 늘 깨어서 정진하시고 자성을 밝히는 생이 되시며 다시 그것이 이타로 이어지는 날들이 되시길 기원합니다.

2012년 5월 29일 미국에서
김조안 드림

[회답]

좋은 글 보내주셔서 고맙습니다. 석기진 님은 근래에 삼공재에 나타나지 않습니다. 그러나 선도체험기는 구입하여 읽어볼 것이라 생각됩니다. 이렇게 하여 이미 세상을 등지신 법정 스님에 대한 시시비비가 가려진다면 다행이라 생각되어 선도체험기 104권에 싣기로 했습니다. 계속 용맹정진하시어 큰 소식 주시기 바랍니다.

사이비 수련단체일까요?

선생님 안녕하십니까? 선생님께서 쓰신 책은 거의 다 읽은 독자이며 선생님을 찾아뵙고 오행생식 처방도 받았던 사람입니다. 다름이 아니오라 자운선가라는 단체에 대해서 여쭤보고자 합니다. 유투브에 공개된 동영상을 보고 내용이 나름 괜찮다고 느껴서 한 번쯤 가볼까 생각했는 데 수행비가 4박 5일에 100만원이고 견성 합일 반본 대각까지 이루는 데 5년 안에 무조건 된다는 겁니다. 카페 게시판을 들어가 보니 초등학생도 4박 5일만에 견성이 되었고 어떤 아주머니는 3달 만에 대각이 되었다고 너무나 당당하게 체험담이 올라왔다는 겁니다.

관념을 폭파하고 지우면 깨닫게 된다는 수행법인 것 같습니다. 선도체험기를 100권까지 읽었다는 사람이 사이비인지 진짜인지 구분도 못해 이런 메일을 드리게 되어 송구합니다. 동영상을 보거나 게시판 글들을 보다보면 어느 순간 나도 모르게 맞아 맞아 다 맞아 그러고 있습니다. 최면에 빠진 것같이 말입니다. 현명한 조언 한 말씀 부탁드립니다. 늘 건강하십시요.^^

2012년 6월 1일
오영진 올림

[회답]

　정신 바짝 차려야 합니다. 사이비가 틀림없습니다. 선도체험기를 100권까지 읽은 분이 그런 말을 하다니 너무나 한심해서 말이 안 나옵니다.

끈

　선생님 그동안 평안하셨는지요? 대구의 권오영입니다. 담배 하나 끊지 못해 항상 선생님 면전에 앉아 있기가 너무나 부끄러워 담배를 끊기 전에는 선생님께 안부나 전하면서 사숙을 해야겠다고 마음을 먹고 담배 끊기에 들어갔습니다.

　하지만 담배란 것이 어느 날 갑자기 마음 먹고 끊는다고 쉽게 끊어지는 것이 아닌 것은 담배를 끊어보려고 시도해 본 사람들은 그 지독함을 잘 알 것입니다. 해서 어떻게 하든지 담배를 끊어야겠다고 내 자신과 약속을 하고 끊을 때까지는 선생님 앞에 나아가지 않겠다고 다짐하고 시도했지만 번번이 실패의 연속이었습니다.

　선도체험기 속의 담배 끊는 법, 친구나 동료들에게 담배 끊은 비결 등등 아무리 노력해도 쉽지가 않았습니다. 더구나 근기도 하근기인 내게는 어떤 의미에서는 엄청난 스트레스였습니다. 하지만 어차피 선도에 발을 들여 놓았고 선생님 또한 담배 피우는 제자를 좋아하지 않는다는 사실은 선도체험기를 읽어본 제자라면 누구나 다 아는 사실이었고, 그런 사실을 아는 저로서는 담배를 피우면서 선생님께 도법을 전수받는다는 게 사람으로서 할 짓이 아니라는 맘에 어떻게 하든지 담배를 끊고 선생님께 나아가 수련을 해야겠다는 맘에 선생님 전에 나아가지 못했습니다.

그런데 막상 담배를 끊고 어느 정도의 시간이 지나니 이제 문제가 되는 것은 끈이었습니다. 즉, 선생님과 저 사이에 당연히 있어야할 끈이 끊어져 버린 것이었습니다. 그동안 선생님께 안부 메일이라도 드리고 했더라면 그 끈이 끊어지지 않았을 터인데 이제 와서 그 끈을 이으려고 하니 그저 송구스럽고 죄스런 맘뿐입니다.

선생님께서 거래형 인간이 되라고 그렇게 선도체험기에 입이 닳도록 설하시었건만 이제 내가 필요하여 그 끈을 이으려니 저 자신이 너무 뻔뻔해지는 것 같아 민망하기 짝이 없습니다. 선생님 정말 죄송합니다. 이제는 정말 선생님의 기대에 어긋나지 않겠끔 열심히 수련하는 제자가 되겠습니다. 허락하신다면 이번 주 금요일(6월 15일) 선생님을 찾아 뵙고 싶습니다. 부디 허락하여 주십시오.

2012년 06월 11일.
권오영 올림.

[회답]

민망해할 것도 죄송스러워할 것도 없습니다. 선도체험기 독자로서 담배 끊고 오행생식할 준비만 되었다면 누구든지 언제나 환영할 것입니다. 담배를 끊은 것은 참으로 잘한 일입니다. 그동안 느슨해졌던 끈은 새로 이으면 될 것입니다. 가는 사람 잡지 않고 오는 사람 막지 않을 것입니다. 6월 15일 오후 3시에 기다리겠습니다.

선도체험기 103권 나왔는지요?

삼공 스승님 안녕하세요. 도쿄에 사는 전바울입니다. 너무 오랜 만에 연락올려 송구스럽습니다.

우선, 표준생식 4통을 부탁드립니다. 생식이 떨어진 지 며칠 되었습니다. 요즘 잦은 출장을 나갈 때마다 생식을 가지고 다니고 있습니다만, 먹는 양도 제 각각이 되고, 간혹 호텔에 잃어버리는 경우가 생기네요.

떨어지기 전에 미리미리 주문을 했어야 했는데, 창고에 있겠거니 하고 찾았는데, 그때서야 생식이 한 톨도 남아있지 않다는 것을 알았습니다. 요즘 한국집이나 일본집이나 집에 거의 붙어있는 경우가 없어서인지, 정신 못 차리고 살고 있습니다.

만약 선도체험기 103권이 출간되었다면, 함께 보내주시길 부탁드립니다. 근래에 선도체험기 출간이 자꾸 늦어져서 걱정이네요. 102권 서두에 글을 보았는데, 이제는 좀 괜찮아졌는지요? 만약 출판사가 어렵다고 한다면, 어떻게 도울 방법이 있을까요? 작으나마 힘을 보태고 싶은데, 그냥 출판사 사장님께 연락을 드리면 되는 것인지, 가르침을 부탁드립니다.

요즘 한국에 거의 못 가고 있는데, 지난주에 아버지께서 쓰러지셔서 잠깐 한국에 입국하였습니다. 너무 짧은 일정이라 인사드릴

시간이 없었습니다. 저희 아버지께서는 지병을 앓고 계셨고, 몇 차례 쓰러지신 적이 있고, 이제 연세도 많으셔서 마음의 각오를 했었는데, 정말 다행히도, 이제는 일반병실에 계십니다. 아직 몸의 반이 마비되고, 말을 못하는 문제가 있습니다만, 회복되는 것 같고요. 일반병실에 올라온 날 병원에서 간병을 하면서 자는 동안 기운이 엄청 빠졌는데, 너무 힘들었습니다. 그래도 아버지께서 빨리 회복하셨으면 좋겠습니다.

구도자가 된 이후로, 물론 아직은 부족합니다만, 마음에 대해서 잘 단속하면서 살아 왔다고 생각했었는데, 병실에 계신 아버지를 뵙고, 가족들 보기 창피해서 참고 있다가, 혼자 차안에서 쏟아지는 눈물을 주체할 수 없었습니다.

멀리 외국에 살면서 자주 찾아뵙지도 못하고, 연락도 잘 안 하고 있다가, 병원에 입원해서야 찾아가는 저는 불효자식입니다. 수련은 정체기이며, 늘 마음 가운데, 수련을 생각하면서 살고 있습니다만, 그 이후로 큰 진전은 없는 상황입니다. 오히려 쇠퇴했다고 느껴지네요. 지난번 실험은 잘 되셨는지요? 저도 그때 체험으로 많은 기운을 받았습니다. 그 이후로 일이 바빠져서, 자주 집중은 못했습니다만, 요 근래에는 잘 느껴지지 않습니다. 제가 열심히 집중하지 않아서의 문제겠지요. 7월말에나 귀국하게 될 것 같습니다. 그때 꼭 찾아뵙겠습니다. 생식 4통 + 선도체험기 가격 알려주시면 바로 입금하겠습니다.

그럼 또 연락 올리겠습니다.

2012년 6월 17일 도쿄에서
전바울 올림

[회답]

선도체험기 103권은 6월 13일에 나왔습니다. 사업 부진으로 출판사가 도서출판 명진으로 바뀌었습니다. 부친께서는 지금 연세가 어떻게 되셨고 무슨 병으로 입원하셨는지요. 하루속히 회복되시기 바랍니다. 사람으로 이 세상에 태어난 이상 생로병사를 피할 수 있는 사람이 어디 있겠습니까. 구도자는 이런 때일수록 겸허하게 자기 자신과 주변을 관찰하고 자기성찰을 게을리하지 말고 생사生死는 물거품과 같은 것이고 실체가 있는 것은 아니라는 것을 관해야 할 것입니다.

휴대용 표준 생식 4박스 28만원, 일본까지의 항공 운송료 45,000원 정도. 생식은 입금되는 대로 공장에서 직접 우송하도록 하겠습니다. 새로 나온 선도체험기 103권은 13000원입니다. 필요하다면 따로 보내도록 하겠습니다. 새 출판사는 서점 판매는 아직 안 하고 새로운 판매 방식을 모색 중에 있습니다.

간과 어깨 쪽의 통증

선생님 안녕하십니까? 사천에서 수련받으러 올라가는 공근배이 옵니다. 언제나 여여하게 수련을 지도하시는 모습을 뵈오면 제 마음이 항상 빛을 내고 있습니다. 언제나 삼공재가 앉을 틈이 없어 너무나 훈훈한 분위기이옵니다. 너무 좋습니다.^^

선생님 한 가지 여쭐 일이 있어 지금 메일을 올립니다. 현재 요가회원 중에 생식 명현반응이 심하신 분이 계신데요. 근 2년간 수련하신 분인데, 지금까지 아주 열심히 수련하신 분인데요. 현재 간 쪽과 어깨 쪽에 많은 통증으로 고생하시고 누구러질 만하면 다시 아프고 하는데요. 간 쪽이 좀 딱딱한 것 같고 부어 있는 것 같습니다. 명현현상이 한 달 조금 넘었습니다. 병원은 아직 가보진 않았으나 어찌할까 심히 고민입니다. 기감은 발바닥 쪽으로 몸 전체로 한 번씩 찌릿하다고 하는데요 호흡은 조금 되는 것 같고요. 생식은 하루 한 끼 정도 하신답니다. 참 튼튼하고 건강해 보였는데 걱정입니다. 선생님의 고견을 듣고 싶어 메일을 보냅니다.

선생님 날씨가 더워지고 있습니다. 선생님과 사모님의 건강과 행복이 언제까지나 무량하시길 기원올립니다.

2012년 6월 19일
공근배 올림

[회답]

　본인을 직접 보고 체질 점검을 해 보아야 원인을 알 수 있을 것 같습니다. 생식은 어디에서 구하시는지요. 만약에 삼공재에서 구한 것이라면 데리고 오시기 바랍니다.

누구 잘못인지요

선생님 죄송합니다. 보통 생식을 지어 먹으면 탁기가 빠지느라 가려움증을 호소하고 아니면 별 다른 증상이 없거나 여성분들은 다이어트 차원의 체중 감소로 이야기가 되는데 이번 여성분은 사실 심각한 것 같습니다. 건강하다가 이런 증상이 나오니 본인이나 그 분들 가족이나 저 또한 애매해지는 것 같은데요.

어제 그분이 병원 방문을 하여 진찰만 일단 받게 하였습니다. 초음파 스캔 상으로 대장이 부어있고 대장암이 간 쪽으로 전이가 된 것으로 이야기를 한다는군요. 아직 확진된 건 아니고요. 생식 명현이 이렇게 갈 줄이야 할 말을 잃었습니다.

이건 누구의 잘못인지요. 멀쩡하던 사람이 요가하고 생식먹고 이렇게 될 줄이야 꿈엔들 생각이나 했겠습니까. 회원분들이 조금이라도 더 아프면 선생님 책임으로 돌리는 게 현실 아닙니까.

저는 요가를 가르쳐도 수행 차원으로 가르칩니다. 호흡과 명상을 싫어해도 필히 넣어서 정신적인 차원을 높이고자 노력하였고 유연성보다는 회원분들 체력 향상에 도움이 되고자 한 시간 수업을 보통 두 시간으로 잡아 지도하였습니다. 게으르고 대충주의자들은 저를 꽤 멀리 했거든요. 그러나 열심히 살고자 하시는 분, 체력이 딸리시는 분들은 저를 선호하는 편이었고요.

그분이 내일 대장 내시경 검사를 한다는데 용종이 나오면 떼어 내도 되는가 물어 봅니다. 그분은 현재 큰 기운이 도는 분이 아니니 작은 수술 여부를 일단 선생님께 여쭈어 봅니다. 그리고 설사를 한다는데 생식을 계속해야 하는지 수술과 자연치유 쪽도 그렇습니다. 그리고 선생님 암은 왜 생기는가 어리석지만 질문드려 봅니다. 선생님 정말 죄송합니다. 안녕히 계십시오.

2012년 6월 21일
공근배 올림

[회답]

문제의 여성분은 맥이 어떻게 나왔고 생식은 무엇을 들었는지요. 그리고 오행생식은 얼마 동안 복용했습니까? 나는 단지 공근배 씨가 달라는 대로 믿고 생식을 주었을 뿐입니다. 나는 그 여성분을 본 일도 없으므로 건강 상태를 정확하게 모릅니다. 암은 여러 가지 원인이 장기간에 걸쳐서 축적된 결과 발생하는 것이지 그렇게 생식을 며칠 동안 먹었다고 해서 하루아침에 생기는 병이 아닙니다. 암의 정확한 원인은 아직 의학계에서도 밝혀지지 않았습니다.

"회원분들이 조금이라도 더 아프면 선생님 책임으로 돌리는 게 현실 아닙니까." 나는 공근배씨가 무슨 생각으로 이런 말을 하는지 이해를 할 수 없습니다. 여기 나오는 선생님이란 누구를 말하는 것입니까? 까마귀 날자 배 떨어졌다고, 병의 정체도 아직 확실히 밝혀지지 않았는데 이렇게 책임 문제부터 따지고 들다니 너무 성급하시군요. 이런 때일수록 좀 더 침착해야 할 것입니다.

아무래도 그 여성분은 생식이 몸에 맞지 않는 것 같으니 일단 생식을 중단하고 지켜보는 것이 좋겠습니다. 용종 문제는 환자와 담당 의사가 결정할 일입니다. 그 여성분에게 무슨 병이 있는지도 모르는 서울에 있는 나를 보고 그런 걸 묻는 것은 적절치 않습니다. 나는 어디까지나 단전호흡과 운동과 오행생식으로 자연치유력을 향상시키는 것을 바라는 사람입니다. 따라서 가능하면 수술은 하지 않는 것을 원합니다. 여성분을 보지도 못하고 더구나 무슨 생각을 하고 있는지도 모르는데 내가 더 이상 무슨 말을 할 수 있겠습니까.

오해가 발생했나 봅니다

수업이 지금 끝나고 밤늦게 메일 올립니다. 예. 선생님 오해가 발생하였나 봅니다. 여기서 선생님은 요가 지도자로서의 선생님을 말합니다. 오해 없으시길 바랍니다. 바로 앞 메일에 토 금 수 상화를 가져 왔다고 말씀드렸는데요? 그분은 제 맥진으로 홍맥 6, 7성 정도였는데요. 작년 5월경 창원오행으로부터 토 금 수 상화를 한번 복용을 하고 이번이 두번째입니다.

지금 몸이 상당히 안 좋은 상태인지 오늘은 연락두절입니다. 다른 병원에서도 진단을 받아 보는 것 같고요. 그분들 입장에선 여러 방법을 구하지 않을런지요. 몸이 안 좋아지면서 저를 불신하는 것 같습니다. 저희같이 선도체험기로 단련이 되어 있으면 자연치유로 따라 갈 텐데요. 몸도 좋지 않고 스캔 상 암으로 나오니 그쪽 집안에선 어떻게 판단을 할 것인가는 불 보듯 뻔해서 제가 성급했던 모양입니다. 죄송합니다.

제가 도장을 운영하다보니 운동하다 조금만 잘못이 있어도 선생님 탓이 거의 95프로입니다. 운동도 경쟁이 심하다보니 바른말 하기가 사실 어렵고 저도 근기가 그렇지만 오시는 분들도 의식수준이 그다지 높지 않으니 문제가 생기면 백% 제 과실로 돌리곤 합니다. 선생님! 선생님의 과실은 전혀 없으니 이해하시고 저도 이번 경우가 처음이라 명상 많이 하겠습니다. 안녕히 계십시오. 감사합니다.

2012년 6월 22일
공근배 올림

[회답]

암이 발생하는 확실한 원인은 의학계에서도 밝혀지지 않고 있지만 의사들의 오랜 관찰의 결과 분노, 화, 근심걱정, 각종 스트레스가 장시간에 걸쳐 축적된 결과로 알려지고 있습니다. 그리고 몸을 차게 굴리는 것도 큰 원인으로 생각됩니다. 왜냐하면 몸이 찬 사람이 암에 잘 걸리기 때문입니다. 그런데 요가 선생님에게 그 책임을 돌리다니 터무니 없는 덤터기가 아닙니까?

오행생식은 절대로 의약품이 아니고 쌀가게에서 파는 곡물과 비슷한 식품이라는 것을 구매자들에게 꼭 알려주시기 바랍니다.

대장암 말기, 간으로 전이중

선생님께 걱정을 끼쳐드려 죄송합니다. 어제 그 여성분한테서 전화가 왔는데요. 대장암 말기에 간으로 전이랍니다. 오늘 서울로 진료받으러 간다는데요. 그 여자분은 자연치유 쪽으로 믿음이 있는 분이라 선생님 뵙기를 원하나 봅니다. 어떻게 하면 좋을까요.

선생님!! 저에게 진실성이 없어 보였으면 저의 큰 불찰입니다. 지금 한 생명이 매우 흔들리고 있습니다. 저의 힘에는 한계가 있으니 선생님의 크신 덕으로 어루만져 주십시오. 선생님의 한참 부족한 제자입니다. 선생님 안녕히 계십시오.

2012년 6월 23일
공근배 올림

[회답]

어제 오후 5시 반쯤 여자분 부부가 다녀갔습니다. 남자는 맥이 정상인데 여자분은 맥이 정상이 아니었습니다. 영안으로 보니 심하게 빙의가 되어 있었습니다. 그 빙의령이 사람의 몸을 가지고 있

275

었을 때의 병을 앓고 있으므로 맥이 정상이 아니었고, 여자분은 바로 그 빙의령이 사람의 몸을 가지고 있었을 때의 병을 앓고 있는 것 같았습니다. 병원에서는 어떤 결말이 날지 모르지만 그들이 이런 영병靈病을 알 리가 없으니 답답한 일입니다.

여자분은 선도체험기는 읽지 않았지만 이제 막 기문이 열리기 시작했고 선도 공부를 할 소질이 있었습니다. 이조 시대의 50대 중반의 여성이 빙의되어 있었는데 곧 천도를 시켰습니다. 내가 보기에는 여성분의 선택에 따라 선도인의 길을 걸을 것인지의 여부가 결정될 것입니다.

그건 그렇고 남자분이 선도체험기를 1권서부터 8권까지 구입해 갔는데, 1, 2, 3권과 8권은 최근에 새로 인쇄된 것이어서 정가가 10000원인 것을 깜빡 잊고 전부 다 7천 원씩 받았습니다. 휴대폰 번호도 몰라 연락할 길이 없으니 공근배 씨가 좀 대신 연락 좀 해 주셨으면 합니다. 다시 찾아오기 어려우면 국민은행 431802-91-103970 (예금주 김태영)으로 1만 2000원을 입금시켜 주었으면 합니다. 밑지는 장사는 할 수 없는 것이 아니겠습니까.

앞으로 어떤 행보를

선생님 감사합니다. 어제 마산집에 들러 무학산을 일주하고 부모님의 안녕을 확인하고 오늘 새벽에야 메일을 확인케 되었습니다. 선생님의 크신 덕으로 영령이 물러갔다니 가슴을 쓸어내립니다. 예 선생님 고맙습니다. 예 그분은 다분히 선도의 길로 갈 수가 있을 것입니다. 일단은 삼공수련에 대한 믿음이 확고해야 하는데 열심히 공부하면 서서히 몸과 마음이 회복이 될텐데 어떨지 모르겠습니다. 선생님!! 빙의령이 천도가 되면 얼마간의 수련으로 어느 정도의 병의 차도를 보이게 되는지요? 저도 수련원을 하다보니 사람과 병에 대한 문제점이 매사의 화두가 되는 터라 의문이 됩니다.

선생님!! 그분은 앞으로 어떤 행보를 함이 좋을런지요. 선생님의 말씀을 듣고 싶습니다. 미납인 책값은 이번 주 토요일 완납하겠습니다. 어제가 선생님의 생신이었네요. 생신 축하드립니다. 다음부턴 미리 인사드리겠습니다.

오늘 하루도 좋은 하루 이루십시오.

2012년 6월 25일
공근배 올림

[회답]

방유미 씨를 만나는 대로 서울서 진찰받고 온 결과를 물어보기 바랍니다. 삼공재 다녀간 뒤에 어떤 변화가 있었는지도 상세히 알고 싶습니다. 우선 여기서 구입해 간 선도체험기 8권을 읽으면서 책에서 가르친 대로 수련을 하고 어떤 변화가 일어나는지 자세히 알려주어야 할 것입니다. 가장 중요한 것은 병원의 진찰 결과입니다. 빙의로 인한 영병靈病이 실제의 병으로 발전하는 수도 있기 때문입니다.

뜬 구름 잡는 공부만 한 것 같습니다

삼공 스승님 안녕하세요. 선도체험기 103권, 생식 모두 잘 받아보았습니다. 도착했다는 인사가 늦어서 죄송합니다. 타지에서 이렇게 수련은 물론이고, 생식과 가르침을 받을 수 있다는 것이 모두 스승님 덕분이라는 것은 새삼스러울 것도 없습니다만, 그동안 그러한 감사한 마음을 제대로 전해드리지 못한 점 깊이 사과드립니다.

먼저 한 가지 문의드리고 싶은 것은 생식이 기존 커다란 파우치 포장에서 12g의 개별포장으로 바뀐 제품이 도착했는데, 오행생식이 전체적으로 이렇게 된 것인지요? 맛은 기존 표준생식에 선공을 섞어 넣은 것 같습니다.

사무실에 생식을 하고 싶어하시는 아주머니들께 좀 나눠줬었는데, 기존 표준생식보다 맛이 좋아 먹기 편하다고 하네요. 출장을 자주 다니는 저로서도 휴대하기 편해 좋은 것 같습니다만, 포장이 좀 낭비인것 같아 기존의 커다란 포장이 아직 판매된다면, 다음번에는 두 제품을 반반씩 주문하고 싶습니다.

기 수련이나 몸 상태의 변화는 특별히 없습니다만, 나 자신에 대한 관찰은 조금씩 진전되는 것 같습니다. 특히 선도체험기 103권 중, 스승님과 박주영 선배님과의 이메일 문답 내용에 크게 깨달음을 얻었습니다. 그것은 요즘에 한국 정치사회 상황과 우리가족, 친구들, 동료들을 지켜보는 저의 고민이기도 하였기에, 정말 큰 공부가 되었습니다.

그리고 금언과 격언의 내용에서 스승님께서 말씀하신 인격자에 대한 말씀에 저 자신이 대입되면서, 제가 더욱 객관적으로 관찰되기 시작했습니다. 저에 대해 자세히 들여다 보면, 역시 지난번의 흉내쟁이 수련자 상황에서 크게 달라지지 않았다는 것을 알게 되었습니다.

그 원인은 실천을 하지 않는 것과 이타적이지 않은 습관 때문이라는 것을 알게 되었습니다.

아직 완전히 정리되지 않았으나 머릿속으로는 이타적인 생각을 하지만, 막상 행동은 그렇지 못하다는 것입니다. 예를 들면, 1에서 10까지에 대해 남에게 이해가 되도록 설명을 하기 위해서는 1에서 10까지는 물론 11에서 20까지도, 그것도 부족하다면, 21에서 100까지라도 설명을 하고 확인을 해야 합니다만, 저는 1, 3, 5, 7, 9 정도만 설명하면 으레 남도 알겠거니 한다는 것이죠.

이제라도 알게 되었으니 이타적인 행동을 실천하는 것이 앞으로의 과제입니다.

1권에서 103권까지 귀가 따갑도록 스승님께서 말씀하신 실천이 없었으니, 이제까지 뜬구름 잡는 공부만 한 것 같아 아쉽습니다. 이후 명상을 하면 103권뿐 아니라 그동안 읽었던 선도체험기 내용이 하나하나 되새김질이 되면서 그 속뜻이 하나하나 깨우쳐지고 있습니다. 정말 신기합니다. 흔들리지 않고, 쭉 밀고 나가 보겠습니다. 그럼 또 연락 올리겠습니다.

2012년 7월 25일 도쿄에서
전바울 올림.

[회답]

지함 표준을 보내야 하는데 착각을 하여 휴대용 표준을 보냈습니다. 미안하게 되었습니다. 앞으로는 원하는 대로 보내드리겠습니다.

구도자와 무명중생이 다른 것이 무엇인지 아십니까? 구도자는 이타행을 하는 것입니다. 이타행을 하는 것이 구도의 첫걸음이 되기 때문입니다. 머리로만 의식을 하고 실제로 일상생활에서 실천이 되지 않는다면 그것은 무명중생과 다르지 않습니다. 무명중생들은 실제로 머리로 생각만 할 뿐 대부분 실천은 하고 있지 않기 때문입니다.

이타행을 한다고 해서 반드시 물질로 보시를 하는 것은 아닙니다. 만사에 상대를 내 자신처럼 배려하는 것을 말합니다. 남을 나 자신처럼 생각하는 것은 구도의 첫걸음이라는 것을 언제나 명심하기 바랍니다.

수련에 매진할 때가 되어

김태영 선생님 안녕하십니까? 저는 원주에 사는 이치웅이라고 합니다. 35세 남자이며 한의원을 하고 있는 한의사입니다. 이제 선도수련에 매진할 때가 되었다고 생각되어서 이렇게 연락드립니다.

97년에 처음 선도체험기를 읽게 되었고, 99년도에 선생님을 처음 뵈었는데 벌써 2012년이라니 참 세월이 빠르군요. 지금까지도 80의 나이에 이르시기까지 20여 년간 수련을 계속하시고 계시는 선생님의 모습이 참 보기 좋습니다. 최근 선도체험기 100-103권까지를 읽으면서 이제 다시 선생님을 뵙고 수련에 매진할 때가 되었다는 생각이 들었습니다. 요새 다시 1권부터 정독하고 있습니다. 99년에 몇 차례 삼공재를 찾아 뵙고 오행생식과 수련을 한 적이 있습니다. 그 때는 군대도 다녀오기 전의 대학생이었고, 그 이후에는 선도수련을 안정적으로 할 수 있도록 사회인으로서 직분에 충실한 생활을 하며 오늘에 이르렀습니다.

그간 간간히 새로 나오는 선도체험기를 보곤 했었는데 이번에 선도체험기 100권이 나온 것을 보고 계기가 되어 이제는 본격적으로 선도수련에 매진할 때가 되었다고 생각하게 되었습니다. 현재 '행주좌와어묵동정行住坐臥語默動靜 염념불망의수단전念念不忘意守丹田' 하려고 노력 중이고요, 오행생식도 시작하려고 합니다. 3끼를 모두 하진 못하더라도 1-2끼니 정도는 가능할 것 같습니다.

제가 수요일에는 규칙적으로 시간을 낼 수 있을 것 같은데 수요
일마다 찾아 뵈어도 될까요?

이번 8월 1일 수요일에 오행생식 처방도 받고 수련에 대한 조언도
듣고 싶습니다. 1달치 생식대금과 삼공재 주소를 알려주시면 감사
하겠습니다. 혹시 주변에 주차장이 있으면 알려주시기 바랍니다.

2012년 7월 29일

이치웅 올림

[회답]

메일을 받고 고객 관리 카드를 찾아보니 1999년 4월과 6월 두
번 생식을 구입하신 기록이 있군요. 다시 수련을 하시겠다니 반가
운 일입니다. 삼공재는 작년에 이사를 했습니다. 이사한 주소는
서울 강남구 삼성2동 한솔 아파트 101동 1208호입니다. 수요일 오
후 3시에 찾아오시면 됩니다. 8월 1일엔 별다른 예정이 없습니다.
한 달 생식 값은 30만원 정도면 됩니다. 아파트 경비의 안내를 받
으면 주차는 할 수 있습니다.

오행생식과 선도체험기 103편 구입 문의

선생님 댁내 두루 평안하신지요? 저는 오래 전에 처(최영미)와 함께 선생님을 찾아뵈었던 1962년생 최병환이라 합니다. 선도체험기 80권대가 발행되던 시기(2001년도경)에 방문하였던 것 같습니다. 오랜만에 연락을 드리게 되었습니다.

그동안 가르침을 따르지 못해 송구스러울 따름입니다. 기감은 발전이 없이 어영부영 시간만 흘렀고, 마음공부 방편으로 선도체험기를 지침을 삼고 열심히 읽고 있습니다. 그 때나 지금이나 관을 생활 속에서 실천하며 평정심을 유지하려고 노력하고 있습니다. 괜찮으시다면 오행생식을 구매하고 싶습니다. (맥은 평맥으로 느껴집니다.)

물에 타 마시기 좋은 제품으로 새로 나온 "오행생식 오곡의 속삭임"을 선생님을 통해 구매 가능한지 문의드립니다. 아니면 다른 제품을 추천해 주셔도 괜찮고요. 그리고 또한 선도체험기 103권을 구매하고 싶습니다.

가능할 경우 가격과 계좌를 답신을 통해 알려 주시면 비용을 계좌로 입금하겠습니다. 구입 희망 : 〈오행생식 "오곡의속삭임"_ 표준 4통〉, 〈오행선공 _ 2통〉, 〈선도체험기 103편_1권 〉

일부 끼니를 오행생식과 보충제(단백질-유청단백질, 콩단백질)

을 섞어 먹으면서 운동을 하며 몸관리를 해보려 합니다. 기감을 느껴 다시 선생님을 찾아뵙는 날이 언젠가 오리라 믿습니다.

2008년도 6월경에 대장 절제(3/1가량) 시술을 받았습니다. 사진상으로는 혹같이 장 통로를 막고 있어 음식을 먹지 못해 절제시술을 하였는데 혹 같은 것은 종양도 아니고 암도 아닌 처음 보는 것이라 하더니 해당 의사는 병명은 장중첩증이라 적어 놓았더군요.

생식을 처음 먹을 때 170cm의 키에 59kg~60kg 정도 몸무게가 나갔구요. 수술 당시 20일 정도 음식을 먹지 못하고 입원 수술을 받을 때도 그 정도 몸무게가 나갔습니다. 이후 허리 32inch에 72kg까지 늘어 두꺼워지는 뱃살을 보며 몸을 만들기로 마음을 먹고, 집안 비좁은 방과 거실에 운동기구를 구비해 놓고, 퇴근 후 웨이트를 시작한 지 거의 매일 하다시피 하여 3년이 가까워 갑니다. 주말엔 집뒤 산행을 2시간 정도 하기도 합니다.

그동안 단전에 기감은 못 느끼고 열심히 규칙적으로 기수련을 못하니 일단 운동하는 습관을 들여 놓으면 기수련도 열심히 할 수 있겠지 생각하고, 보충제 먹으면서 운동을 하루 1시간 이상씩 열심히 해서 근육이 붙고 슬림한 몸이 되어 가고 있는 중입니다. 몸무게는 70kg 정도로 2~3kg 감량에서 변화가 없습니다만 체지방은 "20%+-"정도에서 유지되고 있습니다.

체성분측정기로 신체 나이가 30대 초반으로 측정되고 있습니다. 식사는 소식위주로 1끼~2끼 점심과 저녁 운동 끝나고 먹었는데 저녁에 늦게 먹게 되니 체지방이 더 줄지 않는 것 같아서 요즘엔 운동이 늦으면 보충제(단백질+효소 선식 등)이나 견과류 등으로 해결하려 하고 노력 중입니다. 염치 없지만 그동안 경과를 말씀 드리는게 예의인 것 같아 간단히 두서없이 적었습니다.

285

선생님 내외분이 오래도록 건강하시기를 기원합니다.

2012년 8월 1일
최병환 올림

[회답]

참으로 오래간만입니다. 1998년부터 2003년까지 삼공재에 열심히 다니시던 분이시군요. 부인께서도 안녕하십니까? 대장 수술까지 받으시고 그동안 변화가 많았습니다. 오곡의 속삭임 표준 4통 값은 24만원, 지함 선공 2통은 4만 4천원, 택배료 4천 5백원 도합 28만 8천500원을 국민은행 431802-91-103970(예금자 김태영)에 입금시키시면 됩니다. 주소와 휴대전화번호는 바뀌지 않으셨는지 알려주시기 바랍니다.

그리고 선도체험기 103권은 출판사가 바뀌어 서점 판매를 하지 않고 독자와 직거래를 하고 있습니다. 도사출판 명보 02) 2277-2656에 문의하시면 구입 절차를 알 수 있습니다.

생식처방 질문

 안녕하세요~ 삼공 선생님. 지난 수요일에 찾아뵈었던 이치웅입니다. 13년 만에 뵙는데도 선도체험기를 계속 읽어서 그런지 선생님이 친숙하게 느껴지더군요.

 역시 책이란 것이 놀라운 위력을 가지고 있는 것 같습니다. 선생님께 필요한 것을 생각해 보다가 마땅한 것이 없어서 파키라 화분을 가져갔는데 맘에 드셨는지 모르겠네요.

 일주일에 물을 한 번만 주면 되니 관리하기는 쉽다고 하던데요. 괜히 귀찮은 짐만 늘려드린 것은 아닌지 걱정이네요.

 이번 생식처방은 토1 금2 수1 이렇게 해주셨는데요, 살을 빼기 위해서 이런 배합을 주셨다고 하셨는데 그 원리가 궁금하여 질문드립니다.

 만약 제가 정상 체중이었다면 어떤 처방을 해주셨을까요? 금장인 폐가 숙강작용을 통해 수습의 배출을 원활히 하고, 대장이 전도조박하여 노폐물을 배출하는 작용을 하니 금 생식을 제일 많이 주신 것이 아닌가 싶은데 자세히 설명을 해주셨으면 합니다. 기왕에 먹는 생식인데 이유를 정확하게 알고 먹으면 효과도 더 있을 것 같아서요. 설명 부탁드립니다.

 그럼 다시 뵙는 수요일까지 건강하시고요, 저도 생식 열심히 들고, 수련 열심히 하고 찾아뵙겠습니다.

2012년 8월 10일
이치웅 올림

[회답]

　토금금수 처방은 몸속에 축적되어 있는 잉여 지방을 분해 연소하여 비만을 해소하는 처방입니다. 선도체험기 8, 9, 10권 중에서 금에 해당되는 항목을 참고하면 구체적인 설명이 나와 있습니다. 이치웅 씨가 비만이 아니라면 당연히 표준으로 처방을 했을 것입니다.

매도 먼저 맞는 편이

  스승님 안녕하십니까? 부산에 박동주입니다. 스승님 사모님 모두 안녕하신지요? 두 달 전 인사드린 후 이제야 메일을 드립니다. 메일을 쓴 것이 서너 통이 되는데 정작 보내지를 못했습니다. 늘 미숙하고 구도자라고 하기엔 부족한 모습을 많이 보이게 되니 스승님께 메일 쓰기도 부끄럽습니다.

  하지만 어차피 죽는 순간까지 수련을 하기로 한 이상 매도 먼저 맞는 편이 낫다고 생각합니다. 저번에 수련 중에 선계의 스승님이신지 제 지도령이신지는 모르겠지만 호되게 꾸지람을 하시는 것 같았습니다. 중심을 잃고 방황하는 제 모습을 꾸짖으시는 것 같았습니다.

  아직까지 관이 잘 잡히지도 않았거니와 종전의 제 수련방식도 친구인 지현이에게 너무 의존하는 부분이 많았습니다.

  전생(헬렌 켈러)의 장애인으로의 삶 속에서 스승(앤 설리번)에 대한 무한한 애정과 신뢰가 지금에까지 영향을 끼쳐서 수련적인 부분이나 일상사까지도 많이 의논하는 편이었습니다. 제가 너무 의존한다는 사실을 아는 그 친구도 제 수련에 빈번한 의사소통이 도움이 되지 않는다고 판단하여 지금은 서로 만나거나 전화 통화를 자제한 채 메일이나 문자만 주고받고 있습니다.

  분가를 하면 아이들에게 더 신경을 쓰고 수련적인 부분에 더 많은 시간을 할애하려고 하였지만 이사를 와서 수개월이 지나는 지금 저는 혹독한 이사땜을 치르고 있는 중입니다. 시댁에서 분가하는 과정에서 우리가 형님네에게 빌려준 돈을 부모님이 대신 갚아주시며 저희 전세금을 해주셨습니다. 그 사실을 안 형님네가 부모님과 큰 다툼이 있었고 가족들 모두와 의절하는 바람에 온집안이 시끄러웠습니다.

이사오자마자 큰아이가 다리를 많이 다치는 사고가 발생하고 가해자 측에서 치료비는커녕 진심어린 사과 한마디 없자 화가 난 남편이 소송을 하겠다고 난리였습니다. 그것이 가까스로 일단락나자 이번에는 층간소음 문제로 밑에 집에서 하루가 멀다하고 전화하고 찾아왔습니다. 큰 아이가 한 달 정도 병원에 입원하고 퇴원하자마자부터였습니다.

아이들이 많다보니 계속 미안하다 죄송하다 사과하고 수십만 원을 들여서 홈쇼핑에서 판매하는 층간소음방지 매트까지 집 전체에 깔아도 소용이 없었습니다. 아이들에게는 거의 세뇌될 정도로까지 집에서 뛰지 말라고 일렀습니다.

그래도 소용이 없었고 나중에는 자기 집 창문을 깨부수고 옥상에 올라가서 역기를 던지는 등 어린아이들이 있는 중에도 계속 공포 분위기를 조성하고 급기야 큰 싸움이 되었습니다. 알고 보니 밑에 집 아저씨가 사고로 손가락이 절단되어서 우울증과 함께 외상 후 스트레스 장애가 있었습니다.

우리가 이사오기 전 집주인 아주머니는 다 큰 아들과 둘만 사는데도 밑에 집 아저씨가 우리에게 했던 방식 그대로 난리를 쳤다고 하더군요. 급기야 세째 아들녀석이 열감기 증상으로 입원했는데 가와사키라는 병명으로 심장으로까지 전이되어 심하게 앓기까지 하고 있는 중입니다.

이사와서 8개월 정도 지나는 중에 일어난 사건 사고입니다. 챙길 애들이 많은데다 큰 아이까지 많이 다쳐서 깁스를 하고 있는 상황이었기에 육체적으로나 정신적으로 많이 지치고 힘들었습니다. 이럴 때일수록 더 수련에 매진하여 지혜를 발휘해야 하는데 솔직히 그러질 못했습니다.

그 순간부터 집에 들어오기가 싫어지면서 집에만 들어오면 멍해지고 당장 이사가야 한다는 압박감에 꼬박 두 달을 집만 보러 다녔습니다. 혹 이사를 잘못 와서 이런 고초를 겪고 있나하는 생각에도 이르렀습니다. 이렇게 정신을 못 차리고 방황하던 중 문득 이런 시점에서 어떻게 관을 한단 말인가, 관이란 도대체 무엇이지 하는 생각이 들었습니다.

따지고 보면 발단은 나로부터였습니다. 제 욕심이 앞섰던 것이죠. 빨리 분가하고 싶었고 아이들에게만 신경쓰고 싶은 마음에 부모님을 많이 서운하게 해드렸습니다. 형님네, 큰아이의 다리를 부러뜨린 가해 아이의 부모 또 밑에 집 사람들 아무리 원망하고 미워하지 않으려해도 분한 마음이 좀체 잘 가시지 않았습니다.

여기서부터 엄청난 손기가 시작되더니 몸과 마음이 급속도로 힘들어지며 일상생활이 힘들 정도가 되었습니다. 선도체험기 103권에도 나와있더군요. 남을 미워하고 원망하는 마음 자체가 엄청난 손기를 불러온다구요. 특히나 수련하는 구도자는 일반인보다 몇십 배나 심한 것 같습니다. 수련하면서 몇 번이나 원망이나 미움의 감정을 해소해도 또다시 같은 상황에 맞딱드리게 되면 또다시 반복되다시피 하기를 여러번. 다른 것도 아니고 아이가 다쳐서 심하게 아파하고 힘들어하는 과정을 계속해서 지켜보는 상황은 내려놓음이 잘되지 않았습니다.

분명히 저희가 이사를 잘못 온 까닭도 있겠지요. 이사 온 이 집이 분명 에너지가 별로 안 좋고 괜시리 피곤하고 짜증나고 힘들었던 부분이 있습니다. 그보다 더 중요한 것이 이러한 상황에 맞딱드린 나의 태도였습니다.

당장 이사가야 한다는 압박감에 꼬박 두 달을 집만 보고 다녔습니다. 집 보러 다닌다고 아이들 건사는 제대로 하지도 못하고 온갖 빙의령들 때문에 더욱 힘들었습니다. 이렇게 몸과 마음이 지칠 대로 지친 후에야 무엇이 잘못되었는지 되짚어졌습니다.

진심으로 성심으로 관을 하며 내가 원망의 씨앗을 품고 있는 사람들을 하나씩 떠올리며 계속해서 안아드렸습니다. 전생에, 아니면 그 전전생애에 내가 저질렀을 잘못들에 대하여 용서를 구했습니다.

컨디션이 예전만큼은 아니지만 그래도 많이 회복되었고 너무 길게 외도를 하고 온 느낌입니다만 다시금 정신을 가다듬고 제 자신을 돌아보는 계기가 되었습니다. 그리고 정말 느낀 것이 힘들 때일수록 선도체험기를 더 열심히 읽어야 한다는 사실입니다.

몇 번이나 메일을 썼었지만 이제야 보내게 되었습니다. 현생에서 살아오면서 또는 전생부터 이어져온 습을 깨는 것은 정말 힘들고도 부단한 노력이 필요한 것 같습니다. 수십 번의 결심보다도 끊임없이 반복되는 연습만이 살길인 것 같습니다. 다음 번에는 더욱 성숙된 모습으로 찾아뵙겠습니다. 안녕히 계십시오.

2012년 8월 27일
박동주 올림

[회답]

박동주 씨에게 주어진 환경이 마음에 안 들어 이사를 하려고 해도 마음대로 안 되면 어떻게 하면 될까 관을 해 보시기 바랍니다. 관이란 지혜를 터득하기 위한 필수 과정입니다. 결국은 주어진 환경을 바꾸는 것은 내 마음을 바꾸기보다 어렵다는 것을 알게 될 것입니다.

환경은 내 마음대로 할 수 없어도 내 마음만은 내 마음대로 바꿀 수 있으니까요. 어렵겠지만 내 마음을 내 마음대로 바꾸는 공부가 바로 수련입니다. 될 수있는 대로 박동주 씨의 마음을 환경에 맞추도록 노력하시기 바랍니다. 박동주 씨의 마음을 주어진 환경에 적응시키는 것이야말로 수련에서 한 소식하는 것임을 잊지 말기 바랍니다. 수련과 생활을 일치시키는 수행자야말로 진정한 수행의 승리자입니다.

어찌 수행자뿐이겠습니까. 지구가 생긴 이래 45억년 동안 변화무쌍한 지구환경에 적응한 생물만이 지금까지 살아남은 것이 이것을 입증하고 있지 않습니까? 거대한 공룡은 사라졌어도 지구환경에 적응하여 마음을 바꾸어 자기 몸을 계속 축소시킨 도마뱀은 끝내 살아남지 않았습니까? 요컨대 모든 일은 마음 먹기에 달려 있습니다. 자기 마음을 환경의 변화에 따라 자유자재로 적응할 수 있는 구도자야말로 성통공완한 대자유인입니다.

중요한 것은 속도가 아니라 방향이었습니다

　삼공 선생님께. 선생님, 안녕하십니까? 상주 이미숙 오랜만에 메일로 인사올립니다. 최근 정좌 중 흰머리 독수리와 흰 호랑이가 나타나는 화면을 본 것이나 엄청나게 들어오는 기운의 양과 질로 짐작하건대 선생님 말씀처럼 미진하게 끝났던 현묘지도 보충 수련 중임이 분명합니다.

　비록 양손은 오므렸다 폈다 하는 것이 아직도 잘되지 않으며 힘쓰는 일은 거의 할 수 없는 상태이고 다리는 자주 오그라들고 오금이나 무릎 옆을 칼로 에는 듯하여(류마티스 초기) 걷는 것조차 자유롭지는 못하지만 마음은 평온하고 매사 감사하며 지내고 있습니다.

　2010년 6월 말 교통사고(국도변에서 남편이 몰던 코란도가 빗길에 미끄러지면서 건너편 트라제와 정면충돌 두 차다 폐차했으나 운전자는 모두 무사함. 조수석에 탔던 저만 왼쪽가슴 타박상과 왼쪽 발목 인대파열로 인해 3주 진단받고 깁스함. 1주일만 입원 후 학교사정이 다급하여 쉬지 못하고 바로 복귀함. 이 때 파열된 부분 깁스 외에 주사나 약물 치료는 안 하고 준단식을 하여 인대는 잘 붙음) 때 왼쪽 치골이 젖혀진 것을 몸살림 운동법으로 잡았으나 계속 무리한 것이 화근이 되었는지 2011년 2월에 오른쪽 어깨와 손, 손목에 이상이 생기기 시작하였습니다.

그런데 3월초 고3 전담을 하기로 하고 요청교사로 간 학교에서 하루가 다르게 증세가 악화되니(손끝이 타들어 가듯 칼로 예리하게 베는 듯 어딘가 살짝 닿아도 자지러지듯 아픈 통증이 하루 종일 계속되고, 팔꿈치는 찌릿찌릿 내려도 올려도 모로 돌려도 아팠습니다. 거기다 견갑골이 툭 튀어나와 한 번씩 졸도할 만큼 아프기도 하고 30km 정도 떨어진 학교까지 운전해 가노라면 허리마저 끊어지듯 아파) 난감하였습니다. 이 학교는 경북 북부에서 다섯 손가락 안에 드는 이름난 곳인데 고3 국어수업을 맡을 교사를 못 구하고 있다가 학교장 요청으로 제가 담임은 안 하되 고3을 전담하는 조건을 걸고 갔기 때문에 책임이 막중하였습니다.

그래서 허리 보호대를 하고 목엔 경추칼라를 끼고서 수업을 강행했고 나중엔 왼손으로 판서도 해보고 다른 사람에게 워드 작업을 시키면서 버텨보았으나 결국엔 5월 한 달 병가를 내고 쉬게 되었습니다. 그런데 두어 달이 지나도 차도가 없자 이향애 원장님이 다시 진단하게 되었고 그 결과 경추 및 흉추 추간판 탈출증에 손목터널 증후군이 겹쳐 나타난 것임을 알게 되었습니다. 교정으로 뼈가 제자리를 찾아 들어가도 근육이 아직 덜 풀려 긴장되어 있으니 나으려면 시간이 오래 걸릴 것이라 하기에 그때부턴 자연치유력을 믿고 수련에 박차를 가했습니다.

방석 숙제와 걷기 숙제를 매일 기본으로 하면서 경추 교정을 위해 틈나는 대로 거꾸로 매달리고 흉추 교정을 위해 아프지만 허리 세우고 계속 산에 올랐습니다. 그러면서 2011년을 보냈고 병세는 조금씩 나아졌으나 손목터널 증후군 증세가 많이 남아 있어 2012년에 휴직을 할까 고민하던 차에 '교원평가 학습년제 특별연수'에 뽑혔습니다. 병고 속에서도 열심히 수업한 것을 아이들이 좋게 잘

봐 줘서 5점 만점에 평점 4.8점이라는 높은 점수를 얻어 경북 전체에서 초등학교 교사 10명, 중·고등학교 교사 10명을 뽑는 자리에 올랐습니다. 도입 2년째인 이 제도 덕분에 올해는 학교로 출근하지 않고 대학에 가서 강의도 듣고 평소 관심 있던 분야의 공부도 자유롭게 하고 있습니다. 가끔은 단체 연수를 받으러 청원, 대구, 구미, 경주 등 여러 도시를 가기도 하고 연수 시간도 360시간이나 채워야 되긴 하지만 그 밖의 시간에는 삼공 공부에 집중할 수 있어 좋습니다.

물론 제 아픈 사정을 아는 주위 사람들은 평소에도 늘 하던 공부니깐 연수는 기본만 하고 병 고치는 데에 온힘을 다하라 하지만 선도 공부를 하는 저로서는 이 병고가 모두 마음에서 왔고 제 인과응보 때문이라는 것을 잘 알기에 의학에 의존하지 않고 수련에 더욱 매진하고 있습니다.

3월 1일부터 다시 읽기 시작한 선도체험기 1권에서 103권까지 다섯 번째 정독을 8월 24일에 드디어 마쳤습니다. 통증이 너무 심할 때는 잠시 잠깐 유혹에 흔들려 침을 맞아 보기도 하고 자극요법을 받기도 하였으나 이젠 모두를 내려놓고 몸 깊숙한 곳에 숨어있던 병 기운이나 탁기가 배출되는 이 길고 긴 명현반응을 친구라고 여기며 감사히 받아들이고 있습니다. 설마설마 했는데 역시 그랬군요. 병고는 미망을 깨치기 위한 내 자성의 작용임이 분명합니다. 이 병고 덕분에 마음이 더 너그러워지고 부드러워지면서 대범해진 듯합니다. 바삐 달려가던 것들을 멈추고 진심으로 몰입하여 읽으면서 사물과 사태를 대하는 제 자신을 냉철하게 들여다 보았고 나와 남이 따로 있는 것이 아니고 모든 것은 변한다는 진리를 온몸으로 받아들이게 되었습니다.

두어 달 전부터는 얼굴, 손, 팔에 햇볕 알레르기라는 또 새로운 명현반응까지 나타나고 있지만 일희일비하지 않고 차분히 대처하고 있습니다. 몸은 이러하지만 기운은 매일같이 폭포처럼 무섭게 들어오고 있으니 자연치유력을 믿으며 또 하루를 조심스레 보냅니다. 그 동안 정좌를 하지 않아도 단전이 용광로처럼 뜨거울 때가 많으며 커다란 기운이 묵직하게 몸통을 감싸 큰 원통 기둥 속에 제가 들어가 있는 기분이 들기도 하였습니다. 또 정좌 때 가끔 TV화면 조정할 때처럼 지지지 하는 장면이 보이기도 하고 주황빛과 푸른 새벽빛이 교대로 번져 나오기도 하며 또 어떨 땐 한쪽에서 밝은 빛이 희미하게 비추기도 합니다. 백회로 기운이 그렇게 들어와도 청신하게 느껴지며 인당엔 커다란 띠를 두른 듯하고 온몸을 돌아가며 혈들이 숨쉬는 느낌이 잦습니다. 그리고 평소엔 다리가 아려한 자세로 30분 있기가 힘든데 정좌는 1시간 이상 가능할 때가 많으니 참으로 감사할 일입니다. 언제일지 모르지만 어느 때인가는 끝날 때가 있겠지요. 오늘 오후에 삼공재를 방문하고 나서 다음 주 9월 4일부터 12일까지 7박 9일 북유럽으로 국외공무연수를 갑니다. 갔다 와서 또 뵙겠습니다. 그럼 안녕히 계십시오.

2012년 9월 1일 아침 상주에서
이미숙 올립니다

[회답]

난관과 역경이 진로를 가로막을 때마다 스스로 알아서 척척 해내시니 스승이 따로 필요 없겠습니다. 4년 전에 마친 현묘지도 수련은 이제 보니 기초과정이었고 본격적인 보충 수련이 지금 시작되고 있는 것이 틀림없습니다. 원자로가 스스로 움직이고 자정 작용 역시 이상 없이 가동되고 있습니다. 앞으로 용맹정진만 남았습니다. 부디 좋은 열매 맺기만을 기다리겠습니다.

수련을 해 보겠습니다

삼공 김태영 선생님 안녕하세요? 선생님께 메일을 보내야지, 보내야지 하면서도 정작 제 자신이 너무 부끄러워 망설이다 이제야 메일을 보내게 되네요. 저는 선도체험기 독자 박비주안이라고 합니다. 기억하실지 모르겠지만 수련생 박동주 씨의 동생으로 언니 따라 삼공재에 세 번 갔었습니다. 2008년 6월 처음 삼공재를 방문했을 땐 언니의 수련차 아이를 봐주기로 하고 같이 찾아 뵈었는데 당시 저는 선도체험기를 1, 2, 3권과 39권 뒤로 책을 드문드문 읽었지만, 마음속 깊이 느낀 바가 컸기에 아무 생각 없이 살아온 무지한 저를 일깨워 주신 선생님을 뵈온다고 생각하니 설레였습니다.

언니와 서울역에 도착했을 때에는 이유 모를 눈물이 하염없이 흘렀습니다. 그리고 선생님과 사모님을 뵈었을때 제가 생각했던 것 의외로 인자하시고 반갑게 맞아 주셔서 선생님 댁에 있는 동안은 마음이 편해지는 것 같았습니다.

두 번째 삼공재를 방문했을 때에는 언니 수련 겸 저의 갑작스런 정신분열과 빙의령으로 선생님의 도움을 받기 위해서였습니다. 선생님께서는 진맥하시고 폐, 대장이 상해서 오는 정신이상이라고 하셨습니다. 생식을 짓고 그래도 선생님 댁에 있는 동안은 마음이 한결 편했습니다. 하지만 이후에도 저의 망상은 더 심해져가고 가

숨을 쥐어짜듯 꽉꽉 누르는 통증을 수차례 느꼈습니다. 결국엔 정신과 치료를 받으며 한동안 약물에 의존을 해야 했습니다.

저는 내성적인 성격이긴 하지만 그나마 밝은 편이었는데 그때는 저도 모르는 사이 키워온 우울증이 커져버려 제가 만든 생각들로 망상에 빠져 정신을 잃었었나 봅니다. 그래서 수련을 하기로 결심을 했습니다. 생식도 열심히 먹고 매일 달리기, 자전거도 타고 선도체험기도 처음부터 순서대로 읽고 단전호흡도 했습니다.

그 후로 저는 제가 마음과 몸이 아팠던 이유가 다 저의 인과응보였다는 걸 깨닫게 되었습니다. 빙의령이 뭔지도 알았고 제가 태어난 시점부터 지금까지의 제 자신을 돌아보며 남에게 악하게 한 일은 없는지, 또한 남이 나에게 상처준 일이 있다 해도 다 용서하고 반성하고 또 했습니다.

후회 없는 인생을 살 수 있을까? 착하게 바르게 지혜롭게 내 주어진 상황에서 최선을 다하며 살면 후회가 없겠지 하며 뜻을 깊게 새기고 마음을 다졌습니다. 언니는 "실천이 동반되지 않는 생각은 아무 소용이 없다"라고 했고 선생님이 늘 강조하신 거래형 인간, 역지사지, 방하착, 애인여기愛人如己, 여인방편자기방편 등을 일상생활에서 실천하려고 노력하고 애썼습니다.

세 번째 삼공재를 찾았을 땐 정좌하고 호흡하며 천부경을 외우고 있었는데 30분도 안 돼서 어찌나 졸음이 오던지 선생님 앞에서 챙피하고 부끄러웠습니다. 그런데 어느 날, 친구들과 모인 자리에서 한 친구가 제가 서울에 갔다오고 선도체험기도 읽는 걸 알고 장난조로 기가 뭐냐며 묻는 것이었습니다. 저는 무지한 친구에게 차근차근 설명을 해주었습니다. 친구들은 의아해하며 질문을 계속했고 평소 말주변이 없던 저는 이상하게도 제가 마음 공부한 내용들이 술술 나오는 것이었습니다. 친구들을 일깨워 줘야겠다는 마음 에서요.

마음이 확 열려 버리는 순간이었습니다. 계속해서 장난을 칠려 는 친구에게 저는 화는커녕 그 친구 입장에서 저를 바라보게 됐습 니다. 관이 잡히고 그 친구의 마음이 보이더라구요. 그리고 제가 하는 말들을 관하게 되더라구여. 그러면서 갑자기 "이유없는 반 항"이라는 말이 저도 모르게 불시에 튀어나왔습니다. 순간 사리에 도 맞지 않는 말이라 이 말이 왜 나왔는지 의아해했습니다. 이유없 는 반항을 누가 만들었는지 저는 몰랐지만 한참 뒤에야 떠올라 검 색해보니 미국의 배우 제임스딘이 출연한 영화였습니다. 그전에 에덴이라는 단어도 떠올랐구요.

제가 놀란것은 제임스 딘 얼굴은 TV에서나 한번 본 얼굴이었지 만 생전에 그가 찍었던 사진들에서 표정과 포즈들이 어쩜 저랑 닮 아 있는지 강한 의구심이 일어났습니다. 제임스 딘이 내 전생이었 을까? 하구요. 제임스 딘에 대해 찾아보니 생전에 내성적이었고, 사랑하는 연인과 헤어지고 우울증에 시달렸으며 자동차 사고로 젊 은 나이에 세상을 떠났더라구요. 사실 저는 어린 시절 남자 같다는 말을 많이 들었던 터라 더 그런 생각이 들고 제 감은 그랬습니다.

선도체험기를 접하고 언니의 힘든 수련을 보아오면서 언니가 존 경스러웠고 난 언제쯤 언니처럼 수련이 되나 부럽기도 했지만, 언 니의 수련을 토대로 제가 망상에 빠진 건 아닌가 싶더군요.

선생님, 망상일까요? 언니는 제 얘길 듣고 "그게 만일 너의 전생 이든 아니든 똑같은 삶을 되풀이 하고 싶냐?"고 하더라구요. 과거 생의 업장으로 인하여 내가 이렇게 태어났다면 똑같은 삶을 되풀 이하지 않기 위해서는 난 어떻게 살아야 할까? 생각도 해 보았지만......

사실 지금의 저를 말씀드리면 한없이 부끄럽습니다. 선생님, 저는 지금 사회생활도 안하고 있는 실정이고 선도체험기는 70권째 읽고 있지만, 마음이 많이 닫혀 버린 상태입니다. 마음공부, 몸공부, 기공부 어느 하나 착실히 되는 것 없이 나약해져 있습니다. 그래서 선생님께 메일을 쓰는 시점으로 마음을 정리하고 새롭게 시작한다는 각오로 수련에 매진하려고 합니다. 구체적인 실천이 요구 되겠지만, 일단 생식을 꾸준히 할 것이며 매일 아침 저녁으로 달리기를 한 시간씩 하고, 스트레이칭을 아침 저녁으로 한 시간, 단전호흡은 수시로 꾸준히 하겠습니다.

작은 것부터 실천해서 나쁜 습관을 하나하나 고쳐 나가겠습니다. 선도체험기는 빠른 시일 내에 다 읽도록 하겠습니다. 선생님, 부끄럽고 부족하고 두서 없는 저의 글 읽어 주셔서 감사드립니다.

그리고 제 삶에 있어서 크나큰 길잡이가 되어주셔서 진심으로 감사드리며 마음으로나마 삼배를 올립니다. 안녕히 계십시오.

2012년 9월 13일
박비주안 올림

[회답]

언니를 따라 생식을 하면서 수련을 하시겠다니 훌륭한 결심을 하셨습니다. 나로서는 좋은 제자가 한 사람 더 생겼으니 기쁜 일입니다. 형편되는 대로 미리 메일 띄우시고 평일에 찾아오시기 바랍니다.

6차 수련체험기 신성욱

2011년 11월 28일.

선도수련 6차 체험기를 삼공 선생님께 보냈더니 다음날 답장이 왔다. 중국 고산지대 여행 중 나타나는 저산소증은 수련으로 축기가 되면 폐활량이 늘어나 자연 극복되고 지금 배꼽 주변이 차가워지는 원인은 아직 그 주변의 경혈들이 막혀 있으니 수련으로 뚫으라고 하셨다

2011년 12월 2일

손목에서 팔꿈치까지 모공이 숨쉬면서 천기가 이곳으로 들어오는 느낌이고 뱃속이 꿈틀거려 속이 뒤집어질 것 같다. 용변 색깔이 노랗고 굵으며 속이 후련하다. 이런 쾌감이 몇십 년 만에 다시 찾아와서 반갑다.

2011년 12월 17일

수련 중 어깨와 하단전이 아프고 중단전은 따갑다. 자다가 배꼽 주변이 아파 잠이 깨었다.

2011년 12월 26일

기가 콧등을 타고 올라가고 왼쪽 귓속에서 무엇이 바깥으로 쏟

아지며 상단전에는 벌레가 기어 다닌다.

2012년 1월 2일
오른쪽 발등과 하단전이 아프니 오른쪽으로 기가 뚫리는 느낌이고 무릎 아래쪽은 따뜻하고 위쪽은 차다.

2012년 1월 16일 삼공재 수련 122번째
삼공재 수련 중 오늘 최고의 기운이 들어왔다. 평상시의 두 배이상이다. 배에서 꼬르륵 소리가 3번 나고 좌우 갈비뼈가 아프며 중단전과 명문이 쑤신다.

2012년 2월 5일
오른쪽 용천은 따뜻하고 왼쪽 용천은 너무 차가워 다른 사람처럼 느껴진다. 오늘부터 1시간 50분으로 수련시간을 연장 (가부좌하고 1시간 20분, 누워서 30분)했다. 매일 아침, 저녁 2회에 도인체조 포함하면 하루 4시간 이상을 투자하고 있다. 누워서 한 수련 30분은 남미 여행시 장시간 버스에서 기의 순환을 돕고 피로를 줄이는 사전 예비훈련이다.

2012년 2월 20일
이제 하단전에 힘을 지긋이 주면 입안이 바로 얼얼해지니 기의 소통이 전보다 빨라진 느낌이다. 오른쪽 장심보다 왼쪽 장심이 차고 설사가 난다

2012년 3월 8일 삼공재 수련 137번째
선생님께 40일간 남미여행을 다녀오겠다고 말씀드렸다. 가기

전 선생님께 많은 기운을 받기 위해 수련에 정진했다.

2012년 3월 15일

3월11일 서울 출발 밴쿠버, 토론토를 거쳐 페루 flak(LIMA)까지 순비행시간 22시간 15분, 대기시간을 포함하면 41시간 45분이다. 어제는 버스로 리마 남쪽 ICA에 도착했다. 이곳 택시는 모두 경차였고 우리나라 티코와 마티사가 있어 티코를 탔다. 운행한 지 10년이 넘어 보였으나 운전기사까지 다섯 명에 여행 가방을 다 싣고 달려도 끄떡없으니 그동안 내가 경차를 깔본 게 조금 미안했다. 이곳은 사막 가운데 오아시스가 있는 작은 마을 HUACACHINA이다. 아침 버스로 NAZCA에 도착 6인승 경비행기를 타고 바위에 그려진 지상화를 본 다음 버기카(오픈카로 사막용 자동차)를 탔다. 이 차는 사막의 모래 위를 미친 듯이 달리면서 오르내리기를 반복하니 마치 롤러코스터 탄 기분으로 우리일행은 비명을 지르면서도 좋아서 어쩔 줄 몰랐다. 이상한 일은 나스카에서 돌아오던 버스에서 갑자기 심한 몸살로 차안에서 수련했더니 오후에는 멀쩡해졌다. 아직까지 이런 일이 한번도 없었으니 이 기운이 어디서 왔을까? 지금은 영안이 열리지 못해 볼 수 없으니 궁금하다.

2012년 3월 20일

어제 500년 전 잉카의 수도 CUSCO을 출발하여 MACHUPICCHU에 도착했다. 잉카제국은 200년 동안 에콰도르, 페루, 칠레, 아르헨티나를 지배했으나 1532년 200명에 불과한 스페인군에 정복되자 신하들이 복수를 다짐하며 세운 비밀도시로서 유네스코 세계문화유산에 등록된 남미의 대표 관광지 맞추픽추이다. 아침 버스를 타고 가파른 산길을 열세 구비 돌아 30분 만에 산 정상(해발=2,400m)에 도착했다. 공중도시, 잃어버린 도시라는 이름과 같이 산꼭대기에 돌로 만들어진 도시였다. 당시 주민들은 절벽을 타고 400m를 올라와 만 명이 살았으니 세계최고 유적지가 되었지만 그들은 얼마나 많은 한을 품고 살았을까? 태어나 다른 곳에 가지 못하고 먹는 물도 부족한 이곳에서 하늘만 쳐다보며 살다간 그들. 아 가슴 아프다.

오늘 아침 이곳 버스 요금표에 앞은 미화(17$), 뒤는 페루화(45.373 SOL), 맨 아래는 미국$에 대한 오늘의 환율이 $=/2.669 기록되어 있었다. 미국$가 요금 기준이고 자국통화는 그날 환율에 따라 변동되니 매직으로 써놓아 희미하다. 나는 오기가 나서 페루화를 지불했더니 잔돈이 한웅큼이다. 우리 돈으로 치면 1원까지 돌려주니 내가 오히려 조롱당한 느낌이다. 조상들은 복수를 다짐하며 칼을 갈고 살았지만 후손들은 외국돈만 좋아하니 500년이란 긴 세월이 그간의 앙금을 다 씻어버렸는가?

2012년 3월 23일

볼리비아 LAPAZ(해발=3,650m) 수도로는 세계에서 가장 높은 곳, 공항에 도착하니 바로 산소부족증이 온다. 택시를 타고 호텔로 가던 중 데모 군중이 도로를 막아 10분을 걸어 다른 택시를 타고 왔다. 저녁수련 1시간 한 호흡 35초(들숨 10초, 날숨 25초) 고산지대는 서울과 달리 들숨이 훨씬 어렵다. 작년 9월 중국 여행시 이 고도에서 한 호흡이 20초였고 숨을 들이쉴 때 용수철처럼 다시 튀어나오는 느낌이 들었으나 오늘은 그런 증상이 없었다.

2012년 3월 25일

볼리비아 라파스에서 저녁 7:00 버스를 타고 UYUNI에 도착하니 아침 6시였다. 우리 일행은 9인승 승용차 4대를 빌려 해발 3,700m에 위치한 우유니 호수로 향했다. 사막지역이니 호수에 물은 없고 소금만 남았다. 크기는 가로 120K 세로 100K로 경기도보다 크고 전라남도 면적과 비슷하다. 이 호수의 소금 매장량은 20억 톤, 세계 인구를 70억으로 보면 1인당 285kg씩이니 좁은 우리와는 비교가 되지 않았다.

우리는 이 승용차로 볼리비아 남부지역을 관광하고 이틀 밤은 벽돌로 지은 6인실 임시숙소에서 지냈다. 물이 없어 겨우 세수만 했고 전기는 발전기로 밤 10시까지 휴대전화, 인터넷은 모두 불통이다. 여기 고도는 4,000m 1회 호흡시간은 들숨 15초 날숨 20초였다.

2012년 3월 28일

어제 새벽 04:00 볼리비아 임시숙소를 출발 06:25분 안데스산맥 정상을 넘어 야외온천장에 도착 모두 목욕을 했으나 나는 추워(고도4,500m 정도) 겨울 외투를 입고 구경만 했다. 낮12시 칠레의 작은 마을 ATACAMA(해발 2,438m) 도착 하룻밤을 자고 아침 09:15 출발 칠레의 수도 SANTIAGO에는 다음날 아침 10:30 도착 버스로 25:15이 걸렸다. 나는 이런 장거리 여행에 대비하여 지난 2달 동안 누워 수련을 했지만 버스에서는 하단전이 너무 무겁고 힘들어 10분 만에 그만두었다. 원인은 축기 부족으로 생각된다.

2012년 4월 2일

어제 산티아고 12:00발 국내선 비행기를 타고 중간 도시 두 곳을 거처 18:00 PUETO NATALES(남위 52도, 인구 2만 명)에 도착, 하룻밤을 잤다.

칠레는 길이=4,329km 폭=175km에 인구는 750만 명이며 수도 산티아고에 550만 명 나머지 200만 명이 흩어져 살고 있으니 사람 보기가 정말 힘들었다. 아침 08:00 전세버스로 내셔널 지오그래픽에서 죽기 전 봐야할 50개 소 중 하나인 TORRES DEL PAINE 국립공원으로 향했다. 산, 호수, 계곡들이 정말 꼭 봐야할 절경이지만 너무 먼 곳에 있고 교통도 불편하여 관광객은 그리 많지 않았다. 트래킹 코스는 9박 10일, 3박 4일 코스가 있으며 우리 팀 중 젊은이들은 당일 코스 트래킹을 하고 나는 산장 주변을 산책했다. 아침 수련 1시간 들숨 30초 날숨 25초로 출국 전 기 감각이 돌아올 때쯤 수련이 끝나버린다.

2012년 4월 5일

아르헨티나 EL CALAFATE(인구 4천 명) 젊은이들은 어제 EL CHANTEN 피츠로이산 트래킹을 다녀왔고 오늘은 모래노 빙하 트래킹을 갔다. 나는 EL CALAFATE 주변을 산책하고 오늘은 배를 타고 빙하를 본 다음 다시 전망대로 가서 빙하의 붕락을 보았다. 호수의 빙하는 눈이 내려 녹고 어는 현상이 계속되면 위쪽은 빙하(높이=60m)가 생성되고 아래쪽은 녹으면서 떨어져 나가는 것이 반복되며 이 빙하의 붕락으로 매년 2명의 관광객이 희생된다니 무섭기도 했다.

2012년 4월 7일

세계 최남단 아르헨티나 항구도시 USHUAIA(인구=56천 명) 남위54도 48분, 남극에서 1,000km 지점, 수도 부에노스아이레스까지 3,250km이고 비행시간은 3시간 30분이다.

이곳 건물, 가게, 간판이 모두 예술작품 전시회 같다. 특히 가게 진열장에 신발이나 옷을 그냥 던져놓은 것이 얼마나 아름다운지 감탄하지 않을 수 없었다.

우리는 어제 새벽 3시 아르헨티나 EL CALAFATE에서 버스로 출발, 칠레 영토를 지나 바다를 건너 다시 아르헨티나로 입국하는 코스 하루에 국경 초소 4곳을 통과하니 여권에 출입국 도장 4개가 찍혔다. 이 버스는 우리와 같은 배를 타고 바다(폭= 0.5k)를 건너 이곳에 밤 9:30 도착 요금은 우리돈 151,000원 서울-제주간 KAL 항공료의 1.5배 이상이니 상당히 비싼 편이다. 아침 수련 1시간 15분 들숨 35초 날숨 25초로 호흡은 거의 정상에 가깝다.

오늘은 세계 최남단 도시에 온 기념으로 크루즈를 타고 비글해협으로 나가 해표, 펭귄과 무인도에 올라 희귀식물들을 보았다. 우리가 타고 간 배의 선원 두 사람이 모두 삼성 휴대폰을 쓰고 있어 콧등이 시큰했다.

2012년 4월 14일

아르헨티나의 수도 BUENOS AIRES는 남미의 파리답게 예술적인 건물이 즐비하고 시내 중심 도로가 20차선에 분리대가 중앙과 같은 방향 고속 저속 차선 사이에도 하나씩 설치되어 모두 3개나 되고 전체 도로 폭이 200m 이상이니 좁게 사는 우리 눈으로는 무척 부러웠다

어제 오후 버스로 이곳을 떠나 아침 8:00 아르헨티나 푸에트로 이과수에 도착 17:30분이 걸렸다. 이 나라 국토는 남한의 28배, 인구는 4천 만이고 수도 부에노스 아이레스에 1천만 명이 모여 산

다. 여기까지 오는 동안 끝없는 평야만 계속되고 농장은 몇 곳에 불과하며 나머지는 모두 노는 땅이니 잡초와 나무들만 우거져 있었다.

이곳은 두 나라 이과수 폭포까지 버스로 30분 거리이고 우리는 먼저 브라질 쪽을 다녀왔다. 여기 헬리콥터는 환경단체의 동물보호 요청으로 너무 높이 올라갔고 국경이 강 중심이므로 폭포의 반인 브라질 쪽만 비행하고 아르헨티나 쪽은 가지 못하니 기대에 어긋났고 비행시간은 불과 10분 정도였다. 이곳 폭포의 낙차는 80m나 되고 300개의 폭포가 있으나 그중 아르헨티나 쪽에 있는 '악마의 숨통'이 제일이라고 한다. 이 낙차로 주변이 온통 물보라로 폭포 밑은 보이지 않고 육교에 서 있어도 옷이 젖었다. 이곳은 강물이 깊지 않아 폭포 앞까지 육교를 놓아 접근하기 쉽고 실감이 났다. 또 아래쪽에도 관광용 보도가 있으나 폭포에서 떨어진 물이 거센 파도를 일으켜 낙하지점 150m까지만 접근이 가능하였다.

이번 여행 중 수련은 우리나라보다 훨씬 어려웠다. 동료들의 눈치도 봐야하고 일정 협의 등 심적인 부담이 많았지만 모두 잊어버리고 정진하면 30분 이내 기의 흐름이 정상으로 돌아왔다.

2012년 4월 17일
4월 15일 아르헨티나 이과수를 11:50에 출발, 브라질의 RIO DE JANEIRO에는 다음 날 오후 13:20분에 도착. 버스여행 25:30분으로 이번 여행 중 최고기록을 세웠다. 이곳 명물은 항구 입구에 북한산 인수봉같이 뾰족한 바위(퐁데아스카르 높이=396m)에 케이블카를 설치하여 시내 전경을 한눈에 볼 수 있으니 이 괴암이 리우데자네이루 최고 걸작이었다.

브라질은 국토(남한의 85배)와 인구(1억9천4백만 명)가 남미의 절반을 차지하며 열대우림 지역으로 비가 많고 기후도 좋아 숲의 천국이었다. 또 아마존강은 대서양 연안도시 벨렘에서에서 배를 타고 4일간 상류로 올라가야 삼성, LG 브라질 공장이 있는 마나우스에 도착할 수 있고 거기서 또 여객선을 타고 500km 이상 상류로 올라 갈 수 있다니 얼마나 큰 강인지 상상하기 어려웠다.

떠나기 전 브라질은 미국 물가(1인당 GDP 미국=46,860$, 브라질=10,816$)와 같다고 하여 세상에 이런 나라가 있을까하고 의심해 보았으나 실제 비싼 것이 사실이니 소득은 1/4에 불과하고 물가가 같다면 서민들은 어떻게 사는지 걱정이 되었다.

브라질은 2016년 하계 올림픽 개최국으로 외국선수와 관광객에게 그 비싼 물가로 어떻게 손님을 맞을지 의심이 가지만 그들은 매년 2월 세계 최대 리우데자네이루 삼바 카니발을 개최하면서 외국인에게 바가지를 씌워본 경험이 풍부하니 걱정하는 내가 바보같다. 우리도 이과수 폭포에서 리우데자네이루로 갈 때 브라질 버스비의 1/2인 파라과이 버스를 이용했고 살인적인 물가로 이틀 밤을 자고 경비가 적게 드는 한적한 해변으로 도망(?)와서 2박하고 브라질 제2의 도시 상파울로는 통과만 할 예정이다. 남미 여행객들이 브라질을 기피하는 이유는 비싼 물가에다 볼거리가 그렇게 많지 않기 때문이다.

2012년 4월 24일 삼공재 수련 138번째

어제 43일간의 남미 여정을 끝내고 오늘은 삼공재를 찾아 선생님께 귀국 인사를 하고 수련하니 바로 잠이 온다. 지금 남미 시간으로 새벽이니 어제 귀국해서 오늘 수련하려 온 것이 좀 무리였다.

쏟아지는 잠을 견디기 어려워 1시간 만에 나왔다.

2012년 5월 8일 석수역에서 시흥 뒷산을 거처 서울대로 내려오니 3시간 반이 걸렸다. 2년 전 계단으로 남산을 오르지 못했으나 삼공재를 다니면서 무릎에 기가 통하니 외국여행과 등산이 가능해졌고 귀국 후 꾸준히 수련한 결과 기력이 출국 전과 같은 수준으로 회복되었다.

나는 해외여행할 때마다 우리가 세계최고 국민이라는 것을 느낀다. 오늘은 한일합병 이후 일본이 지배한 35년과(1910-1945) 해방 이후 35년간(1945-1980년) 경제 성장을 비교해 보았다. 우리는 1953년 이전 1인당 개인소득이 얼마인지 공식적인 통계가 없어 알 수 없지만 한일합방 때나 해방 당시나 우리가 세계에서 가장 가난한 나라였다는 것을 부정할 사람은 없을 것이다.

독립 후 우리는 매년 미국원조로(1946년 50백만$, 47년 175백만$) 살았으며 전쟁 후 안정을 찾은 1960년도 수출은 32백만$, 수입은 329백만$(231백만$는 외국원조)로 매년 무역적자로 시달렸지만 2010년 수출은 4,663억$ 수입은 4,252억$로 당당한 무역흑자국이 되었다.

해방 당시 남한의 자동차는 7,000대(승용차, 버스, 트럭 등)에 불과했고 그때 성냥이 없어 화롯불이 꺼지면 이웃집에 가서 불을 붙여 왔고 빨fot비누가 없어 재(나무가 탄 찌꺼기)에 물을 부어 그 물로 옷을 빨았으며 연필을 깎으면 이미 반은 부러져 있었고 글씨가 써지지 않아 연필심에 침을 묻혀야 글씨가 써졌다.

초등학교 시절 봄이면 먹을 게 없고 월사금(등록금)이 없어 학교에 나오지 못하다가 가을이 되면 다시 돌아오는 학생이 상당히 많았으며 영양실조로 25살까지 키가 컸다. 특히 6.25 전쟁 다음 해

에는 거의 3달을 가물어 대부분 가정은 초겨울부터 식량이 떨어졌
으나 미국의 원조로 굶어 죽은 사람은 없었다. 그때 내가 다니던
초등학교 학생 반 이상이 영양실조로 학교에 못 나왔다. 당시 수업
시간에 필리핀, 태국, 미얀마(당시는 버마)는 벼농사를 일년에 두
번 심어 굶는 일이 없다는 이야기를 듣고 얼마나 부러워했는지 모
른다.

이제 숫자로 우리의 국력을 비교해 보자. 해방 후 총 35년 중 우
리나라 소득 통계가 있는 1953년부터 1980년까지 27년 동안 우리
는 67$에서 1,645$로 25배의 개인소득이 늘었다. 만약 우리가 일
본으로부터 독립을 하지 못했다면 오늘의 영광은 있을 수 없었을
것이다.

그러면 주요국들의 지난 60년(1950-2010)동안 1인당 소득증가
률을 비교해 보자. 한국(67$ → 20,756$) 310배, 아르헨티나
(907$ → 9,131$) 10배, 미국(3,954$ → 46,860$) 12배, 영국
(2,064$ → 36,164$) 18배, 독일(2,005$ → 42,845$) 21배, 태국
(132$ → 4,992$) 38배, 일본(659$ → 42,783$) 65배의 개인소득
이 늘어 우리가 제일이고 그 성장을 끌어올린 주역이 바로 우리 세
대다. 지금도 가진 자원은 물, 쌀, 시멘트 밖에 없지만 열심히 노
력하여 단군 이래 가장 강력한 경제대국을 만들어 후손에게 남겨
주고 떠날 수 있어 기쁘다.

2012년 5월 19일

일주일 전부터 수련시 백회가 무너지면서 기가 들어오는 느낌이
수련할 때마다 1-2번씩 찾아왔고 아침 수련 중 오른쪽 턱에서 머
리까지 기가 통하는지 마비된 느낌이다. 저녁 수련 중 왼쪽 귀가

얼얼하고 용천이 처음으로 약간 열이 나는 기분이나 손으로 만져
보니 열기는 없었다.

2012년 5월 29일 삼공재 수련 147번째
선생님이 맥을 보시더니 무병장수하겠으니 앞으로는 맥을 보지
말고 계속 표준생식만 먹으라고 하신다 오늘은 기운이 잘 들어왔
다. 수련 후 제일 따뜻한 곳이 장심과 용천이고 두 번째가 종아리
와 허벅지 세 번째가 하단전과 무릎이고 제일 찬 곳이 배꼽 위와
옆꾸리이다.

2012년 5월 31일 삼공재 수련 148번째
수련후 가슴에 무엇이 막혀있는 느낌이고 속이 답답하다. 며칠
전부터 추워지고 기침을 한다. 전철에서 찬 바람이 싫고 밤에는 호
흡곤란까지 오니 빙의인지 기몸살인지 모르지만 왜 몸이 차워질
까? 집에서 수련시 상의는 다 벗었으나 요즘은 셔츠에 잠옷까지
입어야 한다. 선생님께 증상을 말씀드렸더니 몸을 따뜻하게 하고
금생식을 추가해주어 표준3, 금1의 비율로 먹고있다.

2012년 6월 14일 삼공재 수련 152번째
오늘로 삼공재 수련 만 2년이다. 처음 6개월간은 주 1회(총30번
수련) 그 후 주2회 삼공재를 찾아 수련해도 진도는 느리다. 선생님
의 기를 받는 능력을 기르는 데 6개월, 지금은 하단전에 열이 나도
록 렌즈를 초점을 여기에 맞추어 기를 모으고 있다. 혼자 수련 5년
삼공재 수련 2년 나는 선도에는 거의 꼴찌가 분명하다. 수련은 매
일 아침 저녁 2회 총 3시간(도인체조, 마무리 체조 제외) 하고 있

지만 백회가 열리기에는 아직도 먼 길이다. 선생님은 삼공재에서 기를 받지 말고 원자로에 불을 붙여가라 하지만 젖은 나무에 불이 붙을 수는 없으니 언제 축기가 될까?

선도수련에서 좋아진 것은 그동안 아프던 무릎에 기가 통하니 산이나 외국을 마음껏 다닐 수 있고 고혈압으로 3년 동안(2005.05월-08.05월) 약을 복용했으나 지금은 약을 끊은 지 벌써 4년이 되며 무슨 일이든 자신감과 즐거운 마음은 돈으로 살 수 없는 값진 보석이다.

2012년 6월 21일 삼공재 수련 154번째

수련 중 큰 기침을 두 차례 했다. 한 차례에 기침이 2-3번씩 나온다. 왼팔이 아프고 콧속 깊은 곳에서 기가 통하는 느낌이다. 이제 무릎이 미지근해진 것으로 보아 기가 뚫린 느낌이다. 어제 아침에는 좌측 갈비뼈가 아팠다.

2012년 6월 25일

지난 5월 28일 기침 증세가 있은 지 거의 한 달이 되어간다. 그동안의 증세를 종합해보면 처음에는 수련 후 속에 뭐가 막혀있는 느낌이 들었으나 요즘 그런 증세는 없어졌다. 지금도 한기를 느끼고 30도가 넘는 요즈음 선풍기를 켜고 싶은 마음이 없고 지하철에서도 찬바람이 싫어 긴 옷을 입고 다닌다. 걷는 것도 숨이 차서 많이 걷지 못하니 1주일에 두 번 하던 등산도 못하며 특히 자기 전 기침이 심하고 폐활량이 전보다 30%나 줄어드니 호흡시간이 짧아진다. 내가 맥을 보면 구맥같이 꼭꼭 찌르니 맥대로 처방하면 화를 먹어야되고? 추운 것은 신장과 방광이 나쁘니 수를 먹어야 되고?

315

심포삼초가 나빠 기경팔맥이 막혀 체온조절이 안되니 상화를 먹어야 되고?

현재는 표준3에 금1로 먹고 있으며 또 하루 2번 솔잎생강차를 마시고 있다. 나는 약40년 전 결핵으로 3년 동안 고생하여 기침과 호흡에는 상당히 예민한 편이다. 선생님 말씀대로 빙의가 왔다면 천도시키고 싶으나 내 힘으로는 어렵고 이번에는 그쪽으로 마음이 가지 않는다. 기몸살이라면 너무 길고 숨이 차서 걷지 못하는 일은 없을 것이고 특히 이렇게 오랫동안 몸이 차지는 않을 것 같으며 병으로 본다면 마른 기침뿐 가래가 나오는 일은 없으니 더욱 궁금하다. 한 달 동안 나의 증상을 말씀드리고 선생님에게 이번 침체기가 끝날 때까지 특별히 지도해 달라고 부탁드리고 생식은 표준2, 금1, 상화1를 가져왔다

2012년 6월 28일 삼공재 수련 156번째

그제부터 허리가 아프더니 엊저녁에는 허리 때문에 잠이 안 왔다. 삼공재에 갈 때는 축처졌지만 수련시 기운이 무척 세게 들어왔고 집으로 올 때는 훨씬 덜 아프다. 수련시 잠이 오는 것으로 보아 선생님이 기운을 강하게 보내주시는 것 같았다.

2012년 7월 8일

몸이 전보다 조금 좋아진 기분이다. 제일 따뜻한 곳이 삼음교 두 번째가 용천, 장심, 하단전이다. 그런데 미지근하던 하단전이 40분이 지나니 차가워지기 시작했다.

하단전이 어떤 날은 조금 따뜻, 어떤 날은 미지근, 어떤 날은 차가워지니 알 수가 없다. 누워 20분 수련시 임맥의 가슴 위에서 코

등까지 기가 흐르고 다리는 용천에서 허벅지까지 팔은 장심에서 팔목 위까지 올라오고 좌우 눈동자 중심으로 기가 통하는 느낌이다. 수련 끝나고 절수련 도중 왼쪽 발바닥에 작은 동전이 하나 들어있는 것 같다.

2012년 7월 19일 삼공재 수련 161번째

아침 수련 후 좌우 발목이 아파 걷기가 처음에는 불편했고 책상에 앉아있으니 기가 용천에서 삼음교를 통과하여 위로 올라온다.

2012년 7월 30일 삼공재 수련 164번째

춥고 기침하며 호흡에 지장이 있는지 꼭 2달이 되었다. 응급처방으로 7월 22일부터 생식을 늘렸더니(4숟가락을 6숟가락으로) 기운이 좀 세어진 느낌이다. 하단전에 의식을 두고 앞으로 살짝 밀어만 주면 동전 크기의 흰 원이 같이 밀리니 전보다는 좀 좋아진 것이다. 선생님께 요즈음 근황을 말씀드리니 몸을 차게 하지 말라고 하셨다. 생식은 이번에도 표준 2개 상화 1개 금생식 1개와 솔잎 생강차 하나를 가져왔다 오늘 수련중 왼쪽 팔꿈치가 바늘로 찌르는 느낌이다.

2012년 8월 9일 삼공재 수련 167번째

열흘 전부터 좌측 눈이 충혈되더니 며칠 전 더 심해져 이제 눈동자 아래 위쪽이 모두 빨갛게 물들었다. 아침 집에서 수련시 우측 발 중앙에서 발등을 타고 올라오면서 아프고 다른 줄기는 우측 안쪽 복숭아뼈 부근에서 위로 올라오면서 아팠다. 삼공재 방문하여 선생님께 눈이 충혈되었다고 말씀드렸더니 큰 빙의가 와있으니 걱정하지 말고 병원에도 가지마라 하신다.

2012년 8월 20일

생식을 늘렸더니(4숟가락을 6숟가락으로) 한 달 동안 체중이 2.3kg늘어 63.3kg(신장 174)가 되었다. 역시 많이 먹으니 기운이 더 세진 것은 알 수 있다. 누워 수련시 왼쪽 무릎에서 허리까지 뼈를 따라 통증이 왔다.

2012년 8월 31일

몸이 차가워진 지 3달이 지났다. 그동안 등산 안 가고 무리 안하고 선생님께 부탁하여 기도 많이 받고, 생식도 50%를 늘려보았지만 석 달 전의 기력과는 비교가 안되어 이제 더 기다릴 수 없어 병원을 찾았더니 갑상선 기능저하증이라고 한다. 작년 8월 선생님이 가급적 약에 의존하지 말고 자연치유력을 길러보라고 하여 중간에 끊었더니 다시 나빠진 것이다. 왜 나에겐 그런 적응력이 없을까? 이제 다시 약을 먹어야겠다.

2012년 9월 7일 삼공재 수련 175번째

갑상신 호르몬제를 먹은 지 1주일이 지났다. 약은 하루 반알이지만 몸 상태는 좋아진 것 같고 어제부터 수련시 백회가 무너져 내리는 느낌이 조금 생긴 것 같다. 오늘은 삼공재에 가려고 강남구청역에서 일어서는데 왼쪽 등에 큰 사발만한 찹쌀떡이 붙어 있다가 한 2분 뒤 사라졌다.

2012년 9월 17일 삼공재 수련 177번째

배꼽 아래는 미지근하고 배꼽 위는 찬 증상이 작년 11월 20일부터 지금까지 계속이니 아직도 몸 안에 기가 뚫리지 않은 곳이 많은 모양이다. 특히 우측은 맹장수술과 엉덩이수술(주사침 제거)로 기가 잘 통하지 않는다. 삼공재 수련시 등 뒤 허리 부근이 얼얼하면서 마비되는 느낌이고 오늘은 선생님의 기가 아주 강하게 들어오니 가부좌한 다리는 도리어 전보다 견디기가 어려우니 기가 막혀서 그런지 뚫릴려고 하는지 알 수 없었고 저녁에 돌아와 기몸살을 해 다음날은 누워있었다.

　삼공 선생님께

　선생님안녕하십니까? 신도림에 사는 신성욱입니다. 그동안 제가 수련한 것을 정리해 보았습니다. 특히 남미 여행중에는 수련에 지장이 있었고 귀국 후 보름이 지나서야 전 기력이 돌아왔습니다. 그리고 지난 석달 동안 삼공재에서 선생님 기를 많이 받으면서 어려움을 이겨보려고 하였으나 이루지 못하고 다시 갑상선 호르몬제를 복용하지 않을 수 없었습니다. 저의 체험기를 보시고 수련에 도움이 되도록 선생님의 고견을 부탁드립니다.

2012년 9월23일 신도림에서

제자 성욱 올림

[회답]

　2년 전에는 계단으로 남산을 오르지 못했으나 삼공재를 다니면서 무릎에 기가 통하니 외국여행과 등산이 가능해졌고 귀국 후 꾸준히 수련한 지 보름 만에 기력이 출국 전과 같은 수준으로 회복되

319

었다고 썼습니다. 이것으로 보아 아직은 이번 남미 여행은 무리였습니다. 수련이 좀 더 향상될 때까지 해외 여행은 당분간 보류하시는 것이 좋겠습니다.

[부록]

금언金言과 격언格言들

기욕입이입인, 기욕달이달인己欲立而立人, 己欲達而達人.　　　－논어論語－
내가 일어서려면 남도 일어서야 하고, 내가 잘되려면 남도 잘되어야 한다.

Anger dwells only in the bosom of fools　－ Einshutein, Albert－
분노는 바보들의 가슴 속에만 살아있다.

Idleness is the only refuse of weak minds.
게으름은 약한 마음을 가진 사람들의 유일한 피난처이다.

남을 훈계하여 가르치고 깨우쳐주라.
사람들을 잘못으로부터 구하라.
그러한 사람을 착한 이는 사랑하고 악한 이는 미워한다.　－법구경－

무슨 일에든지 인정 베푸는 일을 잊지 말지어다.
그래야 뒷날 좋은 낯으로 만날 수 있으니라.　　　　　　　－명심보감－

천하치란, 출어하정지통색天下治亂, 出於下情之通塞.
천하의 평안과 어지러움은 민정이 소통하는가 막혀 있는가에 달려 있다.
　　　　　　　　　　　－소식(蘇軾, 중국 복송 시대의 시인, 정치가)－

Consider that this day never dawns again.　-Alighieri Dante-
오늘과 같은 날이 다시는 밝아오지 않는다는 것을 명심하라.
-엘리기리 단테-

널리 배우고 뜻을 도탑게 하고, 성실하게 묻고, 잘 생각하면 어짐은
그 가운데 있나니라.　　　　　　　　　　　　　-명심보감-
*도탑다 : 인정이나 사랑이 많고 깊다. 야박하지 않다. 어짐: 인仁

나쁜 친구와 사귀지 말고
저속한 무리들과 어울리지 말라.
착한 친구와 가까이 사귀고
지혜로운 이와 가까이 하라.　　　　　　　　　-법구경-

순지자창, 역지자불사즉망順之者昌, 逆之者不死則亡.　　-사기史記-
순리를 따르는 자는 창성하고, 순리를 거역하는 자는 죽지 않으면 망한다.

무도인지단, 무설기지장無道人之短, 無說己之長, 시인신물기, 수시신물망
施人愼勿記, 受施愼勿忘.
남의 단점 말하지 말고, 자기의 장점을 자랑하지 말 것이며, 남에게
베푼 것은 기억하지 말고, 은혜받은 것은 잊지 말라.
-후한後漢 최원崔瑗의 좌우명座右銘-

답설야중거, 불수호난행踏雪野中去, 不須胡亂行, 금일아행적, 수작후인정
今日我行跡, 遂作後人程.
눈 덮인 들판 걸어갈 때, 발걸음 어지럽히지 말라. 오늘 내가 걸어간
발자취 뒷사람의 이정표 될 것이니.　　　　　　　-김구金九-

궁즉변, 변즉통, 통즉구窮則變, 變則通, 通則久.
막히면 변하고, 변하면 통하고, 통하면 오래 간다.

　　　　　　　　　　　－주역 계사편 하周易 繫辭編 下－

여인이실, 수소필밀與人以實, 雖疏必密, 여인이허, 수척필소與人以虛, 雖戚必疏.
남에게 이익을 주면 서먹한 사람도 가까워지고, 사람들에게 헛소리
하면 친척도 멀어진다.

　　　　　　　　　　　　　　　　　　　　　　－명심보감－

진리를 물 마시듯 하는 사람은
맑은 마음으로 편안히 잠들 것이다.
지혜로운 사람은 항상
성인들이 말한 진리를 즐기느니라.　　　　　　－법구경－

사람이 배우지 않는 것은 아무 재주도 없으면서 하늘에 오르려는 것과 같다.
배워서 지혜가 넓어지면 상서로운 구름을 헤치고 푸른 하늘을 보는 것과 같고,
높은 산에 올라 사해(四海, 넓은 세상)를 굽어보는 것과 같다. －명심보감－

삼십이입, 사십이불혹三十而立, 四十而不惑, 오십이지천명, 육십이이순五
十而知天命, 六十而耳順, 칠십이종심소욕불유구七十而從心所欲不踰矩.
서른 살에 뜻을 세우고, 마흔 살에 유혹에 넘어가지 않으며, 쉰 살에 하
늘의 뜻을 알고, 예순 살에 무슨 말을 들어도 귀에 거슬리지 않으며, 이
른 살에 하고 싶은 일을 마음대로 해도 규범에 어긋나는 일이 없다.

　　　　　　　　　　　　　　　　　　　　　　－논어論語－

옥은 다듬지 않으면 그릇이 되지 못하고,
사람은 배우지 않으면 의義를 알지 못한다.　　　　　－명심보감－

물대는 사람은 물을 끌어들이고,
궁장弓匠은 화살을 곧게 하고
목수는 재목을 다듬고
지혜로운 사람은 자기 자신을 가다듬는다.　　　　　　－법구경－

약능생인, 역능사인藥能生人, 亦能死人.
약을 사람을 살릴 수도 있는가 하면, 또한 죽일 수도 있다.

큰 바위는 어떠한 강풍에도
끄덕도 하지 않듯
지혜로운 사람은
어떠한 비난과 칭찬에도
흔들림이 없다.　　　　　　　　　　　　　　　－법구경－

사람이 배우지 않으면 캄캄한 밤길을 가는 것과 같다.　－명심보감－

태산지고배이불견泰山之高背而不見, 추호지말시지가찰秋豪之末視之可察.
높은 태산도 등 돌리면 볼 수 없고, 아무리 작은 터럭 끝이라도 살펴
보면 알아 볼 수 있다.　　　　　　　　　　　　－회남자淮南子－

열등한 민족 일본은 우월한 민족 한국을 잠시 지배할 수는 있으니 동화
시키는 것은 절대 불가능하다.
　　　　　　　－19세기 말의 영국 신문기자 프레드릭 맥킨지－

(선도체험기 105권에 계속됨. 105권은 이 책이 나간 지 3, 4 개월에 후에 발행될 예정임.)

저자약력

경기도 개풍 출생
1963년 포병 중위로 예편
1965년 경희대학교 영어영문학과 졸업
1974년 단편『산놀이』로 《한국문학》 지 제1회 신인상 당선
1982년 장편『훈풍』으로 삼성문예상 당선
1985년 장편『중립지대』로 MBC 6.25문학상 수상
저서로는 단편집『살려놓고 봐야죠』(1978년) 대일출판사, 민족미래소설
『다물』(1985년), 정신세계사, 장편『소설 환단고기』(1987년) 도서출판 유림,
『인민군』3부작(1989년) 도서출판 유림,『소설 단군』5권(1996년), 도서출판
유림, 소설선집『산놀이』①(2004년),『가면 벗기기』②(2006년),『하계수련』
③(2006년), 지상사,『선도체험기』시리즈 등이 있다.
코리아 헤럴드 및 코리아 타임즈 기자생활 23년

선도체험기 104권

2013년 4월 20일 초판 인쇄
2013년 4월 30일 초판 발행

지은이 김 태 영
펴낸이 한 신 규
편 집 오 행 복
펴낸곳 글앤북
주 소 138-210 서울특별시 송파구 문정동 99-10 장지B/D 303호
전 화 Tel.070-7613-9110 Fax.02-443-0212
등 록 2013년 4월 12일(제25100-2013-000041호)
E-mail gbook2013@naver.com

ⓒ김태영, 2013
ⓒ글앤북, 2013, printed in Korea

ISBN 979-11-950284-0-5 03810 정가 15,000원